Nos résiliences

Du même auteur

Les gens heureux lisent et boivent du café, 2013.
Entre mes mains le bonheur se faufile, 2014.
La vie est facile, ne t'inquiète pas, 2015.
Désolée, je suis attendue, 2016.
J'ai toujours cette musique dans la tête, 2017.
À la lumière du petit matin, 2018.
Une évidence, 2019.

AGNÈS MARTIN-LUGAND

Nos résiliences

Michel LAFON

118, avenue Achille-Peretti – CS 70024
92521 Neuilly-sur-Seine Cedex

www.michel-lafon.com

Pour Guillaume, Simon-Aderaw et Rémi-Tariku,
ma force...

Ce ne sont ni la parole parlée ni la parole écrite qui permettent la résilience – parfois même, au contraire, elle invite à la rumination amère ; c'est la parole remaniée qui s'adresse à l'ami invisible, au lecteur parfait qui saura nous comprendre et nous réintégrer dans l'humanité dont nous avons été chassés par le traumatisme.

Boris Cyrulnik,
Résilience, « Connaissances de base ».

– 1 –

Je me glissai seule dans notre lit pour la dernière fois avant longtemps. J'aimais l'atmosphère de ces nuits-là. Un mélange d'impatience et de fébrilité. Une excitation à le retrouver. Une appréhension qu'il vive mal son retour. Un goût d'euphorie qui submerge. Une envie d'accélérer le temps et de le ralentir à la fois, tant cette ultime attente était jouissive après un mois d'absence. Dans la pénombre de notre chambre, j'avais une perception accrue des bruits de la maison ; le moindre craquement dans la toiture, le chant de la pluie, le moindre petit pas de l'un des enfants se levant avec la bonne excuse d'aller aux toilettes, Monsieur, notre chien, qui ne dormait que d'un œil en grognant dans son panier, Mademoiselle, notre vieille chatte, qui sautait de meuble en meuble. Eux aussi attendaient son retour. Nos esprits à tous étaient tournés vers lui. Il devait être en route à cette heure-ci. Il roulait vers chez lui, vers chez nous. J'avais suivi l'atterrissage de son avion en direct sur mon téléphone. Il ne m'avait pas appelée. Il me disait toujours qu'il n'allait pas prendre le risque de me réveiller, alors qu'il rentrait dans quelques heures. Il s'amusait à croire que je pouvais dormir profondément en attendant son retour. Je ne m'en offusquais pas, il avait besoin de ce temps en tête-à-tête avec lui-même pour se préparer à revenir parmi nous, pour se retrouver, pour se fondre à nouveau dans sa peau de mari et de père. Non pas qu'il nous oubliât pendant ce voyage, mais il renouait avec celui qu'il était avant d'avoir une famille, du temps où il n'avait ni femme ni enfants.

Je somnolais par vagues de quelques minutes. Quand j'ouvrais les yeux, je regardais l'heure, me demandant si la route entre l'aéroport et ici se passait bien, m'inquiétant qu'il soit trop fatigué, qu'il s'endorme au volant. Et puis, je fus réveillée par les jappements de Monsieur et les tentatives de son maître pour le faire taire. Alors même que toutes les lumières restaient éteintes, j'eus le sentiment que le soleil entrait à nouveau dans la maison, et que la pluie avait cessé de tomber. Je me retins de me lever d'un bond et de dévaler l'escalier pour me jeter dans ses bras. C'est bon d'attendre, de faire monter le désir de se retrouver l'un contre l'autre après tant de jours d'éloignement. Je posai lentement un pied sur le parquet, puis le second, tous les mouvements se suspendirent au-dessous de moi. Il savait que je savais qu'il était là. À pas de loup, je traversai notre chambre, pris mille précautions pour ouvrir la porte sans qu'elle grince – ne surtout pas réveiller les enfants –, je franchis le palier et descendis vers le rez-de-chaussée. Il n'avait allumé aucune lampe. La maison n'était éclairée que par les réverbères de la rue. Au pied de l'escalier, je découvris son vieux sac de voyage en toile kaki, celui qu'il traînait depuis plus de quinze ans, celui qu'il réservait à ces voyages. Quand nous partions en vacances, il en prenait un autre. Un peu de superstition.

— Je suis là…

Xavier était derrière moi. Je fermai les yeux de bonheur quelques instants. Il avait beau murmurer, c'était sa voix, douce et grave, sa voix qui rassurait, qui mettait en confiance, et qui me faisait frémir. Je me retournai vers lui au ralenti, il était là devant moi, ses cheveux châtains en bataille et son visage un brin froissé après ce trajet de plusieurs heures, le léger décalage horaire et les milliers de souvenirs en tête qui lui appartenaient. On franchit la distance qui nous séparait, il entoura ma taille de ses bras et nos yeux s'accrochèrent, le vert des siens dans le noir des miens ; un orage à nous deux, avions-nous l'habitude de dire.

— Je t'ai réveillée ? chuchota-t-il.

— Non, je t'attendais…

Il esquissa un léger sourire, mi-satisfait mi-mécontent.

— Remonte te coucher, je te rejoins.

Je me collai davantage à lui.

— Très bien, mais je veux ta bouche avant.

Il se pencha vers moi, si près que j'aurais pu sentir ses lèvres, mais il recula à la dernière minute, un air enjôleur sur le visage.

— Tu vas devoir attendre encore un peu, moi aussi d'ailleurs.

Je ris discrètement, la vie normale allait reprendre son cours. Je pris la direction de l'étage et au milieu de l'escalier, je regardai par-dessus mon épaule, il ne me quittait pas des yeux.

— Ne tarde pas trop, lui soufflai-je.

— Tu m'as manqué, Ava…

Quelques minutes plus tard, mon corps nu avait retrouvé sa place sous les draps, ma peau ne demandant qu'à retrouver la sienne. Il était sous la douche ; peu importait l'heure de son arrivée, il avait toujours besoin de se laver quand il rentrait, retirer les dernières poussières de la brousse, les dernières traces d'odeur des animaux qu'il avait soignés, une manière de prendre de la distance avec ce mois dont il ne revenait jamais indemne, mais qui était indispensable à son équilibre. Inconsciemment, il ne voulait pas m'imposer ce parfum qui m'était inconnu, et qui ne lui ressemblait pas, du moins ne ressemblait pas au parfum de mon mari. Quand il se glissa à mes côtés, il ne prononça pas un mot. Ces nuits-là, en général, nous ne disions rien, incapables de savoir par où commencer. Nous nous étions naturellement parlé pendant les quatre dernières semaines, mais nous allions toujours à l'essentiel. Alors, plutôt que d'échanger des mots bafouillants, de commencer des phrases sans être capables de les finir, nous nous touchions, nous nous caressions et nous embrassions avec possessivité, nous cherchions à nous fondre l'un dans l'autre, pour avoir la confirmation que cette séparation n'avait rien changé entre nous. Xavier voulant savoir si j'étais toujours la même, si j'étais toujours à lui, moi en quête de la confirmation qu'il était bien revenu, que même si son esprit resterait encore là-bas pour quelques jours, il *m*'était revenu. Ces nuits-là, nous faisions l'amour étroitement serrés, animés d'une urgence lente, profonde. Le manque, la faim de nous appartenir nous emmenaient dans un autre monde, notre monde. Il fallait le recréer, nous réadapter, nous le réapproprier.

Quand nous fûmes rassurés et rassasiés, nos corps ne s'éloignèrent pas pour autant, nos regards soudés dans l'obscurité.

— Dors, Ava.

Je luttais de toutes mes forces contre le sommeil, tant j'aimais ces nuits-là.

— Toi aussi, tu devrais te reposer… tu dois être crevé.

— Tu sais bien que je n'y arrive jamais quand je rentre. Je dormirai la nuit prochaine…

Je savais pertinemment qu'il ne passerait pas la journée du lendemain vautré dans le canapé. À peine les enfants et moi aurions-nous disparu, il monterait sur sa moto en direction de sa clinique vétérinaire, celle-là même où nous nous étions rencontrés plus de quinze ans auparavant.

***

J'avais vingt-six ans à l'époque. Un soir, en sortant d'un vernissage, j'avais trouvé un chaton mal en point recroquevillé derrière une poubelle. Je n'avais eu ni le cœur ni le courage de faire comme si je n'avais rien vu. Après l'avoir emmitouflé dans mon écharpe et installé sur le siège passager de ma voiture, je m'étais mise en quête d'un vétérinaire encore ouvert à 21 heures. Une quantité astronomique d'échecs plus tard, ne me restait plus qu'un espoir. J'avais vaguement entendu parler d'une clinique qui venait d'ouvrir. En passant devant, j'avais vu une lumière allumée. Je m'étais garée n'importe comment sur le parking. Perchée sur mes talons aiguilles, j'avais traversé la cour sous une pluie battante en protégeant le chat de mes bras du mieux que je pouvais. J'avais tambouriné à la porte.

— J'arrive, j'arrive ! avais-je entendu.

Elle s'était ouverte sur un homme pas si étonné qu'une inconnue débarque chez lui.

— C'est pour quoi ?

— J'ai trouvé ça et je ne sais pas quoi en faire.

Il avait ri.

— C'est quoi, « ça » ?

Tandis que je m'apprêtais à lui montrer ma trouvaille, il avait ronchonné.

— Il flotte, il fait nuit, je ne vois rien. Entrez.

Il régnait un foutoir du tonnerre à l'accueil ; le matériel vétérinaire côtoyait des sacs de vêtements, des caisses de nourriture ou encore des cartons de livres. Visiblement, je tombais mal.

— Désolé, je m'installe, m'avait-il appris, comme s'il lisait dans mes pensées.

Il s'était retourné vers moi et j'avais croisé pour la première fois son regard vert. Je m'étais demandé comment on pouvait avoir d'aussi beaux yeux.

— Alors, vous me montrez ? m'avait-il interpellée, ce qui avait eu le mérite de me faire redescendre sur terre.

J'avais entrouvert les bras, il avait soulevé délicatement mon écharpe et froncé les sourcils en entendant le miaulement plaintif du chaton.

— Tu n'es pas en forme, toi…

Il m'avait dévisagée, un sourire triste aux lèvres.

— Il est à vous ?

— Non, je vous l'ai dit, je l'ai trouvé près d'une poubelle.

— Je vais faire ce que je peux, en tout cas merci de ne pas l'avoir laissé crever.

— C'est normal.

— Donnez-le-moi, vous allez pouvoir rentrer chez vous et vous mettre à l'abri.

Mes cheveux et mon maquillage dégoulinaient sur mon visage, je ne devais pas offrir un très joli spectacle. Il s'était approché, avait glissé ses mains sous les miennes, suspendant son geste quelques instants durant lesquels nous nous étions regardés dans les yeux, sans bouger, un sourire interdit aux lèvres. Je n'avais eu aucune envie de quitter le chat, encore moins son nouveau vétérinaire. Mais, après une profonde inspiration, il avait fini par attraper la boule de poils et s'était éloigné. Il le manipulait avec beaucoup de précautions, tout en me suivant du coin de l'œil tandis que je me dirigeais vers la sortie en murmurant un « au revoir » timide.

— Je peux connaître votre prénom… pour lui dire qui l'a sauvé ?

J'avais souri en le fixant à travers mes cils.

— Ava, et vous ?

— Xavier.

J'étais repartie, inquiète pour le chaton et charmée par cet homme. Les jours suivants, ils avaient fréquemment traversé mes pensées. Et j'avais fini par m'accorder le droit d'aller prendre des nouvelles. Je m'étais échappée un peu plus tôt de la galerie de mon père où je travaillais déjà et étais retournée à la clinique que j'avais trouvée porte close. Au moment où je m'apprêtais à remonter dans ma voiture, une moto était arrivée en trombe. La curiosité et l'envie que ce soit lui m'avaient poussée à attendre de découvrir qui se cachait sous le casque avant de partir. J'avais bien fait. Xavier avait couru vers moi sourire aux lèvres.

— Bonsoir, Ava. Tu as encore sauvé un chat ?

J'avais ri et aimé sa spontanéité, la barrière qu'il venait de faire tomber entre nous.

— Non, je voulais savoir comment il allait.

— Mademoiselle reprend des forces.

— Fantastique !

— Tu veux la voir ?

— Je ne veux pas te déranger. Tu es fermé…

— J'ai fini ma journée. Donc, à moins qu'une belle jeune femme ne débarque avec un chaton, je n'ai rien de prévu.

Il avait fermé un œil en souriant outrageusement, comme s'il se moquait de lui-même et de sa réplique de tombeur.

— Tu t'emballes un peu, Xavier, s'était-il sermonné tout aussi comiquement.

J'avais ri à nouveau, charmée par son enthousiasme et son naturel. Quelques minutes plus tard, Mademoiselle ronronnait discrètement dans mes bras.

— Tu ne veux pas la garder ? m'avait-il demandé en lui caressant le dessus de la tête. Elle a l'air bien avec toi.

— Qu'est-ce que j'en ferais !

— Allez, prends-la, m'avait-il suppliée, avec un regard de cocker.

— Ce n'est pas fair-play de me faire ces yeux-là. Je ne vais pas décider ça sur un coup de tête ! avais-je conclu non sans remarquer son sourire satisfait.

— Si je t'invite à dîner, cela te laisse le temps de la réflexion. J'habite ici, pas besoin de bouger, je te fais la cuisine, tu te fais servir, tu la câlines pendant ce temps-là et…

— Je repars avec ! l'avais-je taquiné en éclatant de rire.

J'avais bien évidemment accepté son invitation. La soirée avait été magique. Entre deux rires, sous couvert de faire connaissance, nous nous étions tournés autour. Il avait tout juste trente ans. Il venait d'arriver dans le coin et s'installait à son compte. Il n'avait pas peur de l'engagement, vu l'emprunt qu'il s'était mis sur le dos pour acheter cette grande maison où tout ou presque était à refaire. Il voulait en faire la clinique vétérinaire de ses rêves, accueillante, chaleureuse, et surtout pas un lieu de torture pour les animaux et les maîtres. Il avait trouvé cette vieille baraque avec un immense jardin, pour faire courir ses pensionnaires. Il avait entrepris d'énormes travaux pour créer son cabinet, une salle d'opération, une pièce pour les cages. Il vivait à deux mille à l'heure, débordant d'idées, d'envies, de projets, il ne comptait pas son temps, à croire que ses journées et ses semaines étaient plus longues que celles du commun des mortels. Il n'hésitait pas à consacrer certains de ses week-ends à des refuges, à rendre service à droite à gauche. Nous avions dîné au milieu des cartons, Mademoiselle pelotonnée en boule sur le canapé près de nous. Chaque minute, je succombais un peu plus à la lumière qu'il dégageait, sa franchise, sa simplicité à l'opposé du monde de l'art dans lequel j'étais née et avais grandi. Alors que la soirée touchait à sa fin, il m'avait appris qu'il partait en Afrique le lendemain pour plus d'un mois, travailler dans un centre de soins animaliers en pleine brousse.

— Et elle, tu en fais quoi ? lui avais-je demandé en attrapant Mademoiselle.

— Je la dépose à un pote de promo qui va lui dégoter une famille.

J'avais soulevé la petite bête et frotté mon visage dans son poil.

— Ce n'est pas la peine, je l'embarque.

Quand j'avais annoncé qu'il était l'heure de rentrer chez moi, Xavier n'avait pas cherché à me retenir ; je m'étais dit que j'avais mal interprété les signaux. Il m'avait donné tout ce qu'il fallait pour la chatte et m'avait raccompagnée à ma voiture, Mademoiselle avait trouvé sa place sur le siège passager. J'avais remercié Xavier pour le dîner. Il m'avait souri, avait regardé à droite à gauche. Puis, sans que je m'y attende – même si j'en rêvais –, il m'avait attrapée dans ses bras. Mes mains s'étaient posées sur lui, j'avais senti son cœur battre sous ma paume.

— Je pars demain, Ava, si ce n'avait pas été le cas, j'aurais voulu que la soirée se termine d'une autre manière.

Il s'était penché et m'avait embrassée comme si sa vie en dépendait, j'avais su que je ne l'oublierais jamais. Nos bouches emmêlées nous avaient entraînés loin, très loin ; dans ses bras, j'avais eu le sentiment de n'avoir jamais été aussi légère. Il s'était détaché de moi, sourire crispé aux lèvres.

— Je ne suis pas du genre à passer la nuit avec une femme et m'enfuir au petit matin, surtout quand je sens que je pourrais très vite ne plus me passer d'elle.

Je m'étais blottie plus étroitement contre lui.

— Tu vas revenir ?

— Oui.

Je lui avais volé un dernier baiser, m'étais arrachée à son étreinte. Et j'étais partie, le cœur lourd.

Les quatre semaines qui avaient suivi m'avaient semblé les plus longues de toute ma vie. Je me consolais en regardant Mademoiselle détruire méthodiquement mon appartement et mon père devenir fou parce que je passais mon temps la tête dans les nuages, à me demander si je reverrais Xavier un jour. Et puis, un soir, la porte de la galerie s'était ouverte sur lui et son sac de voyage kaki. Il était épuisé, avait encore du sable dans les cheveux, mais l'éclat vert de ses yeux m'avait fait mille promesses. Le soir de son retour, la clinique avait accueilli notre première nuit d'amour.

Quinze ans plus tard, nous avions construit notre maison du bonheur, deux bébés étaient nés ; Pénélope avait aujourd'hui onze ans et Titouan sept. Mademoiselle était toujours là, la clinique tournait. Xavier avait continué à partir une fois par an à l'autre bout du monde dans des centres pour primates et fauves en danger, jamais je n'aurais songé à l'en empêcher, il avait besoin de se rendre utile, au-delà de sa clinique. Notre famille donnait du sens à sa vie, mais l'engagement personnel lui était vital. J'aurais aimé l'accompagner, mais jamais je ne le lui avais proposé, ne voulant pas m'imposer : c'était son moment à lui. Il savait que j'avais peur quand il partait, que certains soirs je pleurais de fatigue et de manque de lui, il s'en excusait, me proposait tous les ans au moment de prendre son billet d'avion de ne pas y retourner, mais je ne voulais surtout pas être la cause de ce renoncement. Et je l'aimais tel qu'il était.

*
* *

Le lendemain matin, j'ouvris les yeux au son des rires de Pénélope et Titouan. Je les rejoignis sans traîner dans la cuisine. Comme chaque jour, le petit déjeuner était animé chez nous. Encore plus avec le retour de Xavier. C'était un moment sacré pour notre famille, tout le monde était prêt à se lever un peu plus tôt pour ne surtout pas le manquer. La radio servait de fond sonore : comme les conversations fusaient, on l'entendait à peine. Mais elle faisait partie de nos rituels, on la considérait comme une vieille amie. Xavier arborait d'impressionnantes valises sous les yeux, largement contrebalancées par sa mine bronzée. La table débordait de bols de céréales, de tasses, de pain frais et de croissants qu'il avait dû aller chercher avant le réveil des enfants. Je profitai qu'il soit debout pour me lover dans ses bras.

— Tu as bien dormi ? me demanda-t-il.

— Très bien, mais j'ai besoin d'un café, la nuit a été courte.

Il éclata de rire, m'embrassa et m'entraîna vers la table en s'adressant aux enfants :

— Alors, racontez-moi un peu tout ce qui s'est passé à la maison ?

Je les écoutai, attendrie, amoureuse, aimante. Survoltés par le retour de leur père, Pénélope et Titouan avaient de l'énergie à revendre, mais il y avait aussi beaucoup de douceur, de gestes tendres entre les uns et les autres. Notre aînée semblait avoir oublié le temps de quelques minutes qu'elle ne supportait plus son petit frère, et Titouan, de son côté, avait oublié qu'il se faisait un devoir d'asticoter sa grande sœur depuis qu'elle était entrée au collège. Xavier était attentif à leurs mots, il riait des anecdotes – pas ombrageux d'avoir raté certains événements –, tout y passa : l'école, les copains, les activités, le recyclage des déchets, les questions existentielles – à savoir, quand mangerions-nous des frites. Puis, d'un air amusé, il les interrogea pour savoir si j'avais été sage. Ce qui me fit rire et plonger le nez dans ma tasse, curieuse d'écouter le compte rendu des enfants.

— Elle n'a pas trop crié, commença Titouan. Parce qu'on a été très sages, nous, papa.

— Bah… pas toi, enchaîna sa sœur avec cette moue moqueuse et blasée typique de la préadolescence.

J'avais été subjuguée par la métamorphose de notre aînée en quelques semaines : comment ma petite fille avait-elle pu devenir en si peu de temps cette ado grognon, susceptible et taiseuse ? Merci, la puberté ! Titouan bondit de sa chaise, prêt à la bagarre, Xavier intervint plus vite que la lumière et attrapa le bras de notre fils pour le faire rasseoir.

— On se calme ! Je ne parlais pas de vous, mais de maman… là…

Titouan trucida sa sœur du regard, elle n'allait pas l'emporter au paradis. Quel bonheur de ne plus être seule à gérer leurs histoires ! Pénélope haussa les épaules, d'un air de dire que le microbe qui lui servait de frère ne lui faisait pas peur, et accorda son attention à son père.

— Maman… elle a beaucoup travaillé pendant que t'étais pas là.

Xavier me lança un coup d'œil surpris.

— Ah bon…

— Elle est rentrée tard tous les soirs… C'est toujours Chloé qui était à la maison.

Chloé était la baby-sitter des enfants depuis qu'ils étaient petits. On pouvait même dire qu'elle était notre sauveuse… Entre les soirées où j'étais retenue à la galerie et les consultations sans fin de Xavier – il ne savait jamais dire non –, elle devait bien souvent rester plus tard que le 19 heures convenu sur le papier.

— Qu'est-ce qui se trame à la galerie ? m'interrogea Xavier.

Du fin fond de sa brousse africaine, il n'avait pas enregistré l'info.

— Juste avant ton départ, j'ai rencontré un peintre incroyable, tu ne te souviens pas ?

— Ça me dit vaguement quelque chose…

— Peu importe… Je lui ai proposé de le représenter et dans la foulée d'organiser un vernissage, il a déjà la matière suffisante. Il a accepté !

Je me levai pour me remplir une deuxième tasse de café, et surtout pour contenir l'excitation qui me saisissait.

— Sa peinture est si belle, poursuivis-je, il faut que tu voies, je te jure… et il est intéressant, passionnant, bon… un peu torturé, je ne vais pas te le cacher. Ça fait partie du personnage. On s'entend merveilleusement bien… Du coup, je me suis concentrée à 2000 % sur lui. Avec ton absence, je n'avais aucune excuse pour ne pas m'y consacrer.

— Je ne t'ai pas manqué, en fait, me lança-t-il, avec un sourire en coin.

J'éclatai de rire et m'approchai de lui pour entourer son cou de mes bras, je déposai un baiser sur sa joue.

— Idiot ! Il faut bien que je m'occupe quand tu n'es pas là et Idriss est doué ! Très doué… Il est tombé à pic pour que le temps ne me semble pas trop long sans toi.

— En tout cas, ça faisait longtemps que je ne t'avais pas vue aussi enthousiaste pour un artiste.

Quelques minutes plus tard, les enfants étaient prêts à partir à l'école. Fait incroyable, Pénélope avait demandé à Xavier s'il pouvait la déposer au collège, elle qui depuis la rentrée mettait un point d'honneur à y aller seule.

— Profites-en, glissai-je à mon mari. Elle veut bicher avec son père aventurier… Mais demain, elle aura oublié !

— Je ne vais pas m'en priver… Tu seras déjà partie à la galerie quand je rentrerai ?

— Non, je t'attends. Tu pourrais passer voir les préparatifs de l'expo aujourd'hui ? J'aimerais beaucoup te les montrer.

Il me sourit, indulgent. Il me connaissait ; quand j'avais une idée en tête…

— Oui, avec plaisir.

Je le connaissais ; il oublierait sitôt qu'il aurait franchi la porte de la clinique.

– 2 –

Comme prévu, Xavier fila à la clinique sur sa moto et je partis à pied à la galerie. Rituel immuable que ces quinze minutes pour débuter ma journée. J'aimais marcher dans ces rues que je connaissais depuis toujours. Mon moment préféré ; lorsque je tournais à l'angle de celle de ma deuxième maison. La rue était piétonne, étroite, semée d'embûches avec ses pavés irréguliers, je les maîtrisais à la perfection puisque j'y avais appris à marcher. Cette rue était un village à elle seule. Un village d'une autre époque, d'un autre temps. Il était comme figé. Les murs des immeubles à colombages défiaient la gravité, les couleurs étaient passées, mais personne n'y prêtait attention, car rien n'avait perdu de son charme. Ce charme qui décourageait tous les promoteurs de tenter un projet immobilier. Nous étions indéboulonnables. Comme chaque matin, je saluai d'un signe de la main Anita, la bouquiniste, Joseph, mon voisin luthier – un petit bonhomme qui rapetissait avec les années et à qui il était strictement impossible de donner un âge –, Sybille, la fleuriste, et je passai m'acheter une gourmandise chez les vieux boulangers qui après avoir essayé de prendre leur retraite, avaient finalement décidé de reprendre du service simplement pour fabriquer des douceurs. Je finissais en envoyant un baiser de la main à Lily, la restauratrice. Les plus anciens me connaissaient depuis toute gamine et avaient connu avant moi mon père et mon grand-père. Je tournai la grosse poignée en laiton de la porte, traversai la galerie, lançai mon sac et mon manteau dans mon bureau avant de faire le tour quotidien du propriétaire, au son de mes talons sur la pierre de Bourgogne. J'allumai les lumières au fur et à mesure de ma progression dans les trois salles d'exposition, séparées les unes des autres par une arche et quelques marches. J'aimais ces différents niveaux qui, à eux seuls, nous faisaient changer d'atmosphère. Tout était de guingois, vu l'ancienneté de l'immeuble. L'agencement des œuvres en apparence anarchique respectait encore la devise de Grand-Père : « Les belles choses vont toujours ensemble. » Sculptures et peintures se côtoyaient dans un méli-mélo de matières organiques, minérales, de couleurs parfois chatoyantes, parfois sombres, parfois à peine suggérées au milieu des toiles blanches.

J'avais toujours vécu à la galerie. Mon père m'y avait élevée, il m'y avait formée avant de me la confier. Comme mon grand-père l'avait fait avec lui. Je n'avais pas connu ma grand-mère, morte plusieurs années avant ma naissance. Le métier de galeriste se transmettait de génération en génération dans ma famille. Nous avions frôlé la catastrophe, car à ma naissance, mon grand-père s'était pincé le nez en découvrant que son fils n'avait pas été capable d'engendrer un héritier mâle avec *la dégénérée* dont il avait eu le malheur de s'enticher... Une autre époque... qui lorsque j'y repensais me faisait froid dans le dos.

Ma mère... ou la plus grande discorde entre eux. Je connaissais toute l'histoire, chacun d'eux m'ayant offert sa version, étrangement pas si éloignée des autres. *Jamais une femme ne reprendra ma galerie*, avait tonné Grand-Père en apprenant qu'il avait une petite-fille. Papa avait alors claqué la porte de la galerie ; cette guerre entre eux avait duré quelques mois, chacun errant comme une âme en peine, mon père sans son métier et mon grand-père sans son fils. Ils avaient fini par parvenir chacun à des concessions ; mon père avait arrêté de plaider pour l'amour de sa vie – acceptant qu'il ne devait rien attendre entre son père et sa femme – et mon grand-père s'était résolu à ne plus attaquer sa belle-fille et à prendre en considération « sa descendance ». L'issue avait été heureuse pour mes liens avec lui, puisque j'avais réussi à le charmer. À l'envoûter, me disait-il avec un clin d'œil.

En revanche, pour mes parents, l'histoire avait en un sens donné raison à Grand-Père. Ma mère était une artiste hippie nostalgique de Woodstock. Mes parents étaient tombés follement amoureux, mais leur amour passionnel n'avait tenu que quelques années sous le regard dubitatif du patriarche. Mon arrivée avait comblé ma mère jusqu'à l'aube de mes trois ans. Lassée de cette vie à l'opposé de ses aspirations communautaires – l'amour ne suffit pas toujours – elle était partie, nous laissant, papa et moi.

Je ne sais pas où mon père avait trouvé la force de rebondir, de ne pas faiblir, de prendre soin de moi avec tant d'affection et de tendresse. Il avait gardé la tête haute et m'avait élevée seul sans jamais la condamner, m'exhortant plutôt à la plus grande tolérance vis-à-vis d'elle et de son choix. Pour lui, il valait mieux l'imaginer heureuse dans son autre vie que de l'avoir malheureuse avec nous. Cela peut paraître fou, mais je ne lui en avais jamais véritablement voulu, j'avais vécu une enfance et une adolescence heureuses, choyée et protégée par mon père et mon grand-père. Grandir sans ma mère m'avait appris l'autonomie et l'indépendance. J'étais la petite femme de la maison ; très vite, j'avais géré avec plaisir l'intendance, je régnais sur mon monde. Et puis, maman n'était jamais loin, finalement. Elle nous écrivait régulièrement des lettres nous donnant et nous demandant des nouvelles. Elle glissait quelques photos de sa vie, nous en faisions autant. De temps à autre, elle venait nous rendre visite. Je profitais alors de cette maman en grande robe à fleurs avec des turbans sur les cheveux qui s'appliquait méthodiquement à me faire peindre. Lorsque j'avais eu dix ans, j'avais demandé à découvrir où elle vivait. Papa avait accepté, malgré sa frayeur que je ne revienne jamais. Chez elle, j'avais toute la liberté qu'une enfant pouvait souhaiter ; je courais, je riais, je chantais, je pouvais passer mes journées en culotte ou déguisée en elfe des bois, sans horaires, sans repères. J'y avais beaucoup peint, j'avais appris la poterie, à raconter des histoires. Une multitude de gens hauts en couleur s'occupait de moi et de tous les autres enfants, peu importait le lien de famille. C'était un monde merveilleux et illusoire. J'étais toujours revenue à la maison et à la galerie après ces semaines passées dans la communauté de maman, heureuse et rassurée par la stabilité et la constance de papa.

Mon grand-père et mon père m'avaient initiée à l'art sans que je m'en rende compte. Naturellement, comme on respire. Cela faisait partie d'eux, ils m'avaient transmis cet œil intransigeant, cette extrême sensibilité face à une œuvre, ce flair imparable pour dénicher de nouveaux talents. Enfant, je partageais mon temps entre l'école, les devoirs à la galerie et mes week-ends à écumer les musées, les expos, les ateliers avec Grand-Père, après qu'il eut laissé son fils aux commandes. Quand j'étais à la galerie avec papa, j'assistais, émerveillée, à ses tours de magie pour vendre une toile ou une sculpture ou encore pour convaincre un artiste de signer avec lui ; tout en ayant un nez dans mes cours, je l'entendais décocher ses arguments, séduire, faire rêver, encourager, rassurer. Mon père était un funambule des mots. Cela s'était imprimé dans chaque fibre de mon être, j'avais absorbé cette passion, elle était devenue mienne. Le sens de la communication, cet art de la séduction et cet amour pour les artistes qui étaient le propre des galeristes s'étaient inscrits en moi d'une manière irrévocable. Je laissais Grand-Père dire que ses gènes l'avaient emporté sur ceux de maman, sachant pertinemment que contredire un vieil homme buté comme lui aurait été une dépense d'énergie inutile.

J'étais convaincue qu'une fois mon bac en poche, Papa me prendrait directement à ses côtés à la galerie. Ce fut tout le contraire. À ma stupéfaction, il m'avait expédiée faire mes études à l'autre bout du pays, insistant même pour que je choisisse une autre discipline qu'histoire de l'art et j'avais dû me battre contre lui pour qu'il me laisse choisir. Ce fut le dernier combat de Grand-Père au crépuscule de sa vie et le seul qu'il mena en tandem avec ma mère. Lui qui avait rejeté d'une manière virulente que je puisse un jour reprendre à mon tour *son œuvre* avait mieux compris que quiconque qu'il ne fallait surtout pas entraver ma passion. Même après l'obtention de ma maîtrise, papa repoussa une fois de plus mon embauche et m'envoya enchaîner les stages à l'étranger chez des confrères amis. Il voulait que je voie du pays, que je découvre d'autres formes d'art à travers différentes cultures, j'avais été en Afrique, en Amérique du Sud. Il voulait que je m'ouvre à toutes les expressions et à toutes les subtilités du marché de l'art. Il souhaitait que je fasse mes propres rencontres, mon propre carnet d'adresses, que je m'approprie d'autres méthodes de galeriste, moins conventionnelles que les siennes. Il a fallu que j'attende mes vingt-six ans pour qu'il décrète que je pouvais rentrer à la maison. J'en avais été soulagée. Bien qu'ayant follement aimé cette période de voyages et de découvertes, je voulais rentrer au bercail, prendre enfin ma place auprès de lui. Il me manquait, la galerie me manquait, le souvenir omniprésent de Grand-Père aussi.

À mon retour, j'avais très vite saisi la ou plutôt les raisons de cet éloignement imposé. Tout d'abord, il était convaincu de m'avoir enfermée dans une cage dorée ; il craignait qu'un jour ou l'autre, si je ne voyais rien d'autre que les quatre murs de la galerie, j'explose – un peu comme maman – et que j'envoie tout valser. Il voulait m'ouvrir à tout le champ des possibles. Pourtant, mon absence de plusieurs années avait été un crève-cœur pour lui – pour moi aussi, mais dans une moindre mesure au vu de l'aventure extraordinaire que j'avais vécue. L'autre raison était certes égoïste, mais tellement intime et si belle ; quand il me l'avait avouée, il avait été mille fois pardonné. Maman et lui s'étaient retrouvés après plus de vingt ans, écrivant un nouveau type de relation qui leur ressemblait. Ils n'avaient plus de contraintes, plus d'enfant à élever, plus de comptes à rendre à qui que ce soit. Bien loin d'eux l'idée de reprendre une vie commune, ils ne se voyaient que pour le plaisir de l'art et des sens. Autant maman se moquait de ce que je pouvais en penser, autant papa était terrifié. Je lui avais ri au nez, lui révélant au passage que je n'étais pas aveugle et que je savais depuis toute petite qu'ils n'avaient jamais cessé de s'aimer. Je préférais nettement cette honnêteté à la dissimulation, ils avaient passé l'âge de se cacher. Et jamais je ne les avais jugés pour leur choix, cela ne me serait même pas venu à l'idée.

Durant une dizaine d'années, nous avions géré la galerie en duo. Parfaire ma formation à ses côtés avait été merveilleux, passionnant, enthousiasmant. Je n'avais pas l'impression de travailler avec mon père, d'ailleurs, je n'avais pas le droit de l'appeler papa là-bas. Face aux œuvres, aux artistes, aux clients, il était Georges ; je travaillais auprès d'un maître, d'un mentor qui me considérait comme son égale. Je pensais cette collaboration éternelle. Pourtant, peu avant les trois ans de Titouan et son entrée en maternelle, papa m'avait convoquée d'une manière cérémoniale – qui ne lui ressemblait absolument pas. Face à un tableau gigantesque représentant l'horizon dans un dégradé de bleu et de gris que nous venions de vendre et qu'il aimait particulièrement, il m'avait annoncé son départ :

— Mon Ava, il est temps de te laisser voler de tes propres ailes… C'est ce que Grand-Père aurait souhaité… C'est ce que je souhaite aussi, plus que tout au monde… La galerie est à toi, désormais.

Son ton solennel, son regard embué et tourné vers la toile m'avaient empêchée de m'opposer à lui. Pourtant mon corps et ma tête avaient hurlé : « Non, pas maintenant, pas déjà. » J'avais été terrifiée, me sentant incapable d'être seule, de réussir à conserver et faire vivre la galerie sans lui. Mais je ne pouvais en aucun cas me soustraire à sa demande, à son vœu. Mon père, cet homme que j'admirais plus que tout, devait me laisser prendre mon envol. Il me prouvait ainsi que j'étais véritablement adulte, que je savais mener ma vie de femme, de mère et de galeriste. Je me refusais de le retenir égoïstement alors que tout allait bien pour moi. Plutôt que de lui répondre, les mots auraient été inutiles, je m'étais penchée vers lui, abandonnant mon visage contre son épaule, non sans retenir une larme d'émotion.

Je me répétais souvent à quel point j'avais de la chance d'exercer ce métier et que ce métier, tout comme la galerie, m'ait été légué. Davantage encore dans des périodes comme celle que je vivais avec les préparatifs du vernissage sur lequel je fondais de grands espoirs. Les affaires étaient plutôt timides depuis quelques mois, mes résultats n'étaient plus ce qu'ils étaient, et la porte de la galerie ne s'ouvrait plus à la même fréquence que quelques années auparavant.

Je profitai du calme de cet après-midi de semaine pour effectuer les dernières vérifications sur le catalogue de l'exposition d'Idriss. De grands coups contre la porte vitrée me firent sursauter. Sans aucune surprise, je découvris Carmen, la seule et l'unique. Ma meilleure amie. Je me levai illico presto pour lui ouvrir avant qu'elle ne démolisse tout.

— *Hola !* chantonna-t-elle de sa voix de velours.

Avec sa tignasse brune crépue indisciplinée, sa marinière et son éternelle salopette large en jean – elle était la seule femme de la Terre à rendre ce vêtement sexy – et son sourire d'une centaine de dents, elle amenait toujours le soleil avec elle. Je m'effaçai pour la laisser passer, d'autant qu'elle avait les bras chargés, ce qui ne présageait rien de bon… pour mon estomac. Carmen, brusquement effrayée par le temps qui passe, avait décidé d'activer le mode détox, le pire étant qu'elle confectionnait elle-même ses jus et smoothies de légumes ainsi que des galettes de graines absolument immangeables. Je ne m'inquiétais pas trop ; bonne vivante de nature, elle ne tiendrait pas le rythme très longtemps. En attendant, elle voulait que je m'y mette. Je la suivis jusqu'au débarras, qui faisait office de cuisine, où ce que je craignais arriva. Elle sortit de son cabas un blender rempli d'une substance verdâtre – qui me donnait la nausée rien qu'à la voir – et des Tupperware à la contenance douteuse.

— Tu veux bien me dire ce que c'est ? Et à qui tu le destines, s'il te plaît ?

— Je t'ai préparé un cocktail *muy caliente* pour être en forme... Ton grand fauve est rentré la nuit dernière si je me souviens bien !

Je levai les yeux au ciel, ne sachant si je devais éclater de rire ou m'énerver contre elle.

— Et vu tes cernes, vous n'avez pas dû attendre pour fêter son retour ! Allez, bois !

Je ne m'étais même pas rendu compte qu'elle m'avait servi un grand verre de sa mixture.

— Seulement si tu m'accompagnes et qu'on trinque toutes les deux.

Elle se décomposa.

— Oh, Ava... tu ne peux pas me demander un truc pareil, je m'en suis déjà sifflé un litre entier au réveil, c'est vraiment dégueulasse.

Cette fois-ci, je craquai et pleurai de rire.

— C'est toi qui porteras la responsabilité si je ne suis pas en forme ce soir...

Elle jura dans sa langue maternelle et avala la première gorgée en me fusillant du regard, je l'imitai en me pinçant le nez.

Nous nous étions rencontrées des années auparavant durant mon stage à Buenos Aires. Jeune et talentueuse sculptrice argentine, elle cherchait à se faire représenter par la galerie où je travaillais. J'avais d'emblée été époustouflée par son travail. Elle n'avait pas son pareil pour transformer et sublimer tout ce qui lui tombait sous la main. Quel que soit le matériau ou le support, elle trouvait toujours le moyen de lui donner vie, de le faire s'exprimer ou de lui faire transmettre ses états d'âme ; Dieu savait qu'ils étaient nombreux, je l'avais découvert avec le temps. J'avais bataillé ferme avec mon patron pour que nous la défendions ; malgré son talent indéniable, il craignait son tempérament de feu. J'avais réussi en le convainquant que le prochain galeriste ne serait pas aussi frileux que lui. Piqué au vif, il l'avait signée, et avait eu bien raison de le faire. J'avais immédiatement aimé Carmen pour ses coups de gueule autant que pour ses emballements festifs. Elle m'avait fait découvrir son pays, forcée à prendre des cours de tango, embarquée dans des expos *underground*. Nous avions ri, nous avions pleuré, nous avions aimé ensemble. Rien n'était plat, ni fade avec Carmen. Tout était permis. Elle soufflait un vent de fraîcheur juste ce qu'il fallait de décadent. Sous ses allures vaguement débauchées, elle savait malgré tout où se situaient les limites. Toutes les deux, nous nous assortissions harmonieusement, je la calmais là où elle me libérait de mes entraves. Mon retour à la maison n'avait pas rompu notre amitié, nous nous étions écrit de longues lettres, et téléphoné de temps en temps, malgré le décalage horaire et le coût exorbitant des appels ; durant l'une de ses conversations, alors qu'elle était dévastée par une énième rupture amoureuse, je lui avais proposé de faire le voyage jusqu'à moi pour lui remonter le moral et lui présenter ma famille. Elle avait toujours eu le regret de ne pouvoir venir à notre mariage et d'avoir raté la naissance de Pénélope. Elle n'était jamais repartie et, depuis, je m'occupais de son œuvre. Bien grand mot pour qualifier mon travail, je ne faisais que de la figuration ; Carmen était sa meilleure représentante.

Après avoir avalé la dernière goutte de son jus à la noix, je réprimai difficilement un haut-le-cœur. Aujourd'hui, comme tous les jours, elle débarquait – immanquablement, mais selon elle à l'improviste – à la galerie, se faisait offrir un café, tournait autour de ses sculptures et s'installait dans le fauteuil de l'autre côté de mon bureau pour papoter, sans s'offusquer que je reprenne mon travail là où je l'avais arrêté au moment de son irruption.

— Comment va Xavier ?

Je levai le nez du catalogue, avec un immense sourire aux lèvres.

— Bien, il est crevé, mais il a l'air heureux de son séjour et d'être rentré ! C'est simplement dommage que je sois débordée… j'ai fait un mauvais calcul.

— Ton petit protégé te prend tout ton temps !

Au même instant, je vis Idriss longer la devanture.

— Tiens, quand on parle du loup.

Elle fit pivoter son fauteuil pour regarder à son tour dehors.

— Il est à croquer, ronronna-t-elle.

— Je t'en prie, Carmen. Et je croyais que tu avais rencontré un type que tu voulais nous présenter.

Elle balaya nonchalamment ma remarque d'un revers de main.

— Tu ne veux pas que je m'occupe un peu de lui pendant que tu gères ta paperasse ?

— Hors de question… tu lui fiches la paix, tant que le vernissage n'a pas eu lieu. Ne va pas me le mettre dans tous ses états avant… il m'épuise bien assez !

— Je t'ai habituée à trop bien…

— C'est vrai que tu es l'artiste la plus facile qui soit. Tiens-toi, s'il te plaît…

La porte s'ouvrit sur Idriss qui se tétanisa quand il découvrit que je n'étais pas seule.

— Bonjour, Idriss ! le saluai-je joyeusement.

— Bonjour, Ava… Je repasserai plus tard, tu es occupée…

Je me levai et m'approchai pour lui faire une bise chaleureuse.

— Mais non ! Reste, Carmen allait partir. Je suis contente de te voir.

Le soupir de déception de ma tornade argentine fut tout sauf discret. Idriss tourna les talons, je le rattrapai par le bras.

— Carmen… grognai-je.

— C'est bon !

Elle nous rejoignit près de la porte après avoir récupéré tout son fatras, déposa un baiser sur ma joue, se retint d'en faire de même avec Idriss, mais ne put s'empêcher de lui envoyer un clin d'œil aguicheur. Elle était incorrigible.

— *Besos*, mon Avanita !

Elle sortit en laissant la porte grande ouverte, enfourcha son vélo et insulta en espagnol quelques badauds qui l'empêchaient d'avancer. À présent que le calme était revenu, je pouvais me concentrer sur Idriss.

— Je te sers un café ?

— Je ne veux pas te déranger, Ava.

Idriss s'excusait de respirer ! Plutôt que de répondre à ses excuses qui n'avaient pas de sens, je lui souris et partis lui chercher une tasse.

Idriss, malgré son talent plus que prometteur, était rongé par une angoisse paralysante. La seule fois où il avait vaincu sa timidité – je me demandais encore comment –, cela avait été pour entrer à la galerie. En revanche, il avait fallu que je lui arrache les mots de la bouche pour comprendre ce qu'il attendait de moi et qu'il finisse par dévoiler ce qu'il peignait. Personne n'avait jamais cru en lui ; les moqueries, le manque d'encouragement, son entourage qui le poussait à cesser de s'obstiner avaient eu raison de lui. Quand il était entré chez moi, il cherchait l'avis décisif, celui qui le ferait persévérer ou abandonner définitivement. J'avais cru en lui. Cela faisait longtemps qu'un artiste ne m'avait pas touchée comme Idriss. À mesure que la date de son entrée dans le monde de l'art approchait, ses vieux démons le reprenaient, et je devais fatalement gérer des crises de panique de plus en plus fréquentes et improbables. Autant Carmen régnait en maître sur la galerie, autant lui tournait en rond, passant d'une salle à l'autre, lançant des œillades apeurées aux œuvres exposées – les siennes n'étaient pas encore en place –, persuadé de ne pas être à la hauteur des autres. Il était atteint du syndrome de l'imposteur, et s'excusait continuellement d'exister : je n'avais toujours pas trouvé comment l'en guérir. J'avais beau lui dire que je croyais en lui, rien à faire…

— Je ne viendrai pas… le grand soir.

L'heure de la méthode musclée venait de sonner. Je le rejoignis et l'attrapai par les épaules en cherchant à capter son attention. Je contins un agacement amusé pour ne pas le vexer. Il était immense et gauche avec son corps. Je me faisais l'impression d'être une maîtresse d'école sur le point de sermonner l'un de ses élèves. Du haut de ses quarante-trois ans, Idriss avait tout du petit garçon ; ce qui m'attendrissait chez lui, c'est que contrairement à d'autres, il ne jouait pas la comédie de l'artiste maudit – ce qui m'agaçait prodigieusement – lui l'était dans sa chair et son âme.

— Je ne te laisse pas le choix, un vernissage sans l'artiste, ce n'est pas possible… Ta cote va monter en flèche, on le sait, de là à te cacher pour entretenir le mythe, on a encore un peu de marge.

— Je ne vais pas y arriver, je ne sais pas parler… Je vais tout gâcher. Je ne suis pas fait pour la lumière.

— Toi peut-être pas, mais ta peinture oui… et elle a besoin que tu sois là. Pendant le vernissage, je t'aiderai, je te tiendrai la main s'il le faut, je te soufflerai les réponses aux questions.

Il continuait à secouer la tête en signe de refus, il était sacrément atteint aujourd'hui. J'allais décocher la carte de la culpabilité, pourtant j'aurais bien attendu, car les deux prochaines semaines allaient être longues si j'avais droit à une crise d'angoisse par jour.

— Idriss, si tu ne viens pas, je vais être obligée d'annuler... Pense à moi, à la réputation de la galerie. Les cartons d'invitation sont partis, j'en ai envoyé aux journalistes, aux élus, aux patrons... Je vais passer pour qui si tu me plantes ?

Lui déjà très pâle blêmissait à vue d'œil, j'étais peut-être allée trop loin.

— Ava, tu te rends compte de la pression que tu me mets !

— Absolument, lui rétorquai-je, un sourire sadique aux lèvres. Idriss, on a les toiles nécessaires pour le vernissage, mais ne reste pas sans peindre, tu vas tourner dingue sinon, je commence à te connaître. Exprime ton angoisse et ton mal-être, il ne pourra en ressortir que quelque chose de magnifique et je pourrai toujours trouver une place sur les murs.

Il baissa les yeux.

— Je suis désolée de t'embêter... ça me saisit à la gorge et je ne sais plus quoi faire... Tu es la seule à me rassurer.

— Ne t'inquiète pas, c'est mon travail, et je crois en toi.

Je faillis crier « Alléluia ! » quand il sourit timidement. Il était apaisé, au moins pour quelques heures, aussi décidai-je de lui faire découvrir les photos de ses tableaux dans le catalogue.

Comme bien souvent, je perdis la notion du temps ; passionnée par ses mots sur son travail, rêvant déjà à son succès. J'étais certaine que nous pouvions vivre de grandes aventures, lui surtout, moi par procuration, mais c'était pour cette raison que j'aimais mon métier de galeriste. Quand mes yeux tombèrent par hasard sur l'horloge, je compris que je n'avais pas vu la nuit tomber et que Xavier n'était pas passé me voir à la galerie. Il était près de 20 heures.

— Idriss, je suis désolée, ne crois pas que je te mets à la porte, mais je dois rentrer chez moi. En plus, mon mari est rentré de voyage cette nuit…

— Pardon, Ava.

— Ne t'excuse pas, voyons ! C'est ma faute, je n'ai pas vu l'heure.

Il fit le tour de la galerie avec moi pour éteindre les lumières. J'attrapai mon sac, mon manteau, mes clés et on sortit tous les deux. Une fois dans la rue, je me retins d'applaudir, il pleuvait. Je refis un passage éclair à l'intérieur et attrapai mon immense parapluie que je déployai en le faisant tournoyer au-dessus de moi.

— Ava… tu as l'air contente qu'il pleuve…

Je haussai les épaules, faussement coupable. Je faisais partie de ces rares personnes à aimer la pluie les soirs d'hiver. J'aimais les gouttes d'eau dans la lumière des phares des voitures, cette impression qu'il faut se dépêcher, qu'il faut se mettre à l'abri. Il y a de l'élégance, ces jours-là, à se réfugier sous un parapluie, à sautiller pour éviter une flaque, c'était encore mieux si, comme ce soir, j'avais des talons aux pieds.

Sentir l'humidité et le froid se frayer un chemin dans mon cou, sous mes vêtements provoquait chez moi des frissons de plaisir. Récompense ultime : arriver à la maison, se frictionner les cheveux avec une serviette chaude et faire un feu de cheminée. Ce n'était pas aujourd'hui que j'en aurais le temps !

— Bonne soirée, Idriss, et s'il te plaît, n'oublie pas ce que je t'ai dit. Peins ! Ne t'arrête pas de peindre !

Je me hissai sur la pointe des pieds et l'embrassai avant de partir en sautillant comme prévu entre les flaques d'eau.

J'entrai en trombe dans la maison, renonçai à la fête du chien et du chat qui m'accueillaient tous les soirs pour rejoindre sans traîner la cuisine où je découvris mes enfants à table en compagnie de leur baby-sitter. Xavier était donc à la clinique… il n'avait pas tardé à reprendre le rythme.

— Chloé, je suis tellement désolée, lui dis-je en l'embrassant.

— Pas de problème, je me suis permis de leur faire à manger.

— Tu es un ange… Je ne sais pas ce qu'on ferait sans toi.

Elle prit sa mine timide et gênée, elle ne supportait pas les compliments.

— File ! Rentre vite chez toi !

Elle disparut dans l'entrée et je pus enfin dire bonsoir à mes enfants.

— Ça a été, ta journée ? demandai-je à Pénélope.

Elle haussa les épaules, blasée.

— Et toi, mon chéri ?

Titouan leva le pouce, incapable de parler à moins de recracher la bouchée de coquillettes qu'il venait d'engloutir.

— À demain, nous interrompit Chloé.

Pénélope lui envoya un signe de la main, sourire aux lèvres – son humeur n'était donc pas si mauvaise –, Titouan avala à toute vitesse et bondit de sa chaise pour l'embrasser.

— Bonne soirée, lui souhaitai-je.

Pendant qu'ils terminaient de manger et que je préparais le dîner *des grands*, ils me racontèrent les événements du jour. Je devais reconnaître que je ne les écoutais qu'à moitié. Mais au son de leurs voix et de leurs chamailleries, je sentais qu'ils allaient bien, que rien de grave ne s'était déroulé et que nous pourrions dormir tous les quatre sur nos deux oreilles. Enfin, encore fallait-il que Xavier rentre !

J'entendis le vrombissement de la moto trois quarts d'heure plus tard. Monsieur aboya tout ce qu'il put pendant qu'il faisait la fête à son maître. Xavier prit, évidemment, tout son temps avec lui, j'étais certaine qu'ils se roulaient tous les deux par terre. Alors que j'étais dans la cuisine, il arriva dans mon dos et m'enlaça la taille. Il reposa son menton sur mon épaule, je sentais son épuisement à sa façon de laisser peser son poids sur moi.

— Tu n'aurais pas dû m'attendre pour manger…

Je lui lançai un coup d'œil et l'embrassai sur la joue.

— Tu aurais pu rentrer plus tôt, ce soir, le taquinai-je.

Il haussa un sourcil amusé, je lui donnai un petit coup de coude dans les côtes.

— Tu nous sers un verre de vin ? lui demandai-je.

— À tes ordres !

Après dîner, on se blottit l'un contre l'autre dans le canapé, je savourais de pouvoir me reposer entre ses bras. Ils m'avaient manqué. Xavier caressait distraitement mes cheveux, il voulait en savoir davantage sur le vernissage et sur Idriss. Mais rapidement, j'arrêtai de parler sans même qu'il s'en rende compte, il était reparti dans ses pensées. C'était fréquent quand il rentrait, il atterrissait tranquillement.

Les jours qui suivaient son retour, Xavier était toujours ailleurs, toujours un peu loin, toujours un peu soucieux. La même question me hantait ; avait-il fait le voyage de trop ? Celui dont il ne reviendrait pas. Son esprit était-il encore là-bas ? La vie que nous menions lui semblait-elle brusquement futile ? À chaque fois, quand il arrivait là-bas et quand il rentrait chez nous, le choc physique et moral l'assommait. En plus du centre de protection, il donnait aussi de son temps dans un dispensaire et dans l'école du village où il logeait. Alors forcément, quand il retrouvait sa femme galeriste, ses beaux enfants en pleine santé qui ne manquaient de rien, sa grande maison… il devait se demander à quoi cela rimait. Il vivait quelques jours de révolte silencieuse que moi seule percevais, mais qui ne durait pas : il avait la faculté de cloisonner et de maintenir l'équilibre entre la mission qu'il se donnait là-bas et notre vie.

— Dans quel état as-tu trouvé la clinique ? lui demandai-je pour le faire revenir à la réalité et parce que je m'en souciais, aussi.

Je ne pouvais qu'être très attachée à cet endroit. Au-delà du fait que nous nous y étions rencontrés et aimés pour la première fois. Nous y avions vécu plusieurs années, jusqu'à la naissance de Titouan. Pour pouvoir y rester, il aurait fallu pousser les murs et je devais reconnaître que je n'étais pas contre vivre sans les aboiements continus des chiens hospitalisés et les plaintes des animaux errants que Xavier récupérait régulièrement. Pour lui aussi, ce changement m'avait semblé nécessaire, sans quoi, il n'aurait jamais décroché, pas même le dimanche.

— Mon remplaçant a laissé un bordel sans nom ! J'ai du pain sur la planche pour remettre les choses en ordre et assainir mon emploi du temps, il a fait n'importe quoi !

Nous n'allions pas souvent le voir, ces prochains jours. En le voyant bâiller à s'en décrocher la mâchoire, je le mis malgré tout en garde.

— Fais quand même un peu attention avant de repartir sur les chapeaux de roue, prends le temps de redescendre.

Il fit une moue sarcastique, comme si m'inquiéter pour lui était absolument ridicule.

– 3 –

La vie reprit son cours normal. Je courais en tous sens pour être prête, cela faisait si longtemps que je n'avais pas organisé de vernissage… Dernièrement, j'avais manqué d'entrain, me trouvant toujours mille raisons pour repousser certains événements et rendez-vous incontournables. J'avais perdu la main et une partie de ma confiance en moi. Sans compter que je ne faisais que croiser Xavier et les enfants, j'étais en manque d'eux. Surtout de lui et de son soutien, après son absence. Ce n'était pourtant ni la première ni la dernière fois. Comme je l'avais dit à Carmen, je n'avais pas fait attention, en organisant la soirée d'Idriss, qu'elle coïnciderait avec le retour de Xavier. Au fond, ce n'était pas si grave, ne cessais-je de me répéter, nous nous rattraperions plus tard. Cette année, s'ajoutaient pour lui les soucis à la clinique et un emploi du temps surchargé. Chaque soir, quand nous nous retrouvions, je pouvais lire sur son visage à quel point il était fatigué et préoccupé. Je n'aimais pas ça. De mon côté, j'avais besoin de lui. Mais de cela, il ne se rendait pas compte…

Nous étions samedi, à cinq jours du vernissage. Même s'il était inenvisageable de fermer une galerie ce jour-là, ce samedi était néanmoins particulier : Idriss venait d'arriver avec une partie de ses toiles et j'avais prévu de baisser le rideau en début d'après-midi. Elles étaient pour la plupart immenses, il avait besoin de place, du vide de la toile pour réussir à s'exprimer à grands coups de pinceau, de gouache peinte directement à la main et aux doigts. Nous devions passer les prochaines heures à réfléchir aux emplacements, à la meilleure scénographie. J'aimais ces moments de tête-à-tête avec les artistes où j'étais encore la seule à connaître leurs œuvres, où je les voyais s'en séparer pour la première fois. C'était toujours émouvant. Certains étaient dans un silence à la limite du recueillement, d'autres déchargeaient le trop-plein d'émotions par de l'excitation – parfois ingérable. À mon plus grand étonnement, avec Idriss, tout se déroula dans le calme, sans panique de sa part. Il était même assez actif, alors que j'avais craint qu'il s'implique peu, tétanisé par l'enjeu et la pression qu'il s'infligeait. Ce fut tout le contraire, il n'hésita pas à me contredire quand il pensait que je me fourvoyais. Sans qu'il s'en rende compte, je cessai totalement d'intervenir, je le regardai faire, satisfaite de le voir se déployer, se redresser, prendre de l'assurance. Il entretenait des conversations avec lui-même, à moins que ce ne soit avec ses toiles. Elles le protégeaient de ses angoisses et de ses doutes, il faisait corps avec son art. C'était beau. Une petite voix me soufflait que je ne devais pas trop m'attacher à lui ni à sa peinture, que bientôt un galeriste, un agent bien meilleur que moi ou de plus grande envergure le découvrirait, le prendrait sous son aile et l'élèverait au firmament de son art. Je conserverais la satisfaction et la joie de lui avoir mis le pied à l'étrier. Ce ne serait pas la première fois. Papa m'avait mise en garde ; *ne t'attache jamais trop, mon Ava, les artistes ne nous appartiennent pas, il faut savoir les laisser partir.*

— Ava ? Tout va bien ?

Je relevai la tête, la fatigue accentuait cette anticipation nostalgique…

— Oui, oui ! Alors ?

D'un mouvement du bras, il me désigna la galerie.

— Qu'en penses-tu ?

Je fis le tour de mon domaine investi par Idriss ; le résultat était magnifique. Cependant, un détail me laissa perplexe : un chevalet vide. Je me tournai vers lui ; il affichait un grand sourire, paraissant sûr de lui, à la limite d'être amusé, ce qui était suffisamment rare pour être noté.

— Tu m'expliques ?

— J'ai une dernière chose à te montrer… j'ai suivi ton conseil et j'ai peint. Je voudrais avoir ton avis… et savoir si tu veux l'exposer avec les autres.

— Tu titilles ma curiosité ! m'enthousiasmai-je.

Je lus dans ses yeux de la crainte, de l'attente, mais aussi une joie sincère.

— Installe-la et dis-moi quand tu es prêt.

Je partis patienter devant la vitrine. Tout en m'imprégnant de l'activité bouillonnante de ce samedi après-midi, je l'entendis se diriger vers le chevalet vide, je reconnus le bruit léger d'une toile que l'on dépose sur le bois. J'étais certaine qu'il avait fait deux pas en arrière, qu'il scrutait chaque détail de son tableau.

— Tu peux venir.

J'inspirai et lui fis face, il cachait une grande partie de son œuvre. J'avançai lentement vers *eux* et me positionnai à sa droite. Le choc esthétique fut à la hauteur de mon attente. Il avait délaissé ses habituelles couleurs froides pour des teintes chaudes, son trait avait gagné en rondeur. C'était son plus beau tableau, la plus belle expression de son talent, de ses états d'âme. Y transparaissaient de la violence et de la douceur. Pour la première fois, il donnait à voir son ambivalence. Comme une allégorie de la passion, amour et haine confondus en un même coup de pinceau. Le relief de la gouache était saisissant. Je m'en approchai, mue par une envie furieuse de toucher comme on aurait envie de caresser une peau désirée, je me retins au dernier moment. Je sentais dans mon dos l'impatience d'Idriss, son anxiété à l'idée de ma réaction, alors que je ne pouvais contenir mes larmes.

— Il est… c'est juste… je ne sais pas quoi te dire…

Les mots me manquaient ; la seule façon de lui exprimer mon admiration fut de lui sauter au cou.

— Idriss, il est magnifique. Je sais déjà que ce sera affreux de le laisser partir.

— Il est pour toi.

Je me détachai brusquement de lui.

— Oh… non… Je ne peux pas accepter.

La douleur qui s'imprima sur son visage me vrilla le cœur, je refusais un cadeau d'une valeur inestimable, il me faisait don de sa personne, de son esprit. Il devait se sentir rejeté, pourtant je souhaitais tout le contraire.

— Idriss, ne te méprends pas... C'est mon éthique qui me fait refuser ton tableau, je te promets qu'avec toi, c'est particulièrement dur... Mais jamais je n'accepte qu'un artiste que j'expose m'offre une de ses œuvres.

Les murs de notre maison n'étaient ornés que de tableaux ou de sculptures découverts au détour d'une exposition dont je n'avais pas la charge. Seule exception avec Carmen, qui nous avait offert une de ses créations pour notre mariage, à ceci près qu'à l'époque je ne la représentais pas.

— Je ne savais pas... Je l'ai peint pour te remercier de me soutenir avec tant de passion.

— Rien que ces quelques mots me suffisent. Tu me pardonnes ?

— Bien sûr...

— Je vais profiter chaque jour de ton tableau, tant qu'il sera là. En revanche, je te préviens, je serai intransigeante sur son acheteur.

Il se détendit légèrement.

— Avec un peu de chance, personne n'en voudra et il restera toujours avec toi.

— Ne raconte pas de bêtises ! Il mérite de faire le tour du monde !

Il haussa les épaules d'un air de dire « n'importe quoi ».

— La journée a été longue et riche en émotions. Il est temps de s'arrêter.

Cinq minutes plus tard, la galerie était fermée.

— Tu as quelque chose de prévu, ce soir ? lui demandai-je une fois dehors.

— Non, rien de particulier, je vais rentrer chez moi et essayer de ne pas trop paniquer.

Après tout, je n'étais plus à un couvert près. J'avais invité Carmen avec son nouveau chéri, Théo. Je me réjouissais de cette soirée entre amis, la première depuis le retour de Xavier, qui se ferait une joie de charrier notre Argentine qui essayait de se caser.

— Viens dîner à la maison !

Ses yeux s'ouvrirent en grand.

— Hors de question, je ne vais pas vous déranger en famille.

— On a du monde, ça nous ferait plaisir, je te promets.

La timidité d'Idriss se rappelait à son bon souvenir, comme s'il avait simplement vécu quelques heures suspendues et que ses vieux travers reprenaient possession de lui.

— Je ne te laisse pas le choix, considère que c'est un entraînement pour jeudi soir !

J'eus la mauvaise surprise de trouver les enfants seuls à la maison. Xavier était parti à la clinique. Découvrir le panier du marché qu'ils avaient fait le matin même tous les trois me retint de l'incendier par téléphone. Je tentai néanmoins de le joindre pour lui rappeler que nous avions du monde et un invité supplémentaire. Répondeur ; sur lequel je gardai mon calme. Je cuisinai tranquillement accompagnée d'un verre de vin et de musique qui résonnait dans toute la maison. Les plans n'avaient pas changé, la soirée se déroulerait au mieux et Xavier serait bientôt là. Pendant que mon plat mijotait, je cachai le désordre dans les placards, allumai des bougies un peu partout et houspillai Pénélope et Titouan pour qu'ils prennent leur douche et mangent une pizza en quatrième vitesse. Aucune envie de les avoir dans les pattes. Après un mois seule avec eux, j'aspirais à une soirée entre adultes ! J'eus tout juste le temps de me changer et de me remaquiller avant que l'on sonne. Toujours pas de Xavier à l'horizon. J'accueillis Carmen et le fameux Théo, qui me sembla beaucoup trop discret pour elle. Tiré à quatre épingles, il avait tout du cadre quarantenaire dynamique. Moi qui m'attendais plutôt à ce qu'elle nous ramène, comme à son habitude, un original… Elle aurait tout essayé.

— Alors, où se cache le fauve ? s'exclama ma meilleure amie en pénétrant dans le séjour.

Elle ne l'avait pas encore revu depuis son retour.

— À la clinique.

Puis, je me tournai vers notre invité d'honneur.

— Je suis navrée, Xavier ne va pas tarder.

— Pas de problème s'il a du travail, Carmen m'a expliqué qu'il rentrait tout juste de voyage, il doit être débordé.

Les loups ne se mangent pas entre eux.

— Certes, mais ce n'est pas une raison, lui rétorquai-je avec mon plus beau sourire.

Idriss se joignit à la fête peu après, il débarqua avec un énorme bouquet de fleurs et une bouteille d'un grand cru.

— Il ne fallait pas, c'est juste un dîner à la bonne franquette.

— Ça me fait plaisir et comme tu ne veux pas de mon tableau, me rétorqua-t-il avec un clin d'œil.

Il était détendu ! La soirée se présentait sous les meilleurs auspices. À condition que mon mari arrive… À Idriss aussi, je présentai mes excuses pour le retard de plus en plus impoli de Xavier. Durant l'apéritif, je m'éclipsai à plusieurs reprises en cuisine. Plutôt que de surveiller la cuisson, je laissai message sur message à Xavier, lui demandant ce qu'il fabriquait, sans oublier de m'acharner sur la ligne de la clinique qui sonnait toujours dans le vide. Personne n'était dupe. Carmen dissimulait tant bien que mal ses fous rires, elle le connaissait. Quant à Idriss et Théo, ils en avaient pris leur parti. Tous deux se jaugeaient avec curiosité. Pour mon peintre, Théo était un extraterrestre, quasiment un sujet d'étude sociologique. Et pour ce dernier, rencontrer quelqu'un comme Idriss lui permettrait peut-être de mieux comprendre les emballements et la fièvre artistique de sa nouvelle dulcinée.

Puis, je fus dans l'obligation de décréter qu'il était l'heure de passer à table et les uns et les autres me proposèrent d'attendre encore un peu.

— Si vous aimez le carbonisé, à vous de voir.

Une fois autour de la table, je me retrouvai face à une place vide et la gêne s'empara de tous. Voilà qui me donnait un aperçu de ce que je vivrais si j'organisais des dîners quand il était à l'autre bout du monde. Seule différence et non négligeable, je n'aurais pas à avoir honte de son absence.

De toute l'histoire de la gastronomie, personne ne mit jamais autant de temps que nous à manger une entrée. Si Xavier daignait finir par nous honorer de sa présence, j'allais devoir me retenir de commettre un meurtre.

Le vrombissement de la moto se fit entendre au moment où je débarrassais les miettes des amuse-gueules. Je m'attardai dans la cuisine pour tenter de me calmer. La porte d'entrée s'ouvrit sur un Xavier à la voix gaie, implorant que chacun l'excuse. Je l'entendis embrasser chaleureusement Carmen, qui ne le rata pas et le mit en garde contre les flammes de l'enfer qui le guettaient.

— Elle est remontée !

Xavier éclata de rire. Il se présenta ensuite à Idriss et Théo, en renouvelant ses plus plates excuses. Il fut particulièrement attentif à mon peintre, il savait être irrésistible.

— Je suis navré, Idriss, quand j'ai eu le message d'Ava m'annonçant ta présence parmi nous, je m'en suis terriblement voulu d'avoir accepté cette urgence, mais je ne pouvais plus faire machine arrière.

D'une pirouette, avec sa gentillesse, son sourire et son charme, il allait se faire pardonner. Il pouvait toujours essayer avec moi. C'en était trop ! Je sursautai en sentant ses mains s'enrouler autour de ma taille.

— Pardon, Ava.

Il m'embrassa dans le cou, je feignis l'indifférence.

— Ils n'ont pas l'air de trop m'en vouloir…

— Tant mieux pour eux.

Je me dégageai, récupérai ma cocotte et retournai dans la salle à manger. Xavier ouvrit une nouvelle bouteille de vin et prit enfin sa place à table face à moi. Dès lors, il se comporta en hôte parfait, m'aida en cuisine, faisant oublier à nos invités qu'il était arrivé avec plus de deux heures de retard. Carmen me donnait régulièrement des coups de coude pour m'arracher un rire, je me forçais pour ne pas plomber l'ambiance, qui, il fallait le reconnaître, était excellente. Les rires et les plaisanteries fusaient, tout le monde était à son aise. Moi, un peu moins. Je prenais bien garde à fuir le regard de Xavier, qui faisait tout pour croiser le mien, et m'amadouer par la même occasion.

— Tu le connais, il veut tout faire, ne rien rater, être partout à la fois, me glissa Carmen à l'oreille.

Elle adorait Xavier, avait une fâcheuse tendance à être indulgente avec lui et c'était réciproque.

— Je sais, lui répondis-je avec le sourire.

Moralité : il n'est jamais vraiment là.

Le signal de départ fut donné à plus de 1 heure du matin. Idriss me remercia avec émotion pour l'invitation et la soirée.

— Tu vois, ce n'est pas si difficile d'avoir une vie sociale, tu vas t'en sortir jeudi soir, lui dis-je en l'embrassant.

Il s'adressa ensuite à Xavier en lui tendant la main :

— Merci, je suis très heureux de te connaître, Ava parle si souvent de toi.

Mon mari lui décocha son sourire le plus amical :

— Je te retourne le compliment.

— Tu seras peut-être là au vernissage ? ajouta Idriss en toute innocence.

— Ça fait bien longtemps que Xavier ne vient plus aux événements de la galerie, les interrompis-je.

Il allait arrêter de se faire passer pour l'homme parfait. J'attendis à peine que la porte d'entrée soit fermée pour entamer les derniers rangements. Je me défoulai sur la vaisselle.

— Tu me fais vraiment la gueule ? me demanda Xavier en me rejoignant dans la cuisine, interloqué.

Je continuai à lui tourner le dos, les mains dans l'évier.

— Écoute, je suis désolé, c'était une urgence, pour un vieux chien que j'ai vu naître, ses maîtres étaient en panique.

Je me retournai vivement.

— Et moi, Xavier ? Je me réjouissais de cette soirée avec toi. Dois-je te rappeler que tu as été absent pendant un mois, que je me suis tapé les enfants, les emmerdes et tout le reste ! Depuis que tu es rentré, je te vois à peine. J'en ai marre, c'est tout. Je n'ai pas le droit ?

Son visage se ferma instantanément.

— Ava, c'est bon, personne ne t'a demandé d'en faire autant ! Et je fais ce que je peux, figure-toi que je passe mon temps à rattraper les boulettes de mon remplaçant.

— Et moi, j'ai un vernissage important dans quatre jours. J'avais envie de me détendre et de passer une bonne soirée avec toi, mais à première vue, tu as oublié.

— Fais chier.

Il tourna les talons, siffla Monsieur et partit dans le jardin. Sans doute même faire un tour du pâté de maisons, puisque lorsqu'il rentra, j'étais couchée. Rien d'étonnant : je le connaissais. Il détestait le conflit, les crises, le ton qui se durcit et les voix qui claquent, les mots qui dépassent la pensée. Xavier détestait les réactions à chaud qui, selon lui, engendraient plus de mal que de bien. Il avait une méthode bien à lui en cas de dispute : le mutisme. Il laissait passer le temps qu'il fallait pour se calmer et parlait uniquement après.

Les quatre jours suivants, nous fîmes comme si cette stupide dispute n'avait pas eu lieu et comme si nous n'avions rien à nous reprocher. Nous avions passé l'éponge… Xavier n'avait visiblement pas compris que j'attendais ne serait-ce qu'un peu de soutien pour ce vernissage important. J'aurais aimé qu'il le comprenne de lui-même, qu'il fasse un peu plus attention à moi. Je n'avais pas l'impression de faire un caprice. Nos quinze ans de vie commune étaient passés par là… merci la routine. J'essaierais de lui glisser le message avec subtilité plus tard, quand il aurait repris totalement la main à la clinique. En attendant, j'avais d'autres priorités, la pression de l'exposition commençait à me priver de sommeil. Le stress montait, je sentais que je n'avais pas droit à l'erreur, comme une impression diffuse d'être attendue au tournant.

***

Jeudi matin. Jour J. J'avais mal dormi et le ventre noué. Plus que quelques heures. Pénélope et Xavier se chargèrent de la conversation, je n'écoutais rien. Titouan dormait encore en mangeant ses céréales, la tête ensommeillée de mon petit garçon me dérida et m'arracha un sourire tendre. Je me contentai d'un café, incapable d'avaler quoi que ce soit.

— Qu'est-ce qui t'arrive ? me demanda Xavier. Tu n'es pas dans ton assiette, ce matin.

Tu te moques de moi !

— Bah, je suis un peu stressée aujourd'hui…

Il ouvrit des yeux ronds.

— C'est vrai que le vernissage a lieu ce soir ! s'exclama-t-il confus. Excuse-moi, ça m'était sorti de la tête.

J'eus un rire amer, triste et sans que je ne puisse rien contrôler, les larmes me submergèrent.

— Tu abuses, quand même…

— Je suis désolé, vraiment…

— Pas autant que moi… Chloé sait que tu risques de rentrer tard de la clinique, je l'ai prévenue qu'elle ferait certainement des heures supp'.

Il se sentait bête, et il y avait de quoi. Il finit son petit déjeuner en faisant tourner frénétiquement son alliance autour de son annulaire, signe flagrant chez lui de contrariété. Puis, gêné, il regarda sa montre, haussa les épaules, s'excusant de devoir partir au travail, et quitta la table. Il embrassa le front des enfants, mes lèvres, nous souhaita bonne journée et disparut dans l'entrée. Je me levai, le suivis et restai stoïque pendant qu'il enfilait son blouson de cuir, qu'il glissait son portefeuille dans la poche intérieure et qu'il attrapait son casque abandonné par terre. Il ouvrit la porte et avant de franchir le seuil, il se retourna vers moi.

— Je suis certain que tout va bien se passer, vous formez un beau tandem avec Idriss.

L'espace d'un instant, j'hésitai à crever l'abcès. Mais mettre le feu aux poudres avec les enfants à proximité n'était pas la solution. Je remarquai ses gants de moto sur la console, il était vraiment préoccupé par la clinique pour les avoir oubliés, je les attrapai, m'approchai de lui et les lui tendis. Il déposa un baiser timide sur mes lèvres.

— Ne t'inquiète pas pour ce soir, murmura-t-il. Tu es la meilleure. Et désolé d'avoir oublié…

Il me tourna le dos et partit en claquant la porte. Il fit rugir sa moto et démarra sur les chapeaux de roue. Je serrai les poings pour endiguer ma colère et ma tristesse.

— Maman ?

La voix de Pénélope me fit sursauter.

— Oui, ma puce. C'est bon ! Va finir de te préparer !

Je traversai les heures suivantes dans le brouillard. Heureusement que j'avais de quoi m'occuper avec les préparatifs de dernière minute, les livraisons du caviste et du traiteur, le dressage du buffet, les ampoules à vérifier, le réglage des lumières pour que tout soit parfait. Mon corps était en mouvement, l'action me sauvait. Mais mon esprit était plus difficile à canaliser, je ne cessais de penser à Xavier. Je pris mille fois mon téléphone, pour l'appeler, pour lui envoyer un message. J'aurais voulu qu'il vienne ce soir, qu'il m'encourage… Mais hors de question que je lui force la main. Qu'il vienne à ma demande n'aurait aucune valeur. Avant, il y avait des années de cela, il passait régulièrement à la galerie me rendre visite, me proposer un déjeuner surprise et pour rien au monde il n'aurait manqué une soirée ou un vernissage. Le quotidien, mes quarante et un ans et ses quarante-cinq ne nous avaient pas épargnés... Je tournais en rond dans ma tête en assurant le spectacle auprès d'Idriss dont le stress montait aussi en flèche. Mon impuissance m'incita à faire le vide, à laisser mon portable de côté et à me concentrer sur mon métier. Qu'au moins je ne rate pas cette soirée et que je ne déçoive personne.

À 18 h 30, alors que la tension était à son comble, je m'enfermai dans mon bureau pour prendre quelques minutes de repos et enfiler ma petite robe noire porte-bonheur, celle que je mettais pour les vernissages qui me tenaient le plus à cœur. Xavier me l'avait offerte deux ans plus tôt. Je finissais de me maquiller quand on frappa à la porte. Je reconnus le rythme des coups. Mon père. Je l'avais convié – comme toujours – et lui n'aurait manqué ce rendez-vous sous aucun prétexte. J'étais heureuse de recréer notre binôme l'espace de quelques heures, même si j'allais devoir ruser pour qu'il ne se rende pas compte de mon moral fluctuant.

— Entre.

Il pénétra dans la pièce, prit soin de refermer derrière lui. Le voir magnifique dans son costume trois-pièces, avec ses cheveux blancs impeccablement coiffés, sa grande ride qui lui tailladait la joue, me donna le sourire et m'apaisa dans la seconde. Il avait toujours eu cette classe surannée, qui lui seyait à merveille. Héritage de Grand-Père. Plus papa vieillissait, plus les traits de son propre père apparaissaient sur son visage. Combien de fois avais-je levé les yeux au ciel quand des copines au lycée me disaient à quel point mon père était beau !

— Bonjour, papa.

— Bonjour, ma chérie.

Il m'embrassa sur le front et recula de quelques pas pour me passer à l'inspection.

— Tu es belle.

Je lui souris en guise de remerciements.

— Mais tu es pâlichonne. C'est ton petit génie qui t'a épuisée à ce point ? Je l'ai croisé, il fait les cent pas sur le trottoir, s'il continue, il n'aura plus de semelles quand les invités arriveront.

J'éclatai de rire.

— C'est déjà extraordinaire qu'il soit là, lui appris-je. S'il échoue, ce sera la faute de son manque de confiance en lui.

— À moins que cela ne le serve.

J'acquiesçai.

— Je donnerai beaucoup pour m'occuper un peu de lui. En tout cas, tu peux être fière, il est ta plus belle découverte.

Son compliment m'alla droit au cœur, je lui tournai le dos pour qu'il ne voie pas mon émotion. J'étais vraiment à fleur de peau.

— Allons-y, papa, lui dis-je après avoir réussi à me reprendre.

– 4 –

Mission accomplie : j'avais réussi à susciter la curiosité autour d'Idriss en jouant la carte du mystère et de la rareté. Métamorphoser sa timidité en atout. Il se montrerait peu, avais-je prévenu. Il fallait profiter de ces quelques heures pour faire sa connaissance, avant qu'il retourne s'enfermer dans son atelier. Cette attente, alliée à la réputation historique de la galerie, avait fait le reste. Je présentai mon peintre, son parcours, notre rencontre, je l'invitai à raconter ses créations, sa technique. Les compliments qu'il recevait de ses pairs, des professionnels ou des amateurs, dont la sincérité ne pouvait être remise en cause, après l'avoir fait rougir, le détendirent. Les premières négociations de prix me firent un bien fou. Parmi la foule, je distinguai des personnes que je n'avais pas conviées. Je pouvais remercier mon père qui avait réveillé son réseau – des vieux briscards de l'art qui conservaient encore de l'influence –, sans oublier Carmen, dont les fréquentations ne pouvaient être que bénéfiques pour la cote d'Idriss. Cette soirée était une vraie réussite et promettait d'être longue. Ce qui était bon signe ; les gens associeraient Idriss à cette atmosphère chaleureuse, en garderaient un souvenir positif, ils repenseraient avec nostalgie à ses tableaux et avec l'envie de retourner dans son monde. Les invités comptaient bien rester, le murmure des conversations enflait à mesure que les minutes passaient. Je savourai le champagne et me détendis enfin à mon tour ; j'étais heureuse.

Étourdie par les bulles et la réussite du vernissage, je repris espoir. Cette mauvaise passe avec Xavier n'avait pas de sens et ne pouvait durer plus longtemps. Nous respirerions profondément ensemble, nous nous excuserions et nous octroierions du temps en amoureux. Nous commencerions dès ce week-end, j'avais entendu parler d'un concert à l'Opéra, avec une violoniste de renom. Et puis, je demanderais à mon père de garder les enfants pour que nous puissions partir quelques jours tous les deux. Depuis combien de temps n'étions-nous pas restés enfermés dans une chambre d'hôtel à refaire le monde entre deux ébats ?

Mon attention fut brusquement happée par l'expression sombre de Carmen. Je cessai de parler avec mes interlocuteurs pour me concentrer sur elle. Elle sortait de mon bureau – que pouvait-elle bien y faire ? – et cherchait quelqu'un du regard. Étrange. Ses yeux s'arrêtèrent brièvement sur moi, s'écarquillèrent, puis scannèrent à nouveau la galerie. Elle traversa la pièce en bousculant les gens sur son passage. Elle s'arrêta près de mon père, le prit à l'écart, il avait beau être de dos, je le vis se contracter. Il se mit à son tour à observer tout autour de lui, Carmen lui parla à nouveau à l'oreille, il se retourna immédiatement dans ma direction et avança à grandes enjambées. Je me détachai comme un automate de la conversation. Mon père emprisonna mon regard. Quand il arriva près de moi, d'autorité il attrapa mon bras pour m'entraîner à ses côtés.

— Suis-moi dans ton bureau.

— Pourquoi ? Que se passe-t-il ?

— Pas ici.

Je récupérai ma liberté de mouvement d'un geste brusque au moment où Carmen nous rejoignait.

— Écoute Georges, s'il te plaît, me supplia-t-elle.

— Vous me faites peur.

Mon père regarda de tous les côtés, comme s'il cherchait une échappatoire. En vain.

— C'est Xavier.

Cela ne dura qu'un quart de seconde, mais ce fut comme si la galerie s'était vidée. Le vernissage avait disparu dans un nuage de fumée, je ne voyais plus que la détresse de mon père.

— Il a eu un accident.

Tout se mit à tourner autour de moi, c'est seulement grâce à l'étonnante poigne de ma meilleure amie que je ne m'effondrai pas.

— Les pompiers ont essayé de te joindre, mais tu n'as pas ton portable sur toi… Ils ont trouvé le numéro de la galerie, j'ai entendu que ça sonnait sans arrêt dans ton bureau, j'y suis allée…

— Où est-il ?

Mon cri s'étrangla au fond de ma gorge.

— Ils l'ont embarqué aux urgences, on ne sait pas dans quel état il est, Ava.

Je me transformai en bête féroce, en animal blessé, prête à mordre, prête à l'attaque. Seul le soupçon de lucidité qu'il me restait m'empêcha de gémir de douleur. Je bousculai mon père, Carmen, Idriss, qui avait dû se rendre compte qu'il y avait un problème, je poussai quiconque se dressait en travers de mon chemin. Des images du corps de Xavier à terre m'apparaissaient en flashes ; j'imaginais le pire et pourtant c'était inconcevable. J'entrai en trombe dans mon bureau, attrapai mon sac à main, mon téléphone et ses appels en absence. Je me retins de hurler à la mort. J'avisai le manteau de mon père sur un fauteuil et fouillai dans ses poches. Évidemment, ils m'avaient tous suivie.

— Papa, tes clés de voiture !

Mon ordre claqua, je ne reconnaissais pas ma voix.

— Hors de question ! Tu ne conduiras pas dans un état pareil !

— Je dois être à ses côtés, je dois voir Xavier ! hurlai-je.

— Je vais t'emmener, intervint Carmen.

— Eh bien, ne perds pas de temps !

Déjà, je courais. Sur le pas de la porte, je me souvins de la galerie, du vernissage et me retournai. Je croisai le regard inquiet d'Idriss, puis celui de mon père qui courut à son tour vers moi. Il m'étreignit avec force.

— Je m'occupe de tout ici, et après j'irai retrouver les enfants.

La pensée de mes enfants me coupa la respiration. Mes petits… Mon corps se mit à trembler.

— Sois forte, ma chérie… ne t'inquiète pas pour eux.

— Papa…

C'était un appel à l'aide, une demande de redevenir une petite fille se faisant consoler par son papa à cause d'un gros chagrin.

— Va le retrouver.

Carmen m'attrapa par la main, la serra fort et on s'élança dans une course effrénée dans les rues. On dévala l'escalier menant au parking souterrain. En arrivant au bon niveau, elle se mit à appuyer comme une folle furieuse sur la clé jusqu'au moment où un bip retentit et nous guide dans la bonne direction. Assise dans le confort – déplacé – de la voiture, je fus traversée de tremblements incontrôlables. J'étais frigorifiée de l'intérieur, tétanisée par la frayeur, incapable de penser rationnellement. Je sentais les regards inquiets que Carmen posait continuellement sur moi. Je ne sais pas comment elle y parvint, mais moins de dix minutes plus tard, elle s'arrêtait devant l'entrée des urgences.

— Je vais garer la voiture et j'arrive. Tu ne resteras pas seule longtemps, Avanita.

Je me ruai dehors sans prendre la peine de fermer la portière. Il y eut un instant où le monde tourna autour de moi ; les sirènes, les gyrophares, les brancards. Cet instant où je voulus m'endormir, où je voulus m'évanouir. Cet instant où je me dis que je n'étais pas prête à affronter ce qui m'attendait, que je n'en avais pas la force. Xavier ne pouvait pas avoir eu d'accident. Le lendemain matin, après ce cauchemar, je me réveillerais dans ses bras, contre son torse chaud, au son de son cœur qui battait, j'entendrais son rire, je croiserais l'émeraude de son regard, je sentirais son parfum.

— Ava ! gueula Carmen depuis la vitre ouverte. Tu fous quoi, là ?

Nouvel électrochoc. Je franchis les portes automatiques. Désorientée, perdue, je me présentai à l'accueil, je dus m'y reprendre à plusieurs reprises pour me faire comprendre. Après avoir réussi à expliquer qui j'étais, j'entendis que l'on me demandait de patienter. Je fixais l'infirmière qui garda volontairement la tête baissée le temps qu'elle passa des appels, pour éviter tout contact avec moi. Carmen ne tarda pas à me rejoindre.

— Alors ?

Au même moment, j'entendis mon nom, je me retournai, un médecin me faisait signe de le suivre. J'obéis, Carmen sur les talons.

— Est-ce que je peux voir mon mari, s'il vous plaît ? demandai-je sans lui laisser le temps de s'asseoir derrière son bureau.

— Installez-vous, Madame.

— Non ! Donnez-moi de ses nouvelles ! Où est-il ?

— Votre mari a eu un accident de moto.

— Je le sais ! À votre avis, pourquoi je suis là !

Carmen s'approcha, prit mille précautions pour passer ses bras autour de mes épaules et me forcer à m'asseoir.

— Écoute-le, Ava, s'il te plaît.

Je cédai. Avais-je une autre possibilité ? Ma vie était suspendue à ce médecin, aux paroles qu'il allait prononcer. Je le toisai pour lui signifier que j'étais prête. Xavier avait fait une embardée pour éviter un cycliste. Il s'était couché, avait glissé sur plusieurs mètres avant que sa moto ne rentre violemment en collision avec les roues d'une voiture. Sa jambe, coincée sous la cylindrée, avait été écrasée, sa tête avait heurté le guidon et le bitume, il avait perdu connaissance longtemps. Tout le côté gauche de son corps avait pris l'impact. Il souffrait de multiples fractures, certaines ouvertes, de brûlures, d'un traumatisme crânien, des lésions abdominales n'étaient pas exclues. Il me parlait avec des mots techniques, médicaux auxquels je ne comprenais rien. Seule certitude, la gravité de son état. Il fallait parer à l'urgence pour le sortir d'affaire et sauver sa jambe. Pendant que cet homme en blouse blanche me parlait, on préparait mon mari pour une intervention. Je ne pourrais pas le voir avant de longues heures, je ne pouvais pas lui dire que je l'aimais. Je ne pouvais pas l'embrasser ni le rassurer.

Il devait tellement souffrir, j'aurais tout donné pour endosser ses blessures. Avoir mal à sa place.

Je me levai et serrai mon manteau contre moi. Me protéger, mettre une couche autour de moi, autour de nous, comme pour l'étendre à Xavier, comme si, par ce simple geste, je pouvais le prendre dans mes bras, le soigner.

— Où dois-je m'installer pour attendre de ses nouvelles ?

— Ça va être très long. Rentrez chez vous, on vous téléphonera dès qu'il sera en salle de réveil.

J'eus presque envie de lui rire au nez. Comment pouvait-il imaginer ne serait-ce qu'une seule seconde que je m'éloigne de Xavier ? Puisqu'on m'interdisait de le voir, ma seule possibilité était de rester le plus près de lui.

— Où puis-je m'installer, docteur ? insistai-je.

Il nous guida jusqu'à une salle d'attente des urgences, apparemment plus calme que les autres. Pour combien de temps ? Je m'assis et contemplai un point imaginaire devant moi.

— Carmen, tu n'es pas obligée de rester.

— Tu te fous de moi ?

Elle m'examinait comme si un troisième œil m'avait poussé sur le front.

— Il va s'en sortir, ton fauve, il est fort, me dit-elle doucement.

— Bien sûr qu'il va s'en sortir, rétorquai-je la voix enrouée.

— Tu veux quelque chose ? Un café ? De l'eau ?

— Non… rien… enfin si. Peux-tu appeler mon père pour le tenir au courant ?

— J'y vais immédiatement. Tu es sûre que je peux te laisser toute seule ?

— Ça va aller, je te promets…

Elle disparut.

Je me concentrai sur la principale information, Xavier était en vie. Abîmé, blessé, souffrant, mais en vie. Il résisterait à cette intervention, il n'avait pas le choix. Je le connaissais, il allait se battre pour Pénélope et Titouan, pour moi. Il savait qu'il n'avait pas le droit de nous laisser. Je lui en avais fait faire la promesse. Jamais il n'aurait le droit de me laisser sans lui. Je ne pouvais pas le perdre. Impossible.

Il était l'amour de ma vie, le père de mes enfants. Il ne pouvait pas disparaître de la surface de la Terre. Le monde irait mal, sans lui. Nous avions besoin de lui pour vivre. Et moi, pour lui, pour les enfants, j'allais être forte, ne pas me laisser abattre. Je n'avais pas plus le choix que lui. Je puiserais dans mes réserves, au plus profond de mon être pour tenir la famille à bout de bras, je tairais mes angoisses, je ne leur donnerais pas la parole. Pourtant, elles étaient nombreuses. Dans quel état serait-il après ? S'en remettrait-il totalement ? Retrouverais-je un jour mon mari ? Que s'était-il passé ? Et où ? Je ne savais rien, finalement. Comment avait-il pu avoir un accident ? Lui toujours si prudent. Il sortirait en vie de ce bloc opératoire, le contraire était inconcevable. Sinon, je l'aurais perdu à jamais sans lui avoir redit que je l'aimais plus que tout au monde. Pourquoi nous cherchions-nous dernièrement ? À quoi bon ? On dit toujours qu'il faut un drame, une mort pour saisir la valeur des choses, la valeur de la vie. Mais quelle connerie ! Pourquoi personne ne nous le rappelle avant ? Pourquoi nos petits problèmes de merde, le quotidien reprennent-ils toujours le dessus ? J'avais tant de choses à lui dire.

Mon amour, pourquoi ne t'ai-je jamais appelé mon amour ? Je n'en sais rien, mais c'est maintenant que je dois commencer. Je le sens dans mon ventre, ce nom, ce nom que toi seul mérites. Mon amour, bats-toi, bats-toi de toutes tes forces. Je suis là, à côté de toi, je t'embrasse, je te tiens la main, je la serre fort. Pense à nos serments d'amour, à nos enfants.

Je ne veux pas te perdre, je ne peux pas te perdre. Je ne suis rien sans toi. Pense à tout ce qui nous reste à vivre…

Le retour de Carmen, qui me tendit un gobelet de café que j'abandonnai sur une chaise à côté de moi sans y toucher, m'évita de sombrer davantage dans la folie qui me guettait. Chaque seconde qui passait, j'avais l'impression de mourir un peu plus de l'intérieur. Elle enveloppa mes épaules dans une grande écharpe, mais j'étais toujours aussi frigorifiée. Puis, elle s'assit auprès de moi, enroula une main sur les miennes, crispées sur mes genoux, et respecta mon mutisme.

Si j'ouvrais la bouche, je m'écroulais…

J'avais beau vérifier l'heure régulièrement sur l'horloge au loin en face de moi, je perdis totalement la notion du temps. Il se distendait, il n'existait plus. Le tic-tac des aiguilles devait être à peine perceptible. Pourtant, dans ma tête, j'entendais ce *tic-tac* de chaque seconde. Il résonnait dans mon crâne. Je l'entendais en permanence. Cette horloge, qui me tenait étrangement compagnie, puisqu'elle me susurrait son *tic-tac*, indiquait qu'il était désormais plus de minuit, ce qui pour moi n'avait aucun sens. Il aurait pu être 2 ou 3 heures du matin. Je priais un dieu auquel je m'étais brutalement mise à croire. Aucune nouvelle de Xavier. Carmen en demandait régulièrement à ma place, j'entendais qu'on lui répondait toujours « on vous tiendra informées quand on aura du nouveau », et à chaque fois, je sentais mes dents mordre l'intérieur de mes joues pour ne pas hurler, crier que c'était trop long. J'étais hermétique à mon environnement, à la misère du monde qui débarque la nuit aux urgences. Bien sûr, je les voyais ; mon regard certainement vide s'arrêtait sur eux, je savais qu'ils allaient mal, qu'ils avaient des problèmes, les urgences la nuit, on n'y va pas pour le plaisir. J'étais monstrueuse, mais je n'éprouvais rien. Si ce n'est de l'indifférence. Les autres pouvaient crever autour de moi, cela ne me concernait pas, toutes mes pensées étaient accaparées par mon amour qui souffrait. Je n'étais plus moi-même et j'en avais conscience.

Des éclats de voix me sortirent de ma torpeur tourmentée. Un homme venait de débarquer comme un fou furieux, demandant où était sa femme, exigeant de la voir immédiatement, d'avoir de ses nouvelles. Bien que plus virulents que les miens, ses propos étaient les mêmes que ceux que j'avais tenus à mon arrivée. Je reconnus la silhouette du médecin qui m'avait reçue un peu plus tôt, j'étais prête à bondir, mais il ne venait pas pour moi. Tout se disloqua à nouveau. Mon être repartit dans cet ailleurs tourné vers Xavier.

Un quart d'heure plus tard, à moins que ce ne soit beaucoup plus ou beaucoup moins, une voix masculine marmonna un bonsoir, auquel Carmen et moi répondîmes par réflexe. Je sortis de mes pensées pour voir quand même à qui je m'adressais. Ce que je découvris me sembla totalement incongru. Un homme en smoking impeccable, bien qu'un peu froissé, le nœud papillon tombant pitoyablement de chaque côté de son cou. Il balança violemment un pardessus noir sur le premier fauteuil qu'il rencontra et se mit à arpenter la pièce en se passant frénétiquement les mains dans les cheveux. Malgré mon état second, j'échangeai un regard interloqué avec Carmen. En d'autres circonstances, j'aurais pu éprouver de l'empathie pour lui, il était certainement rongé par l'angoisse, mais j'étais dévorée par trop de terreur et de colère pour y prêter attention. Et alors que je prenais sur moi, à un point que nul ne pouvait imaginer, lui se donnait en spectacle, exhibant son anxiété, sans aucune idée de l'impact que cela pouvait avoir sur moi. S'il continuait, il finirait par me contaminer. Je ne pouvais pas me permettre de craquer, je ne serais plus maîtrisable, je pourrais tout démolir, tout défoncer autour de moi. Je pourrais frapper, rugir, à en rendre sourd tout l'étage si les cris d'horreur retenus à grand-peine surgissaient du fond de ma gorge.

— Excusez-moi, Monsieur, pourriez-vous cesser de tourner comme un lion en cage ? S'il vous plaît.

Ma capacité à parler normalement et poliment m'étonna, tant elle était étrangère à mon état d'esprit. Je ne me reconnaissais plus, en tout cas, je ne reconnaissais pas celle que j'étais devenue ces dernières heures. Il s'arrêta net et sembla soudain réaliser qu'il n'était pas seul. Ses yeux se fichèrent sur moi, ils étaient aussi noirs et creusés que les miens. La lueur animale qu'ils dégageaient me frappa, car je sentais que les miens dégageaient la même. Un miroir. Deux animaux blessés. C'est ce que nous étions.

— Je vous prie de me pardonner, j'ai un peu de mal à me contrôler.

— Je comprends... mais nous avons tous les nerfs à vif...

Il leva les mains en signe de reddition et s'assit sur le fauteuil derrière lui, juste en face de moi. Ses jambes s'agitaient compulsivement, il était incapable de tenir en place et de se taire, d'ailleurs.

— Ça fait longtemps que vous êtes là ? me demanda-t-il.

— Aucune idée... Trois, quatre heures, peut-être, j'ai arrêté de compter. J'attends des nouvelles de mon mari qui est au bloc.

Pourquoi lui racontais-je ma vie ? Peut-être était-ce plus facile avec un inconnu tout aussi angoissé que moi ? Peut-être la détresse appelait-elle la détresse ?

— Je suis désolé pour lui et pour vous... Ma femme est opérée en ce moment même, elle aussi... Elle était à vélo et s'est fait renverser par un motard.

Carmen se raidit sur sa chaise. Je fus prise de nausée.

— Nom de Dieu ! s'énerva-t-il en se relevant brusquement. Je vous jure, si je mets la main sur lui...

J'étais hypnotisée et terrifiée par ses yeux injectés de sang, il était prêt à en découdre, à réduire à néant le bourreau de sa femme. Il dut prendre conscience de sa violence et se rassit aussi brusquement qu'il s'était levé.

— Excusez-moi, je perds un peu le sens des convenances.

— Je vous en prie, réussis-je à lui répondre, en luttant contre un haut-le-cœur.

Je me forçai à respirer calmement.

— Et vous ? Enfin... votre mari, que lui arrive-t-il ?

— Il...

Carmen me donna un coup de coude, pourtant cela ne m'arrêta pas. Un besoin impérieux de défendre Xavier s'empara de moi.

— Il était en moto, il a voulu éviter un cycliste et a fini sous les roues d'une voiture.

À mesure que les informations parvenaient à son cerveau, l'homme se redressait.

— C'est une mauvaise plaisanterie, murmura-t-il.

Nos regards tristes et furieux s'affrontaient. Nous nous défiions et, pourtant, nous partagions en quelque sorte la même souffrance. Sans cesser de le dévisager, je me laissai aller contre le mur derrière moi. Le désarroi me saisissait. J'étais forte de ma faiblesse et de ma souffrance.

— Nous sommes chacun d'un côté de la barrière, lui fis-je remarquer.

Mon nom de famille résonna dans le couloir. Clap de fin à cet instant hors du temps dans une dimension irréelle. D'une grande brutalité, dont je prenais subitement conscience. Je me levai et me dirigeai vers la voix qui m'avait appelée. Avant de quitter la pièce, je m'adressai à lui une dernière fois.

— J'espère que votre femme s'en sortira sans trop de séquelles.

D'un bond, il s'approcha de moi en me fusillant du regard.

— J'aimerais être quelqu'un de bien, mais c'est au-dessus de mes forces… alors je ne peux pas vous dire que je souhaite que votre mari s'en sorte indemne.

Carmen me tira par le bras.

— Laisse-le avec sa haine.

— Je le comprends, je pourrais avoir la même réaction, répondis-je.

Son agressivité ne m'atteignait pas. Je m'en moquais, en réalité.

J'oubliai cet aparté, cet homme et sa femme à l'instant où je vis le médecin qui m'attendait dans le couloir. Carmen me soutenait toujours et avec de plus en plus de force à mesure que la distance se réduisait, me rapprochant des nouvelles tant attendues, mais tant redoutées.

— L'opération s'est bien passée…

Je vacillai, Xavier était vivant. Vivant. Son cœur battait. Il vivait. Je n'allais pas le perdre. Il m'avait entendue. Ce que je ressentais était au-delà du soulagement. Plus fort, plus ravageur, balayant tout le reste. J'aurais pu m'écrouler, m'endormir, disparaître à présent que je savais qu'il vivait.

— Il est en salle de réveil. Il est faible, très faible, même, il a perdu beaucoup de sang. C'est loin d'être fini. On en reparlera plus longuement demain.

— Je peux le voir ?

— Non… pas cette nuit. Demain… allez vous coucher. Vous ne pouvez rien faire, pour le moment.

— S'il vous plaît… Laissez-moi le voir, juste une minute… je veux juste qu'il sache…

— Je suis navré, mais c'est non.

Mes jambes se dérobèrent, Carmen me retint une nouvelle fois.

Le trajet du retour se fit dans un silence de cathédrale. Je perdais de plus en plus mes moyens, il fallait pourtant que je tienne jusqu'à ce que je sois seule. J'ouvris la porte de notre maison et découvris Monsieur couché derrière, tout calme, si calme, trop calme. Sa queue battait mollement sur les carreaux de ciment, il leva la truffe vers ma main qu'il lécha doucement. Je lui caressai tout aussi délicatement la gueule. Son sixième sens m'apaisa légèrement. Quand je finis par avancer, je ne laissai pas à mon père la possibilité de parler.

— Comment vont les enfants ?

— Ils ont fini par s'endormir. Je leur ai expliqué, je n'avais pas le choix… Je les ai rassurés comme j'ai pu.

— Je sais, papa. Je te remercie.

— Tu as faim, tu veux boire quelque chose ? me proposa Carmen.

Je secouai la tête et retirai mon manteau. Je l'accrochai à la patère de l'entrée et moi, je m'y accrochai quelques secondes pour ne pas m'écrouler.

— Je vais aller me coucher, en tout cas m'allonger… Rentrez, tous les deux.

J'avais déjà un pied sur la première marche de l'escalier. Papa franchit la distance qui nous séparait et me caressa la joue, comme lorsque j'étais petite et que j'étais malade.

— Je ramène Carmen chez elle et je reviens. N'essaye même pas de m'en empêcher.

Je ne luttai pas. Pas la force. Inutile. Je souris tristement à ma meilleure amie.

— Merci d'être restée avec moi à l'hôpital...

Elle m'étreignit et me murmura à l'oreille qu'elle serait à la maison dès la première heure. Sans plus me préoccuper d'eux, je montai jusqu'à l'étage des enfants, je passai d'abord dans la chambre de Pénélope qui dormait enroulée dans sa couette comme pour se protéger. Je repoussai les cheveux sur son front pour y déposer un baiser. Titouan serrait avec force ses doudous dans ses bras, je l'embrassai de la même manière que sa sœur et les laissai dormir en paix. Tant qu'ils dormaient, la réalité ne les frappait pas.

Impossible de repousser davantage le moment de rejoindre notre chambre. Notre chambre sans lui, ma nouvelle réalité. Je n'aurais pas dû me retrouver seule la nuit avant un an, à son prochain voyage. Ce n'était pas juste. Je n'allumai aucune lumière, je m'assis sur le rebord du lit, de mon côté, ma main partit en arrière, à la recherche de Xavier, de sa peau, et rencontra le vide. Je restai de longues minutes sans bouger, je voulais tellement lui parler, le voir, le toucher. C'était bien au-delà d'un simple vœu, c'était un besoin viscéral. Mon ventre, mes entrailles, mon cœur se contractaient pour réclamer la réponse à ce besoin, aussi naturel et indispensable que respirer. Je me sentais perdue, sans lui. J'étais seule, et je savais au plus profond de moi que je le resterais longtemps. Mon père, mes amis, tout le monde serait présent, je n'en doutais pas, mais j'avais conscience d'entrer dans une solitude que personne ne pourrait combler. Je m'allongeai à sa place, sous les draps, je serrai son oreiller entre mes bras, enfouissant mon visage dans le tissu pour m'imprégner de son odeur. Cette fois, je ne luttai pas contre les larmes, je les laissai monter, se déverser, ce serait le seul endroit où je me l'autoriserais. J'attendais depuis des heures de me libérer de ce poids. Pourtant, je ne ressentais aucun soulagement, ces larmes me brûlaient, me rappelaient que les événements de la soirée étaient réels, que Xavier était bien couché dans un lit d'hôpital, souffrant, le corps brisé.

Mes enfants n'avaient aucune idée de l'état réel de leur père, demain, il faudrait leur expliquer, les soutenir, lutter, se battre pour que cet accident ne soit plus qu'un mauvais souvenir. Serait-ce même possible ?

Au petit matin, la porte de la chambre s'entrouvrit doucement. Pénélope tenait son petit frère par la main.

— Elle dort, maman ? chuchota-t-il.

J'essuyai mes joues et relevai la tête.

— Je suis réveillée, venez.

Je n'avais pas dormi de la nuit. Pourtant j'aurais beaucoup donné pour lâcher prise, pour oublier ne serait-ce que l'espace de quelques minutes. Je soulevai la couette, mes enfants se faufilèrent chacun d'un côté, je les serrai contre moi.

— Il est où, papa ?

Mon fils ne m'accordait aucune seconde de répit. Leurs visages angoissés étaient braqués sur moi et, malgré la pénombre qui régnait encore dans la pièce, j'étais passée au détecteur. Impossible de leur mentir.

— Il est à l'hôpital, mon Titouan.

— Tu l'as vu ? s'inquiéta Pénélope.

— Non… aujourd'hui, je pense.

— On peut venir avec toi ?

— Ce n'est pas possible. Il faut d'abord que j'y aille seule, que je parle aux docteurs et à papa… et puis, vous savez, il doit être très fatigué, il va falloir le laisser se reposer.

— C'est grave, maman ?

Je les serrai plus fort encore.

— Je ne sais pas…

De tout ce qu'on peut imaginer comme problèmes, dans une vie, on n'anticipe pas cette question « papa va mourir ? » ou « c'est grave ce qu'il a, papa ? ». Comment faire face aux regards paniqués et désespérés de ses enfants ? Comment les rassurer, alors que moi-même je ne l'étais pas ? Que je ne le serais peut-être jamais plus. Je m'étais toujours promis de ne jamais leur mentir. Pas plus tard qu'il y a quelques minutes, je m'étais dit que je n'édulcorerais rien. Mais si je voulais les protéger, avais-je le choix ? Qu'est-ce qui serait le pire ? Apprendre que je leur avais caché la vérité sur l'état de Xavier ou affronter la réalité ? Je n'avais pas le temps de réfléchir à la question. On devrait s'y préparer quand tout va bien. Se poser. Se laisser envahir par des idées noires, réfléchir à une stratégie en cas de drame. Être prêt à toutes les éventualités. Savoir comment réagir pour eux. Faire au mieux au milieu du pire.

Mon instinct maternel devait prendre le pas sur la raison. Je les embrassai l'un après l'autre, en appuyant fort mes lèvres sur leur peau encore chaude de sommeil.

— Allez vous habiller. Grand-Père a dormi ici, on va prendre le petit déjeuner tous ensemble et je vous emmène à l'école.

— On ne veut pas y aller, m'annonça Pénélope. On veut rester avec toi.

Je me redressai et calai ma nuque contre la tête de lit. Ils suivirent le mouvement et se nichèrent plus étroitement encore contre moi, sans me quitter des yeux.

— Vous serez mieux avec vos copains qu'ici. Je vais certainement passer la journée à l'hôpital. Je vous promets qu'on se retrouve ce soir et que je pourrai vous donner des nouvelles de papa.

– 5 –

Je pris le temps nécessaire à l'école et au collège pour expliquer la situation aux enseignants et leur demander d'être indulgents avec les enfants. De retour à la maison, je découvris le comité d'accueil ; mon père était toujours là et le vélo de Carmen était abandonné sur la pelouse. J'aurais tant voulu être seule. Pour ne pas étouffer, pour ne pas avoir l'impression que l'on décidait à ma place, qu'on me considère moi aussi comme une accidentée, j'allais devoir établir des règles. Où trouver la force de leur parler, de leur dire ? Ma meilleure amie me sauta dessus sitôt que j'eus franchi le seuil.

— Ava ! Tu as de ses nouvelles ? Je viens avec toi ce matin !

Je n'étais plus chez moi, c'était devenu la maison de tout le monde. Entrée libre chez Ava et Xavier. Il n'y avait qu'à voir l'énervement de Monsieur, il tournait dans tous les sens, ne devant rien comprendre. Quant à Mademoiselle, elle gardait son territoire du haut de la cage d'escalier, l'œil mauvais, le poil hérissé, je la connaissais, elle n'était pas loin de cracher. Trop d'intrus chez elle, et son maître absent.

— Tu peux me laisser entrer, s'il te plaît ?

Carmen s'écarta, je me rendis directement dans la cuisine où je tombai sur Idriss, lui aussi de la partie. Sa sollicitude me toucha, tout comme sa gêne d'être là, mais je n'avais pas d'énergie à consacrer à la gentillesse. Je me servis un café et me préparai mentalement à la confrontation. Quand je leur fis face, les trois attendaient, dociles, autour de la table.

— Il va falloir s'organiser dans les jours à venir… j'y ai réfléchi une partie de la nuit.

— On t'écoute, que veux-tu qu'on fasse pour t'aider ? me demanda Carmen.

À la recherche de l'énergie suffisante pour leur donner mes prérogatives et lutter contre certaines réactions, je passai une main sur mon visage fatigué.

— Papa, rentre chez toi, repose-toi, change-toi, lui dis-je avec tendresse.

Son costume trois-pièces de la veille avait perdu de sa superbe dans la bataille.

— Ensuite, fais ce que tu peux à la galerie, je ne pourrai pas y aller aujourd'hui.

— Compte sur moi, ma chérie.

Je me tournai vers Idriss.

— Désolée de t'abandonner pour une durée indéterminée. Georges va t'aider avec tes acheteurs potentiels, beaucoup de personnes ont manifesté un grand intérêt pour tes tableaux.

— Ne te préoccupe pas de moi, dis-moi surtout comment je peux t'aider.

Je ne lui répondis pas et m'adressai à Carmen, pour lui demander d'accompagner mon père si nécessaire, et de me relayer ce week-end auprès des enfants, quand je serais à l'hôpital.

— Quand y vas-tu ? me demanda Carmen.

— Il faut d'abord que je passe à la clinique, que j'annule ses rendez-vous. Je m'occuperai de trouver un remplaçant plus tard.

— Ava, m'interpella Idriss, laisse-moi m'occuper de téléphoner à ses clients… j'en suis capable et tu gagneras du temps pour aller le rejoindre.

— Merci, murmurai-je.

J'étais prête à tout accepter dès l'instant que je pouvais arriver plus vite au chevet de Xavier.

— On ne peut pas te laisser affronter ça toute seule ! s'énerva mon père. Je vais venir avec toi à l'hôpital !

— Non, papa. Vous le connaissez, il a sa fierté, il ne va sans doute pas aimer que tout le monde le voie mal en point…

Ma voix flancha légèrement, ce qui n'échappa à personne.

— Sois raisonnable, Ava, me supplia Carmen.

— Je ne vous laisse pas le choix. Je sais où j'ai besoin de vous, et ce n'est pas à l'hôpital pour rester assis dans un couloir. Vous serez plus utiles ailleurs. Je vous donnerai des nouvelles, je vous le promets.

Je mis tout ce que je pouvais comme remerciements et gratitude dans le regard que je leur renvoyai, puis me levai.

— Ne croyez pas que je vous chasse, mais je dois y aller. Et dernière chose, ce soir, personne à part Pénélope, Titouan et moi ne dormira ici.

Idriss me suivit en voiture jusqu'à la clinique. Il me laissa en tête-à-tête avec moi-même pendant que je pénétrai à l'intérieur. À peine avais-je passé la porte qu'un concert d'aboiements et de miaulements retentit. Combien avait-il d'animaux hospitalisés ? Pourquoi avait-il renoncé à embaucher un assistant qui aurait pu s'en occuper ? Ma priorité était de mettre toutes ces pauvres bêtes en sécurité. Je me rendis dans le bureau de Xavier. La paperasse avait tout envahi. Le bazar était tel que j'eus l'impression qu'il était parti en catastrophe la veille. Était-il en retard pour libérer la baby-sitter ? S'était-il pressé pour retrouver les enfants avant qu'ils soient couchés ? Quitte à se mettre en danger... J'étouffai un sanglot. Je récupérai son vieux répertoire et trouvai le numéro d'un ami de promo avec qui il échangeait régulièrement des services. Je l'appelai, lui expliquai la situation dans les grandes lignes et lui demandai de venir récupérer les pensionnaires de Xavier. Il me promit de faire au plus vite. D'un regard, Idriss m'assura qu'il attendrait pour moi. Ensuite, j'allumai son ordinateur – les codes étaient simples, les dates de naissance des enfants – et jetai un coup d'œil à son emploi du temps de la journée. Heureusement, Xavier était organisé et tous les numéros de téléphone de ses clients étaient enregistrés.

— C'est bon, Ava, je vais me débrouiller, m'annonça Idriss. Vas-y, ne perds pas plus de temps.

Je pris sa main et déposai au creux de sa paume le trousseau de clés de la clinique.

Il me fallut une bonne demi-heure pour trouver dans quel service était Xavier. Je me présentai au bureau des infirmières, on me demanda encore de patienter. Je n'en pouvais plus d'attendre. Mon impuissance, l'impression de dépendre de ces gens étaient insoutenable. Je devais faire ce qu'on me disait, comme suivre ce médecin – encore un autre – dans son bureau. Bien sûr, j'écoutai ce qu'il m'annonçait, j'enregistrai les informations ; Xavier avait une double fracture ouverte du tibia-péroné, on lui avait posé des fixateurs, des clous, il n'aurait pas le droit de se lever pendant au moins deux semaines – vu son état, cela ne risquait pas de se produire. Quand enfin, il pourrait se lever, il aurait interdiction formelle de poser le pied par terre pendant au moins un mois. Ensuite, viendrait le temps de la rééducation. Il me dit que mon mari avait eu de la chance d'être bien équipé, ce qui lui avait évité de graves brûlures, celles qu'il avait n'étant que superficielles. Il voulait peut-être que j'ouvre le champagne ? Durant l'intervention de la veille, on lui avait aussi posé une vis dans le poignet pour faciliter la soudure de cette fracture, là aussi il aurait besoin de beaucoup de rééducation. Il avait plusieurs côtes brisées, ses organes vitaux avaient souffert au moment de l'impact, il allait falloir être patient avant que tout se remette en place. Quant à son traumatisme crânien, on pouvait s'estimer chanceux, il n'était pas trop important, les symptômes devraient s'estomper rapidement. Ça voulait dire quoi, dans leur langage, « rapidement » ? Je me le demandai d'autant plus quand il me précisa que Xavier resterait sous étroite surveillance durant les prochains jours. Plus la litanie de soins, risques d'infection, mauvaises nouvelles avançait, plus j'avais le sentiment de m'enfoncer dix pieds sous terre. Finirait-il par se taire ?

— Je peux le voir ? le coupai-je. J'ai compris que c'était grave, très grave, qu'il allait en avoir pour des mois à récupérer…

— Nous ne savons pas dans quelle mesure il récupérera ses…

Je m'accrochai à son bureau pour ne pas lui sauter à la gorge. Je devais garder mon calme, mais face à cet homme rationnel, qui ne faisait que son métier après tout, c'était bien difficile.

— Écoutez, docteur, j'ai compris, mais là, tout ce que je vous demande, c'est de me dire dans quelle chambre se trouve mon mari. J'ai besoin de le voir, immédiatement, et ne me parlez pas d'horaires de visite.

J'avais tapé du poing sur la table, mais je n'en menais pas large une fois devant la porte de la chambre 423. Elle était entrouverte, il me suffisait de légèrement la pousser pour être enfin avec Xavier. Mais la peur me retenait encore de franchir le pas.

— Vous êtes sa femme ?

Je me retournai. Une aide-soignante me souriait gentiment. Je hochai la tête en guise de réponse.

— Il vous attend… chaque fois qu'il ouvre les yeux, il vous appelle. C'est bien Ava, votre prénom ?

J'acquiesçai encore, sans prononcer un mot.

— N'ayez pas peur, je ne dis pas que ce n'est pas impressionnant, mais c'est lui, rien que lui, d'accord ?

— Merci…

Elle disparut comme elle était arrivée, et je poussai enfin la porte. La chambre était baignée dans une semi-obscurité, la lumière filtrée à travers les lames du store. Le jour le faisait-il souffrir ? J'avançai sans faire de bruit. Je mettais tout en œuvre pour ne pas voir sa jambe attachée, le métal qui ressortait de sa peau, son bras tout aussi abîmé. Des branchements s'échappaient de tout son corps, j'évitai du regard les perfusions, je fermai mes oreilles au bip des machines. Mes yeux ne se posèrent que sur son visage tuméfié, son teint cireux, ses yeux profondément creusés. Quand mon chemin de croix s'acheva et que je fus tout près de lui, j'hésitai à le toucher de peur de le réveiller, mais je cédai à la tentation et caressai son front et ses cheveux. Il gémit, je réprimai un sanglot. Il essaya d'ouvrir les yeux, j'embrassai ses lèvres. Le moindre mouvement semblait représenter un effort incommensurable.

— Xavier… c'est moi…

— Ava…

Sa voix était si faible, il me paraissait si fragile, lui qui était toujours si fort.

— Je suis là…

Il avait envie de bouger, sa tête balançait légèrement de droite à gauche.

— Rendors-toi, je reste près de toi.

— Je veux te voir.

J'attrapai la chaise derrière moi, la fis glisser silencieusement pour m'asseoir et me pencher vers lui en m'appuyant le moins possible sur son lit. Après quelques secondes d'efforts, il réussit à entrouvrir les paupières, son regard était vide, épuisé. Ses lèvres s'arquèrent en un infime sourire. Cela ne dura pas, son visage se crispa violemment.

— Tu as mal quelque part, tu veux que…

— Non… Pardon, Ava… pardon de… te faire vivre ça…

Une larme roula sur sa joue, je la cueillis avec mon doigt.

— Ce n'est pas de ta faute, je ne veux plus jamais que tu dises une chose pareille. Tout ira bien, Xavier…

— Non… Comment elle va ?

— Qui ?

Il détourna le visage pour ne plus me voir, comme s'il avait honte de lui.

— La femme que j'ai renversée… j'ai essayé de l'éviter… j'ai pas pu…

— Xavier, tu n'y es pour rien…

Son torse se souleva dans un hoquet, ce qui lui fit atrocement mal. J'attrapai son visage entre mes mains et le forçai délicatement à me regarder.

— Si… insista-t-il. Je suis responsable…

Ses larmes me révoltèrent.

— Peu importe… pour le moment, tout ce qui compte, c'est de te reposer.

L'effort qu'il venait de fournir avait absorbé le peu d'énergie en lui, ses yeux se refermaient tout seuls, sa fatigue et les médicaments l'aspiraient, pourtant, il était tout sauf paisible, ses traits contractés et défaits hurlaient sa douleur. Un râle de souffrance s'échappa de sa bouche.

— Je veux savoir, Ava…

Déjà, il s'était rendormi.

Les heures qui suivirent, Xavier sortit à peine de la brume dans laquelle il était plongé. Je ne bougeais que lorsqu'on me forçait à sortir de la chambre, quand il devait recevoir des soins ou être ausculté. À chaque fois que quelqu'un entrait dans sa chambre, je sursautais de crainte que l'on me dise encore une fois de partir. C'était presque toujours le cas. Je voulais rester à ses côtés, j'aurais voulu aider, agir à leur place. C'était à moi de m'occuper de lui. Avant que la porte se referme sur moi – j'avais l'impression qu'on me la claquait au nez –, j'entrapercevais toujours des mains qui le touchaient, des mains qui le manipulaient. Je patientais debout dans le couloir, en regardant mes pieds, en me faisant toute petite, j'étais mal à l'aise, en décalage complet, on me signifiait que ma place n'était pas là, alors qu'il s'agissait de Xavier, l'amour de ma vie, le père de mes enfants. Mais non, on m'excluait. On me dépossédait du corps de mon mari, ce corps que je connaissais mieux que quiconque, ce corps que j'aimais, que je désirais, que je caressais, que j'embrassais. Il n'était plus à moi, sa femme. Il était à eux désormais, à ces blouses blanches qui le manipulaient, sans émotion, sans pudeur. J'étais mise à l'écart de son corps. Nous qui avions le sentiment de n'être qu'un, nous étions depuis la veille deux corps séparés, deux corps qui pour les autres – ceux qui s'occupaient de Xavier – n'avaient plus rien à faire ensemble. Quand les soignants ressortaient de la chambre et qu'ils me jetaient un coup d'œil, sans rien me dire la plupart du temps, je ne savais jamais si j'avais le droit de retourner à ses côtés, s'ils me cédaient enfin la place.

Le jour commençait à baisser, j'aurais voulu ne pas avoir à me préoccuper de l'heure, mais je pensais aux enfants, rentrés de l'école depuis plus de deux heures, accompagnés par Chloé avec qui j'échangeais des messages régulièrement. Elle prenait garde à ce qu'elle m'écrivait sur eux, mais je sentais au plus profond de moi que Titouan et Pénélope n'allaient pas bien, qu'ils attendaient mon retour pour avoir des nouvelles de leur père. Je devais laisser Xavier, lui dire au revoir jusqu'au lendemain. Je caressai tout doucement son front, à défaut de le serrer dans mes bras.

— Mon amour, chuchotai-je, je vais bientôt partir, les enfants ont besoin de moi.

— Ava…

— Oui, je suis là.

— Péné… Pénélope… Titouan…

— Ils vont bien, ne t'inquiète pas pour eux. Tout le monde est là… Je voudrais rester avec toi. Je reviens demain, le plus tôt possible.

Je me penchai vers lui et embrassai ses lèvres sèches. Je me retins de craquer, alors qu'intérieurement, je hurlais, je pleurais.

— Je t'aime, Xavier. À demain…

Je reculai sans le quitter des yeux, lui puisait de la force pour me regarder encore un peu.

— Ava, m'appela-t-il. Je veux savoir…

— Quoi ? Tu veux savoir quoi ?

— Comment elle va ? La femme de l'accident... s'il te plaît...

— Ne te préoccupe pas d'elle...

— J'en ai besoin...

Malgré ses blessures et la douleur, sa culpabilité se diffusait par tous les pores de sa peau...

— D'accord... Ne t'inquiète pas...

Il me lança un regard de gratitude, puis détourna le visage. Je quittai sa chambre sans faire de bruit, pris garde à laisser sa porte entrouverte en cas de besoin, laissant mon mari à la vue de tous. Je traversai le couloir chancelante, en slalomant entre les chariots des repas ; l'odeur de nourriture collective mêlée à celle des médicaments me révulsa. Mon cœur déchiré de l'abandonner seul dans cet endroit. Je réalisai que malgré l'horreur de la journée, j'avais été étrangement apaisée par le simple fait d'être à ses côtés. À présent que chaque pas m'éloignait un peu plus de lui, j'entrais à nouveau dans la plus grande insécurité, j'avais peur de tout, j'étais fragile, mais personne ne devait le savoir ni s'en rendre compte. Avec la solitude de notre chambre à la maison, les couloirs de l'hôpital seraient l'unique endroit où je pourrais me laisser aller à un peu de faiblesse. Anonyme parmi tant d'autres, personne ne me remarquait. Je me réfugiai dans un coin tout au fond de l'ascenseur. Je n'arrivais plus à retenir mes larmes, elles coulaient toutes seules, avaient leur propre discipline. Je me recroquevillai, priant pour qu'il descende sans s'arrêter. Les dieux étaient contre moi. Je me tassai davantage encore, me retenant d'enfouir mon visage dans mes bras lorsque la porte s'ouvrit dès l'étage suivant. J'aurais voulu être invisible, qu'on me laisse seule avec mon chagrin. Sans public, sans regard compatissant ou voyeur. Si j'avais pu, je me serais roulée en boule sur le sol pour disparaître.

— Comment allez-vous, depuis cette nuit ?

Ça ne pouvait être qu'à moi que l'on s'adressait, je ne distinguais qu'une paire de chaussures dans la cabine, je levai la tête et découvris un homme aux traits tirés qui m'observait.

— Vous ne vous souvenez pas ? La salle d'attente, la nuit dernière ?

Il me fallut encore quelques secondes pour percuter, et faire le lien. Le mari de la femme avec qui Xavier avait eu un accident.

— Si, je me souviens.

J'essuyai grossièrement mes joues. On resta à se dévisager tout le temps que dura la descente. J'aurais dû lui parler, lui demander des nouvelles de sa femme ; j'en étais incapable, j'avais trop peur de ce qu'il pouvait me dire, de sa réaction. Son visage tendu, ses mâchoires crispées, son regard féroce ne m'incitaient pas à engager la conversation. Et puis, j'avais peur de ce que je risquais d'apprendre et que je devrais fatalement annoncer à Xavier. Son mutisme était éloquent, il ne voulait pas plus parler que moi. Quand la porte s'ouvrit, nous ne bougeâmes ni l'un ni l'autre, nous menions une guerre des nerfs. J'allais la perdre, je sentais que je flanchais, mes yeux s'embuaient à nouveau. Tant de sentiments, tant de questions et de peurs se bousculaient dans mon esprit, dans mon cœur. J'étais si fatiguée. Une larme déborda et roula sur ma joue, il la suivit du regard, je n'eus même pas la force de l'essuyer. D'un geste du bras, il m'indiqua la sortie en s'effaçant.

— Je vous en prie.

J'ignore ce qui me fit réagir de cette façon, mais je m'enfuis en courant, je devais m'éloigner de cet homme qui ne pouvait que nous vouloir du mal. Je voulais rentrer à la maison, vite, le plus vite possible.

Je consacrai les premières heures de la soirée aux enfants, ma priorité lorsque je n'étais pas à l'hôpital. Je restai sourde aux nombreux coups de téléphone. Plus tard. Je verrais plus tard. Avec des mots simples, je tentai de les rassurer, de leur expliquer que Xavier allait s'en sortir, tout en les préparant à la durée de sa convalescence, ils ne devaient pas s'attendre à retrouver prochainement leur papa tel qu'ils le connaissaient.

Allons-nous même un jour le retrouver ?

Cette question, je ne cessais de me la poser depuis mon départ de l'hôpital. Notre vie avait-elle irrémédiablement basculé ? Ne serait-elle plus jamais comme avant ? Étrange, cette notion d'avant et d'après. Il y aurait la vie d'avant l'accident, et la vie d'après, bien distinctes l'une de l'autre. Alors même que cela venait d'arriver, qu'il nous manquait du temps et du recul, je sentais que nous venions de perdre quelque chose, quelque chose d'essentiel. Je n'arrivais pas à mettre le doigt dessus. J'étais dans le flou le plus total. Aucune projection dans l'avenir. Aucun espoir. Rien. Le vide. Une ombre planait désormais sur notre vie, dans notre maison. Et j'avais peur. Mais cette peur, je devais la canaliser, l'étouffer, l'éloigner, je ne pouvais me permettre de me laisser engloutir.

Je veillai sur Pénélope et Titouan jusqu'à ce qu'ils s'endorment. Ma grande, elle qui n'avait plus besoin qu'on l'assiste pour se coucher depuis si longtemps, réclama ma présence, collée à elle dans son lit. Brusquement, elle était redevenue une petite fille fragile qui ne jouait plus à l'ado.

— Je veux voir papa, maman…

— Je sais, ma chérie, mais il va falloir attendre encore un peu… Il est très fatigué…

— C'est pas juste…

— Je suis bien d'accord… Tu veux lui écrire une lettre ? Je lui donnerai.

— Titouan pourrait lui faire un dessin, je vais l'aider.

— C'est une bonne idée, dors maintenant.

Une demi-heure plus tard, je me retrouvai seule dans notre salon, enfin pas si seule : Monsieur me suivait à la trace, sans bruit, il veillait sur moi. Je m'écroulai dans le canapé, mon téléphone à la main, Mademoiselle sauta sur mes genoux. Il fallait que j'appelle mon père, Carmen et Idriss… donner des nouvelles, dire que ça allait, en tout cas, essayer de les rassurer. Et demain, tout recommencerait…

Le lendemain, je n'arrivai devant la porte de la chambre 423 qu'en début d'après-midi. Laisser les enfants avait été rude, tant ils montraient des signes de détresse, heureusement je pouvais faire confiance à Carmen pour les occuper de mille façons. Xavier semblait dormir, je ne fis aucun bruit en m'asseyant à côté de lui, je n'osai pas le toucher de peur de le réveiller, pourtant j'en mourais d'envie, mes yeux passaient de son visage si marqué à sa main épargnée, je me retenais de la saisir, de la porter à ma joue, sentir sa chaleur, lui transmettre la mienne, nos peaux l'une contre l'autre.

— Ava, c'est toi ?

— Je suis là, lui répondis-je immédiatement en me penchant vers lui.

Il battit des paupières et son regard, guère plus vif que la veille, s'arrêta sur moi.

— Comment te sens-tu ?

— Je ne sais pas, gémit-il.

— J'ai du courrier de la part des enfants… Tu leur manques… ils veulent te voir, tu sais…

— Je ne veux pas qu'ils viennent, je ne veux personne, s'énerva-t-il.

Il grimaça de douleur.

— Je sais, le rassurai-je. Ne t'inquiète de rien, je m'occupe de tout, les enfants, la clinique, tout est réglé.

Son regard me fuit. Avec beaucoup de difficulté, il réussit à prendre une profonde inspiration, en tout cas, la plus profonde possible dans son état.

— Parle-moi d'eux.

J'inventai des fables, je brodai sur leur moral, il restait silencieux, il m'écoutait. Ou pas. Il réagit à peine en découvrant leurs petits mots et dessins. Il finit par s'assoupir, je caressai doucement sa main et je me reposai de mes mensonges, puisant au fond de moi le peu de ressources qu'il me restait pour continuer à jouer la femme forte à son réveil. Quand j'arrivais à détacher de lui mon regard et à ne pas l'examiner sous toutes les coutures, je décortiquais la chambre ; les murs d'un blanc jauni, défraîchi, les grandes fenêtres qui donnaient sur le parking, dont le store était toujours fermé et qui ne s'ouvraient pas, nous privant de toute possibilité d'air frais. Et il y avait ces fils, ces perfusions, ces poches, tous ces branchements au-dessus de son lit : leur utilité, les mots inscrits dessus faisaient peur, me ramenaient à la réalité. Pour y échapper, je me renfonçai dans l'immonde fauteuil en skaï marron craquelé. Il avait le mérite d'être confortable, et de me rappeler que j'avais besoin de sommeil. Jusqu'à la fin d'après-midi, Xavier émergea à peine de sa brume, il marmonna quelques mots tout juste compréhensibles pour – encore – demander, au moment de mon départ, des nouvelles de la femme de l'accident. Je maudis l'ascenseur lorsqu'il marqua l'arrêt au troisième et que le même homme que la veille apparut. Pas plus ravi que moi de la situation, il leva les yeux au ciel, exaspéré, et soupira de lassitude. Il entra malgré tout dans la cabine.

— Bonsoir, grommela-t-il.

— Bonsoir, répondis-je du même ton.

Comme la veille, il me fit signe de sortir la première quand nous arrivâmes au rez-de-chaussée. Comme la veille, je m'enfuis en courant.

En franchissant le seuil de la maison, impossible d'ignorer la délicieuse odeur de plats mijotés ; Carmen était aux fourneaux avec Pénélope et Titouan.

Leurs rires provoquèrent en moi une bouffée de joie comme je ne pensais plus pouvoir en ressentir avant très longtemps. Je profitai de la fête de Monsieur pour me ressaisir, il était moins gai que d'habitude, il avait l'air content de me voir, certes, mais il me reniflait étrangement. L'odeur de l'hôpital s'était infiltrée dans mes vêtements, et ça ne lui plaisait pas. À moi non plus. Je m'appuyai au chambranle de la porte de la cuisine et me surpris à sourire au spectacle qui s'offrait à moi. Un vrai champ de bataille ; il y en avait partout, mais il y avait aussi et surtout la vie, l'enfance. Mes enfants s'amusaient, avaient retrouvé une petite touche d'insouciance, ils avaient oublié ce qui se passait, et c'était tant mieux pour eux. Ils ne méritaient pas la catastrophe qui s'était abattue sur notre famille.

— Maman ! cria Titouan en me sautant dans les bras.

— Eh bien, dites donc, c'est la fête ici !

Pénélope nous rejoignit dans ce câlin collectif et je les étreignis contre moi. Je croisai le regard ému de Carmen et lui murmurai « merci ».

Durant le dîner, je leur donnai des nouvelles assez vagues de Xavier, en revanche, j'insistai sur son bonheur d'avoir eu du courrier. J'en venais à développer un véritable art du mensonge. Titouan fut très fier d'apprendre que son dessin était accroché au mur de la chambre de son père et Pénélope rosit de bonheur de savoir qu'il gardait sa lettre tout près de lui, pour la relire encore et encore. Carmen – qui bien sûr était restée avec nous, je n'avais pas eu le cœur ni l'envie de lui demander de partir, nous avions besoin de son soleil – tentait de déchiffrer les sous-entendus. Je la laissai seule le temps d'accompagner les enfants dans leur chambre. Je savourai leur brossage de dents, comme si c'était le plus beau moment de la journée, je lus une histoire à Titouan – ça faisait tellement longtemps que je ne l'avais pas fait –, Pénélope était là, tenant son petit frère serré contre elle. Elle patienta dans son lit pendant qu'il s'endormait avec moi. Quand je la rejoignis enfin dans sa chambre, elle était emmitouflée dans ses couvertures, un petit sourire aux lèvres.

— Je vais rester avec toi, lui annonçai-je.

— Non, maman, va avec Carmen, je vais m'endormir, je te le promets.

Je m'assis à côté d'elle, lissai le drap, puis passai ma main sur sa joue.

— Tu vas le voir, demain ?

— Oui, ma chérie, je ne veux pas qu'il soit trop longtemps tout seul. Je lui raconterai notre soirée, il va rire.

— Qui nous garde ?

— Si je vous dépose chez Grand-Père, ça te va ?

Elle hocha la tête.

— Dors, ma puce, je t'aime.

— Moi aussi, maman.

Carmen m'attendait dans le salon, elle nous avait servi un verre de son infâme digestif argentin, je m'écroulai à côté d'elle sur le canapé. Mademoiselle sauta sur mes genoux, je la pris contre moi.

— Je ne suis pas certaine de pouvoir encaisser ton alcool à 90 !

— C'est risqué, mais tu as besoin de dormir, Avanita… Je te connais, tu vas demander le moins d'aide possible, c'est ton droit, mais tu ne tiendras jamais le coup si tu ne dors pas.

J'attrapai son shooter et le levai dans sa direction.

— À ton grand fauve, me dit-elle tout bas.

Des larmes d'épuisement et de chagrin jaillirent de mes yeux. Pour les combattre, j'avalai cul sec ; ma bouche et ma gorge prirent feu.

— C'est du tord-boyaux, ton truc.

— Il te fallait au moins ça, me répondit-elle en me resservant. Raconte-moi ta journée… quand je vois ta petite mine, je me dis que ça n'a pas dû être facile.

Je lui donnai un peu plus de détails qu'aux enfants, même si je n'avais pas grand-chose à raconter.

— Allez, rentre chez toi, Carmen, c'est l'heure. Ou va retrouver Théo…

— Qui ?

On éclata nerveusement de rire. Puis, elle se leva, se planta devant moi, les mains sur les hanches, ce qui ne laissait aucun doute sur sa détermination.

— Je te connais, et mieux que tu ne le crois. Je sais que tu ne veux ni déranger ni te faire envahir. Je vais me faire toute petite…

— C'est possible ? la charriai-je.

— *Callate !* Ce soir, je dors dans la chambre d'amis, demain, tu me prêteras une culotte. Si tu as besoin, tu viens, sinon tu dors, je m'occupe de tes chéris quand ils se réveillent.

Elle me colla un baiser sur la joue et disparut dans l'escalier.

Les jours suivants se déroulèrent au même rythme, un rythme de métronome. Après avoir déposé les enfants à l'école, je me rendais à la clinique vétérinaire et je gérais les affaires courantes, les courriers, les factures, aidée à distance par le confrère de Xavier. Il aurait fallu trouver un remplaçant, mais les candidats ne couraient pas les rues. Et puis, il fallut s'occuper de l'assurance, lancer la procédure de déclaration d'accident avec dommages corporels des deux côtés. C'est là que j'appris qu'il y aurait une enquête de police et que la moto de Xavier serait expertisée, elle avait été embarquée je ne sais où. Quand je sentais le découragement s'abattre sur moi, je prenais le chemin de l'hôpital où je passais le reste de la journée au chevet de Xavier qui se débattait toujours dans ses songes et avec la douleur. J'attendais que le temps passe et qu'enfin, il sorte du brouillard. Nous n'échangions jamais plus de quelques mots, il restait sans force. Chaque soir en repartant, et malgré mes tentatives pour décaler mon heure de départ de cinq, dix, quinze minutes, plus tôt, plus tard, je me retrouvais invariablement en compagnie du mari dans l'ascenseur. Je voyais bien que de son côté, il n'en revenait pas plus que moi de ce mauvais coup du sort, qui s'amusait à s'acharner sur nous. Pour autant, hors de question d'entamer la discussion. « Bonsoir. Bonsoir. » Son geste de la main pour m'indiquer la sortie de l'ascenseur et direction le parking chacun de son côté. Une routine étrange.

Une semaine s'était écoulée déjà depuis l'accident. Ce jour-là, en arrivant à l'hôpital, je croisai le médecin et l'interpellai, inquiète de ne constater aucune évolution chez Xavier :

— Comment va-t-il ?

L'homme était peu expressif, mais impossible de passer à côté de son air ennuyé, mon cœur se serra.

— Écoutez, ses constantes ne sont pas mauvaises, il devrait avoir davantage récupéré, mais il est complètement apathique. On va lui faire des examens complémentaires pour écarter toute dégradation de son traumatisme crânien. Il ne faut pas s'inquiéter.

Il se moquait de moi ! Il disparut avant même que je puisse lui demander plus d'informations. Comme d'habitude, Xavier semblait plongé dans le sommeil quand je pénétrai dans sa chambre. Je pris ma place habituelle dans le fauteuil après l'avoir embrassé sur le front.

— Bonjour, me dit-il avec un filet de voix.

Je caressai ses cheveux tendrement.

— Comment te sens-tu ?

Il ne répondit pas, mais ouvrit les yeux, voilés, comme depuis huit jours. Quand reverrais-je une étincelle dans l'émeraude ?

— Et toi, Ava ?

Je lui souris doucement, animée par l'espoir. C'était la première fois qu'il me posait cette question. Revenait-il au monde ?

— Je tiens le choc… Tout ce que je veux, c'est que tu ailles mieux… Tout le monde s'inquiète, Xavier. Ils vont te faire de nouveaux examens…

Il tourna la tête pour ne plus me voir et replongea dans son ailleurs.

— Je veux qu'on me laisse tranquille.

Et puis, il s'endormit, à moins qu'il n'ait fait semblant, pour avoir la paix.

L'après-midi me parut terriblement long. Je voulais qu'il se passe quelque chose, qu'il réagisse, qu'il me parle. Comment lui transmettre mon énergie ? La solitude me gagnait, le désespoir aussi. Xavier avait l'air si loin, je commençais à douter de le retrouver un jour. Je me fustigeai pour mon manque de patience, je perdais pied après une malheureuse semaine.

— Ne viens pas demain, m'annonça-t-il soudain, alors que je songeais qu'il allait être l'heure de rentrer à la maison.

Je lui envoyai un sourire ironique, me penchai vers lui et mimai une caresse sur son torse.

— Tu peux toujours courir pour ne pas me voir demain, ni aucun des prochains jours.

Il riva ses yeux mornes aux miens.

— J'ai tout mon temps. Mon père a repris du service à la galerie, lui répondis-je. Ce n'est pas ma priorité, loin de là.

— Tu ferais mieux de rentrer.

Le cœur meurtri, je secouai la tête, feignant l'amusement ; je m'acharnai à mettre un peu de normalité, une goutte de légèreté. Ne plus lui parler comme à un malade pour l'appeler, pour le faire revenir à lui.

— Il est tôt encore, personne n'est venu me mettre à la porte.

— Ils ne vont pas tarder à débarquer… Ne reste pas là alors que je ne fais que dormir.

Ces traîtresses de larmes trouvèrent le moyen de me prendre par surprise.

— Ne pleure pas, Ava, s'il te plaît…

— Pardon…

Ses traits se durcirent, il essaya de bouger, en vain. Après de longues secondes, je hochai la tête, déposai un baiser appuyé sur ses lèvres. Puis, j'enfilai mon manteau en prenant tout mon temps – voler quelques instants à côté de lui –, il se forçait à me sourire, mais même ça lui faisait visiblement mal. Je ne pouvais plus parler, envahie par l'impression qu'il me rejetait, qu'il me mettait à la porte. Il voulait être seul. Comme chaque soir, je reculai sans le quitter des yeux pour garder le contact jusqu'au bout. Il essaya de redresser la tête.

— Attends !

— Quoi ? Qu'y a-t-il, Xavier ?

Mon cœur se gonfla d'espoir, il voulait que je reste. Cela ne dura pas. Un masque de colère et de douleur avait pris possession de son visage blême.

— Dans le placard, prends mes affaires.

— Quelles affaires ?

— Celles du soir de l'accident, ils m'ont tout rapporté ce matin. Je ne veux pas les voir, brûle-les, débarrasse-toi de toute cette merde.

Une sueur froide dégoulina le long de mon dos. Tel un automate, je m'avançai et ouvris la penderie. Je fis en sorte de maîtriser mes tremblements. On avait fourré ses vêtements dans un grand sac en plastique opaque. Posé au sol, son casque témoignait de la violence du choc ; visière explosée, peinture écaillée.

— Ils ne veulent pas me donner de ses nouvelles…

Je compris immédiatement à qui il faisait allusion.

— Xavier, je t'en prie… arrête avec cette femme.

— Ava !

Où trouvait-il cette rage ? Je me tournai vivement, j'eus ma réponse. La culpabilité.

— Je l'ai peut-être tuée !

Sa voix était cassée, rauque, forte et faible à la fois. Ce n'était pas la sienne. Je me figeai d'effroi. Concentrée sur Xavier, je m'étais refusé de penser qu'une femme était peut-être en train de mourir à cause de cet accident ; une épouse, une maman peut-être. Le visage de son mari, croisé chaque soir depuis une semaine, traversa mon esprit. Si elle était morte, il m'aurait sauté à la gorge.

— J'ai compris, reprit-il d'une voix brisée. Tu refuses de me répondre parce qu'elle est morte et que tu ne veux pas me le dire !

— Mais non ! Bien sûr que non, je suis certaine qu'elle est vivante.

— Qu'est-ce que tu en sais ?

Intérieurement, je jurai de ne pas me défiler si je le croisais à nouveau. Je franchis en quelques pas la distance qui me séparait de Xavier, l'embrassai et caressai son visage le plus doucement possible.

— N'y pense plus, d'ici demain je trouverai le moyen de savoir. En attendant, repose-toi.

Lui qui ne parlait plus ou si peu semblait ne plus pouvoir s'arrêter.

— Si elle est morte, si elle meurt… je serais un assassin…

— Non, tu ne seras jamais un assassin, tu n'as pas voulu ce qui s'est passé. Je le sais, tu le sais…

Il ne m'écoutait plus, il ne m'entendait plus. Son torse se soulevait de plus en plus vite. Il paniquait, il allait s'épuiser inutilement, il était encore trop faible pour encaisser. Malgré l'horreur de ce qui avait peut-être eu lieu, je ne perdrais pas mon mari. Je continuerais à me battre pour lui, pour qu'il guérisse, qu'il ne perde pas la raison.

— Xavier… calme-toi, mon amour…

— Non…

— Regarde-moi, lui ordonnai-je en haussant le ton.

Il m'obéit, en pleurant.

— Je pense avoir croisé son mari. Il n'avait pas l'air plus en forme que moi, mais il n'était pas plus mal en point. Je ne peux pas imaginer que sa femme soit morte, ou alors il a une bonne maîtrise de lui-même. Et si le pire avait eu lieu, il ne traînerait pas dans les couloirs de l'hôpital une semaine après. Tu ne l'as pas tuée…

La tension qui habitait son corps se dissipa peu à peu, je continuais de caresser son visage en lui tenant la main, je lui murmurais tous les mots d'amour de la Terre, sa respiration finit par s'apaiser, revenir à la normale, et il s'endormit. Je murmurai un dernier *je t'aime* à son oreille et pris le chemin de la sortie. Il me restait à récupérer ses affaires, je n'en avais aucune envie, mais je n'avais pas le choix. Pour lui, pour que ses yeux ne retombent jamais dessus, je devais m'en charger. Le sac était fermé, je ne distinguais rien du contenu – j'allais devoir m'armer de courage pour le vider, en revanche, son casque, je devais le toucher. Combien de fois l'avais-je porté sous mon bras pour le lui donner ? Je le calai selon mon habitude, ma main qui le retenait sentait les éclats de peinture et cette visière disparue me fixait, béante, elle m'envoyait des images que je ne voulais pas voir ; le corps de Xavier qui s'écroule, qui s'abat sur le sol, qui glisse, son corps qui se brise. Cette maudite visière me montrait aussi le corps de cette femme sans visage, qui restait une inconnue. Où était son corps ? Comment allait-il ? Si son cœur cessait de battre… que deviendrait Xavier ?

Dans le couloir, je croisai l'infirmière qui s'apprêtait à faire son contrôle.

— Tout va bien ? m'interrogea-t-elle.

— Il vient de s'endormir, mais il était un peu agité avant. Il s'inquiète pour…

— Je sais… Il n'arrête pas de nous demander de ses nouvelles, mais nous n'avons pas le droit de lui en donner.

— Je comprends.

— Ne vous inquiétez pas, nous veillons sur lui.

Elle pénétra dans la chambre de Xavier et referma la porte.

Cette fin de visite avait été éprouvante et déstabilisante. Xavier n'était pas le genre d'homme à faire des crises d'angoisse ni à paniquer. Un poids de plus à porter. Un autre changement. Une nouvelle manière de voir la vie. Arrivée au rez-de-chaussée, je réalisai que, pour la première fois, je n'avais pas croisé le mari. C'était bien ma veine, alors qu'il fallait à tout prix que je sache comment allait sa femme. En sortant, je crus reconnaître au loin sa haute silhouette. Je me mis à courir, mes gestes étaient entravés par le sac et le casque, je me faisais mal, me donnant des coups dans les jambes et les côtes, les gens me regardaient comme si j'étais une hystérique ; je m'en moquais, seul le salut de Xavier me guidait. Je ne faisais plus attention à rien, alors qu'il faisait nuit et qu'il pleuvait, mais cet homme marchait vite, tellement vite.

— Attendez !

Évidemment, il ne réagit pas et comme je ne connaissais pas son nom, impossible de faire davantage. J'accélérai encore et l'appelai plus fort. Il dut finir par se demander ce qui se passait derrière lui, s'arrêta entre deux rangées de voitures et se retourna. J'en profitai pour rattraper mon retard. Quand je fus enfin arrivée à ses côtés, son regard sombre et fatigué me fit presque renoncer.

— Excusez-moi de vous interpeller de cette manière, lui dis-je en tentant de reprendre mon souffle.

— Je n'ai pas le temps.

Déjà, il me tournait le dos.

— Attendez, s'il vous plaît, accordez-moi quelques minutes.

Il me fit à nouveau face, le visage défait.

— Je vous écoute.

Je bafouillai, je n'avais pas préparé mes mots pour qu'il accepte de me donner des nouvelles de sa femme. Au pied du mur, je n'en menais pas large, et pour être honnête, il dégageait une forme insidieuse de violence qui s'accrut quand il remarqua le casque de Xavier sous mon bras. Il le fixa, l'œil de plus en plus mauvais, les poings serrés. Tant bien que mal, j'essayai de le décaler dans mon dos pour le soustraire à sa vue. J'imaginais parfaitement ce qu'il ressentait. Je me sentais vraiment stupide, dénuée de bon sens et de respect. C'était tellement déplacé de ma part de lui demander comment sa femme se portait alors qu'il tenait Xavier pour responsable de l'accident.

— Vous ne réussirez pas à le cacher, me dit-il en désignant le casque de la main. Quand bien même, je sais qu'il est là.

Je reculai de quelques pas, de plus en plus mal à l'aise.

— Pardon… je suis désolée… Je ne sais plus ce que je fais…

Il soupira comme si sa vie en dépendait et la tension dans ses épaules se relâcha brusquement.

— Ne vous excusez pas, vous n'y êtes pour rien… Ils vous ont redonné ses affaires, alors ?

Visiblement, il était étonné.

— Pas vous ?

— Non…

Cela semblait le contrarier, l'inquiéter même. Sans trop savoir pourquoi, j'éprouvai le besoin de le rassurer.

— Peut-être demain… Enfin… ce n'est pas franchement une partie de plaisir, je préfère vous prévenir.

— Merci… je m'en doute.

La pluie redoubla d'intensité, je levai le visage vers le ciel, m'accordant une seconde de répit, les gouttes d'eau me firent du bien, j'avais à la fois la sensation de me réveiller et de me reposer. Mon esprit s'échappa vers Xavier cloué à son lit et se débattant avec sa douleur et sa culpabilité. S'il avait été à mes côtés, il aurait ri tout en me demandant d'aller me mettre à l'abri. Il aimait me voir courir sous la pluie tout en ayant envie de me protéger. Ma gorge se serra. Quand revivrions-nous de tels instants ?

— Vous aviez quelque chose à me dire ?

Je redescendis brutalement sur le parking.

— En fait… je voulais savoir comment allait votre femme, mais je comprendrais que vous ne vouliez pas me répondre.

Il me fuit du regard durant quelques instants, puis m'affronta à nouveau.

— Je veux bien vous répondre, mais vous me pardonnerez de ne pas vous poser la même question au sujet de votre mari.

Je fus incapable de lui rétorquer quoi que ce soit. Tout nous ramenait, Xavier et moi, à sa pseudo-culpabilité. À croire que mon mari avait délibérément foncé sur sa femme. Je ravalai ma colère, concentrée sur le seul objectif : savoir.

— Vous me haïssez de lui souhaiter du mal ? enchaîna-t-il.

— Je n'ai pas assez d'énergie pour vous haïr. Peu importe ce qui s'est passé ce soir-là, vous le considérerez toujours comme le seul responsable. Pourquoi me fatiguer à vous expliquer qu'il a tout fait pour éviter votre femme au point de mettre sa propre vie en danger ?

Son regard s'attarda sur le trou béant de la visière, les blessures de Xavier ne pouvaient que lui sauter au visage, il eut un léger mouvement de recul.

— Je pourrais aussi vous dire qu'aujourd'hui, il est plus inquiet pour elle que pour lui-même, mais vous vous en moquez ?

— Ne croyez pas ça, mais… cela reste au-dessus de mes forces de m'intéresser à votre mari alors qu'il a ruiné la vie de Constance.

Entendre son prénom me fit l'effet d'un coup de poing en plein ventre, elle devenait réelle, humaine, elle existait par ce prénom, si doux, si délicat. D'emblée, elle m'apparaissait fragile.

— Pourtant, continua-t-il, elle veut savoir s'il s'en est sorti. Je vais pouvoir lui répondre que oui.

— Et Xavier, lui accordez-vous au moins une réponse ?

— Sa vie n'est plus en danger…

Il ne me laissa pas la moindre once de soulagement, son visage profondément marqué par la douleur qu'il ressentait.

— Elle est sortie du coma il y a trois jours… heureusement, cela n'a pas duré longtemps. Mais c'est comme si tout son corps avait volé en éclats… ses bras, ses mains si précieuses sont en mille morceaux…

Il reprit sa respiration alors que la mienne était bloquée.

— Elle a une commotion cérébrale dont il faudra surveiller l'évolution pendant plus d'un an… Elle souffre le martyre. Le moindre son lui est intolérable.

Xavier serait anéanti quand il apprendrait son état. Je comprenais de plus en plus le rejet de cet homme envers mon mari ; à sa place, je serais pire qu'une armée de furies.

— Je... je ne sais pas quoi vous dire...

On resta face à face ce qui me sembla une éternité. Les mots auraient été inutiles. Il souffrait pour sa femme. Je souffrais pour mon mari.

— Il va être temps de nous dire au revoir, me dit-il en brisant le silence.

— Vous avez raison... Bon courage, lui souhaitai-je sincèrement.

— Vous aussi, vous en avez besoin.

— Merci, soufflai-je, touchée par son attention, si infime fut-elle.

J'attendis d'être certaine que les enfants dorment à poings fermés pour aller chercher les affaires de Xavier que j'avais déposées dans le garage en rentrant de l'hôpital. Le casque était caché dans un coin où personne à part moi ne le verrait. Je pris mon courage à deux mains, attrapai le tout et retournai dans le séjour. Monsieur me suivait à la trace et s'assit à côté de moi. À peine le sac posé par terre, il fourra sa truffe dedans et émit un cri plaintif. Mademoiselle arriva de je ne sais où en humant l'air, elle miaula et sauta sur la table basse.

— Vous allez m'aider ?

Je plongeai la main dans le paquet et me figeai. Ce que je m'apprêtais à faire n'était pas normal. Pourquoi m'avait-il rendu ses affaires comme s'il était mort ? Xavier était vivant ! Il y avait encore quelques heures, j'étais avec lui, je lui parlais, je l'embrassais. Le premier vêtement que ma main rencontra fut son jean, je le saisis et le sortis, les yeux clos. Il me fallut de longues secondes pour oser l'affronter. Quand je le découvris, je me retins de crier de frayeur et de le lancer loin de moi. Qu'il soit déchiré, découpé n'était pas le plus impressionnant, ce qui l'était en revanche était le sang et la raideur du tissu. La violence du rouge devenu noir me donna la nausée. Le reste de ses vêtements était en tout aussi piteux état. Je le revoyais le matin de l'accident, dans ce pull marin qu'il aimait tant et qui lui allait si bien. Pourquoi ne m'étais-je pas blottie dans ses bras, j'aurais senti sa chaleur sur ma peau à travers la laine ? Le seul vêtement qui avait à peu près survécu à l'accident était son blouson de cuir, les manches, bien que profondément râpées, l'avaient protégé. Je me souvenais parfaitement du jour où je le lui avais offert ; c'était égoïste et prémonitoire. Quand il partait à moto, il enfilait la première veste, le premier manteau qui lui tombait sous la main, non qu'il ne crût pas aux vertus protectrices du cuir, mais il prétextait qu'il n'avait pas le temps de s'en acheter un. Le temps, je l'avais pris pour lui. Quand il l'avait déballé, il l'avait immédiatement enfilé, il lui allait comme un gant, il était beau dedans et il avait roulé des mécaniques. On avait ri, on avait tellement ri et il m'avait dit « merci de me protéger ». J'avais échoué à le protéger. Je trouvai ses gants, ses gants que je lui avais tendus, eux n'avaient pas résisté au choc, au bitume, ils étaient déchiquetés. Tout comme le bracelet de sa montre. Le cadran quant à lui était brisé. La montre que mon père lui avait offerte pour notre mariage et à laquelle il tenait tant. Tel que je connaissais Xavier, de cela aussi, il s'en voudrait. Au fond du sac, ne restait plus que le trousseau de clés de la clinique, celui de la maison et son portefeuille. Il avait été fouillé, retourné, vidé. Les pompiers avaient dû chercher son identité quand ils l'avaient récupéré. Je remis tous ses papiers en place. C'était fini, j'avais réussi à aller au bout.

Avant d'aller me coucher, je jetai ce qui devait l'être, c'est-à-dire tout, même le blouson – pourtant récupérable – finit dans la benne, il charriait trop de mauvais souvenirs. Alors que je m'apprêtais à glisser son portefeuille dans mon sac à main – j'avais dans l'idée de le lui apporter – je me pétrifiai. Puis, je le vidai à toute vitesse, il manquait quelque chose, quelque chose qui lui était précieux. Son porte-bonheur. Chaque année avant de partir, il vérifiait de manière obsessionnelle qu'il ne l'oubliait pas, qu'il l'aurait bien sur lui à chaque instant. Où était-elle ? Où était cette photo de nous quatre ? Cette photo qu'il portait toujours sur son cœur, quoi qu'il arrive, quoi qu'il se passe. Elle avait disparu. Pour certains, cela aurait pu être un détail, mais pas pour moi. Il nous avait perdus, nous l'avions perdu. Quelqu'un avait laissé tomber cette photo de famille, de bonheur et d'amour. Personne n'avait fait attention à ce papier égaré, personne ne connaissait son importance. Ce souvenir de nous était peut-être resté sur la rue, dans le caniveau, le soir de l'accident, ou alors il avait été mis à la poubelle, détruit, mais il restait perdu à jamais. Je ne devais sous aucun prétexte en parler à Xavier, il ne devait pas savoir que cette photo avait disparu. J'attendrais qu'il aille mieux ou qu'il m'en parle.

Monsieur et Mademoiselle m'escortèrent jusqu'à notre chambre, je les laissai faire, alors qu'en temps ordinaire, ils n'en avaient pas le droit. Mais j'avais besoin de leur chaleur rassurante. Mademoiselle se roula en boule contre moi, je la caressai, pour tenter de m'apaiser. Dans le noir, blottie à la place de Xavier, je lui parlai : *dors mon amour, ne t'inquiète pas, tout va s'arranger, tu es fort, nous sommes forts, je t'aime, je t'aime tellement…*

– 6 –

Je ne pouvais pas dire que je m'accoutumais à cette nouvelle vie, mais plutôt que je la subissais avec une forme d'acceptation. Comme anesthésiée.

École. Maison. Paperasse. Clinique vétérinaire. Hôpital. Maison.

Avais-je le choix ? Absolument pas. Je savais ce que j'avais à faire, sans avoir le temps de me poser la moindre question, ni même de penser au reste. À ce que je ne faisais pas. À ce que je ne faisais plus. M'occuper des enfants. Être présente aux côtés de Xavier. Mon temps, mes journées étaient calculées, organisées en fonction d'eux trois. Et de rien ni personne d'autre.

Les examens que Xavier passa ne révélèrent aucune complication. Le traumatisme crânien restait superficiel, et les lésions de son abdomen cicatrisaient. J'étais loin d'être envahie par l'espoir, mais je me satisfaisais de peu. Il reprenait lentement des forces, dormant moins dans la journée, la douleur se faisait un peu moins virulente, les doses de morphine avaient été diminuées. Mais lorsqu'il s'assoupissait, il se réveillait de plus en plus souvent en sursaut, à la suite d'un cauchemar dont il taisait le contenu. Plutôt que de consacrer cette faible énergie retrouvée à sa guérison, il s'épuisait à ressasser l'accident dans un dialogue silencieux avec lui-même, auquel je ne comprenais rien puisqu'il refusait toujours de m'en parler.

Impuissante, je l'observais se débattre avec sa colère et sa culpabilité. Si seulement il avait accepté de se confier à moi. J'aurais tant voulu savoir ce qui lui dévorait la tête. J'aurais voulu porter ce poids avec lui, qu'il se décharge ne serait-ce qu'un peu, qu'il ne soit plus seul pour affronter ses peurs. Il ne méritait pas ce qu'il se faisait subir. Le voir se ronger ainsi était insupportable. Il alla même jusqu'à m'écarter de sa chambre, lorsque la police lui rendit visite pour établir le procès-verbal de l'accident. Et plus il pensait à cette nuit-là, plus il pensait à sa « victime ».

Alors même que j'avais été plus qu'évasive, apprendre dans quel état elle se trouvait avait déclenché chez lui une nouvelle crise d'angoisse que seul un sédatif avait réussi à calmer et qui l'avait replongé dans le mutisme. Depuis, je lui affirmais que j'avais beau chercher son mari, il restait introuvable. C'était un mensonge, car je le voyais tous les jours. J'avais arrêté de me creuser la tête pour l'éviter, il fallait croire que lui aussi. Nous avions des préoccupations autrement plus graves. Nous nous retrouvions invariablement chaque soir dans l'ascenseur. Notre conversation s'étoffait légèrement. Du « Bonsoir. Bonsoir », nous étions passés au « Bonsoir, ça va ? Oui et vous ? Oui ». Nous traversions le parking, pas véritablement côte à côte, mais finalement jamais très loin l'un de l'autre. Plutôt que nous souhaiter une bonne soirée, ce qui aurait été totalement ridicule, nous nous faisions un signe de tête quand nos chemins se séparaient.

J'étais de plus désappointée par l'état d'esprit de Xavier, son laisser-aller, sa passivité face à ses blessures, sachant de moins en moins comment le rassurer. Toutes mes tentatives échouaient, il rejetait mes propositions avant même que j'aie fini de les formuler. J'espérais que lorsqu'il aurait le droit de se lever – sans pour autant mettre le pied par terre, évidemment – il reprendrait goût à la vie. Être allongé dans son lit depuis si longtemps, ne pouvoir se redresser qu'en attrapant une poignée au-dessus devait lui être invivable, lui toujours en mouvement, toujours en action, par monts et par vaux. J'imaginais combien il devait se sentir emprisonné dans cette chambre et dans ce corps qu'il ne maîtrisait plus, qui ne lui répondait plus. Ce n'était que suppositions de ma part puisqu'il ne parlait pas, ou si peu.

Ce soir-là, comme chaque jour, je refermai la porte sur le regard mélancolique de Xavier qui passait de moi à la fenêtre. Le store n'était plus baissé, mais il ne distinguait que le ciel en journée, unique perspective à portée de ses yeux, ou la nuit noire. Il devait tellement se sentir asphyxié dans cet endroit. Je traversai le couloir en direction de l'ascenseur et tombai à ma grande surprise sur le mari qui faisait les cent pas à l'entrée du service.

Quand il me reconnut, il avança vers moi. Que me voulait-il ? Pourquoi était-il là ? Sa femme avait-elle été transférée à cet étage ?

— Bonsoir, me dit-il, je vous attendais. C'est moi qui souhaiterais vous parler ce soir.

— Je vous écoute, lui répondis-je, sur la réserve.

— Vous avez quelques minutes devant vous, je peux vous offrir un café ? On ne va pas rester dans le passage.

Il avait raison ; le lieu n'était pas propice pour entamer une discussion qui semblait importante à ses yeux, et qui fatalement aurait des conséquences sur Xavier… et moi.

La descente en ascenseur se fit dans le silence. À moins de contempler mes pieds, je n'avais d'autre choix que de l'observer. Quel âge pouvait-il avoir ? Aux alentours de quarante-cinq ans, comme Xavier. Ses cheveux noirs étaient trahis par ses tempes grisonnantes. Je réalisai qu'il était toujours habillé pareil, impeccable, propre sur lui, apprêté comme pour un rendez-vous d'affaires, avec son jean sombre, ses chaussures cirées, sa veste de costume noire sur une chemise claire repassée et ouverte sur son cou. Comment faisait-il ? Je ressemblais à une souillon, depuis l'accident. Mis à part me doucher et m'habiller avec ce qui me tombait sous la main, je ne prenais pas soin de moi. Nous nous rendîmes à la cafétéria où je faisais en sorte de me rendre le moins souvent possible, le midi j'achetais un sandwich – qui finissait après deux bouchées à la poubelle – et je repartais en quatrième vitesse. Il devait en être de même pour lui à voir son air dégoûté. Il partit nous chercher deux expressos et je m'installai à une table à l'écart. Il me tendit mon gobelet, je le remerciai d'un signe de tête. Le temps s'étira, nous étions aussi gênés l'un que l'autre, aucun de nous ne buvait ce qui se voulait être du café.

— J'ai récupéré les affaires de Constance, finit-il par m'apprendre.

Je lui envoyai un sourire compatissant, je n'étais pas près d'oublier cette épreuve. Il fouilla dans la poche intérieure de son pardessus.

— J'ai trouvé quelque chose qui appartient à votre mari.

Il me tendit une photo. La photo. Notre photo. Miracle. Je portai la main à ma bouche, mon cœur s'emballa. Cela faisait si longtemps que je ne l'avais pas vue. Elle semblait dater du siècle dernier, les couleurs avaient pâli, le papier était jauni. Nous étions sur la plage en maillot de bain, notre fils encore bébé sur mes genoux, notre fille accrochée à nos cous à Xavier et moi, il souriait – si largement – et je le dévorais des yeux.

— Tenez.

Je me ressaisis, la récupérai en levant le visage vers lui, un sourire ému aux lèvres, et un peu mal à l'aise aussi qu'il nous ait vus dans un instant d'intimité familiale.

— Je la croyais perdue à jamais… Merci beaucoup.

— Je vous en prie.

Je la caressai comme mon bien le plus précieux avant de la ranger dans mon sac. En reportant mon attention sur lui, je notai son air sombre, son regard dans le vide.

— Comment va votre femme ?

— Elle souffre atrocement et n'a pas du tout le moral… Merci de vous en inquiéter.

Je voulais en savoir davantage, mais il ne m'en laissa pas le temps.

— J'ai quelque chose à vous demander, qui va certainement vous paraître un peu fou. Je connais déjà la réponse, mais je me dois de vous poser la question.

— Dites toujours.

— J'imagine que dans les affaires de votre mari, il n'y avait pas de violon ?

Je tombai des nues. De quoi me parlait-il ?

— De violon ?

— Oui, un violon, l'instrument de musique…

— Non. Pourqu…

— Votre mari ne vous en a vraiment pas parlé, à tout hasard ?

— Absolument pas…

Il jura et s'enfonça dans sa chaise en se prenant la tête entre les mains, comme pour contenir sa déception et son irritation.

— Pourquoi ? osai-je lui demander.

Je devais avouer que j'étais curieuse, je m'attendais à tout, mais certainement pas à ce qu'il soit question d'un violon. Il me dévisagea à nouveau, j'eus l'impression qu'il hésitait à me répondre, cela ne dura pas.

— Le soir de l'accident, Constance avait son violon avec elle. Elle revenait d'une répétition à l'Opéra. Personne ne sait où il est.

Répétition à l'Opéra... je plongeai dans mes souvenirs. Un concert était programmé les jours qui suivaient l'accident, je voulais même y aller avec Xavier pour une soirée en amoureux. Cette femme aurait-elle un lien avec cet événement ? La situation devenait de plus en plus surréaliste. Il avait parlé quelques jours plus tôt de ses mains si précieuses.

— Elle est violoniste ?

La vie de cette femme avait définitivement basculé. Et l'état de Xavier continuerait d'empirer si je le lui apprenais. Mais pouvais-je encore lui mentir ? Lui cacher une telle information ?

Je n'avais pas le choix. Je me tairais.

— Cela doit être très dur à vivre, pour elle, qu'il ait disparu.

— Effectivement, c'est pire que douloureux. Elle voudrait l'avoir auprès d'elle, même si l'on ne sait pas si elle pourra en rejouer un jour.

J'eus un incontrôlable mouvement de recul. Il leva la main dans un geste d'apaisement.

— Je ne cherche pas à polémiquer ou à faire des reproches... Je ne sais même pas pourquoi je vous raconte tout ça. Enfin si... peut-être parce que vous semblez comprendre... Vous connaissez les musiciens ?

— Non, pas les musiciens, mais je connais les peintres et les sculpteurs... et ils doivent avoir des points communs.

Il me sonda, comme s'il me demandait silencieusement pourquoi je connaissais les artistes. Mais je n'avais aucune envie de parler de la galerie. Je refusais d'y penser. Mon père gérait pour moi.

— Je vais demander à Xavier s'il n'a rien vu ou s'il se souvient d'avoir entendu parler d'un violon…

— Merci.

Le silence s'installa à nouveau. Nous n'avions plus rien à nous dire. Et pourtant… Malgré le fait qu'il se considérait comme la victime et qu'il me mettait à la place du bourreau, nous partagions la même situation. C'était étrange de me dire que cet homme en face de moi – qui détestait Xavier sans même le connaître – était peut-être la personne à qui je pourrais me confier le plus facilement sur ce que je vivais. À dire vrai, j'aurais aimé savoir comment il tenait le coup, s'il se reposait sur son entourage, sa famille, ses amis. Avaient-ils des enfants, sa femme et lui ? Acceptait-elle qu'ils viennent la voir ? Arrivait-il à rassurer sa femme sur l'avenir, à communiquer avec elle, là où j'échouais avec Xavier ? Il prit une profonde inspiration comme s'il sortait de ses pensées :

— Je ne vais pas vous retenir plus longtemps.

— Il faut que j'y aille de toute manière, les enfants doivent m'attendre.

Nous n'avions pas touché à nos cafés. Il suivit mon mouvement et nous partîmes d'un même pas.

— Bonne soirée…

Il s'interrompit comme s'il hésitait.

— Vous souhaitiez me parler d'autre chose ? l'encourageai-je.

— Je connais le prénom de votre mari, pas le vôtre, c'est gênant, vous ne trouvez pas ?

Je hochai la tête, surprise. Il avait raison.

— C'est vrai… au milieu de tout ce grand n'importe quoi, on en perd les usages les plus simples. Ava, je m'appelle Ava. Et vous ?

— Sacha.

Il n'y avait pas de sourire, rien de léger, j'eus pourtant l'impression que nous faisions la paix, qu'au moins une trêve venait d'être signée. Sa colère envers Xavier n'avait pas disparu, mais il me signifiait qu'il ne manifesterait plus d'animosité à notre égard. Peut-être avait-il accepté que ce qui nous arrivait à tous les quatre était la fatalité, que nous n'y pouvions rien et surtout que nous déchirer et nous attaquer serait vain.

*
* *

Mon père s'était invité à dîner. Un bien grand mot. Je n'avais pas dit non quand il me l'avait proposé, car je comptais sur lui pour ramener un peu de joie sur les visages de Pénélope et Titouan. Il était arrivé en fin d'après-midi pour relayer Chloé et passer du temps avec ses petits-enfants. Sans compter qu'il avait débarqué avec un gigantesque plat de lasagnes pour notre repas. Avant que l'on passe à table, il en profita pour faire un point sur la galerie. Je ne m'autorisais pas à savoir si mon métier et cet endroit me manquaient. Pas de place pour y penser, j'entendais sans les écouter véritablement ses propositions, le récit de ses négociations auprès de potentiels clients, ses tentatives pour calmer mes autres artistes – pas tous aussi dociles et patients que mon dernier protégé. Je ne répondais pas grand-chose, me contentant de hocher la tête et d'approuver d'un vague marmonnement ce qu'il m'annonçait, m'efforçant de couper court à ses questions. Il aurait été plus simple pour moi de n'être même pas tenue au courant, de faire comme si la galerie n'existait plus, comme si ma vie était en suspens, hors du temps, car le simple fait d'y penser me tordait le ventre. J'étais coupée en deux ; y penser m'oppressait, je me rendais malade à l'idée de laisser de côté mon métier. Mais songer à y retourner, à renouer avec le bonheur de la galerie me culpabilisait, me rendait tout aussi malade. Impossible d'abandonner Xavier à l'hôpital. Le plus simple était de faire comme si la galerie ne me concernait plus. Papa était à nouveau aux commandes, tout irait bien, il suffisait de ne pas y penser.

Je me forçai à manger un peu plus que d'habitude. Depuis l'accident, je ne réussissais à avaler que le strict minimum, juste de quoi tenir, faisant en sorte de donner à mon corps ce qu'il fallait pour qu'il ne me lâche pas, il n'aurait plus manqué que ça ! Mais là, sous l'œil intransigeant de mon père, je devais faire bonne figure. J'avais l'impression d'être redevenue une gamine qui allait se faire gronder si elle ne finissait pas son assiette. Je mastiquai en prenant mon temps, lançant des sourires crispés aux enfants. Ni le plat – qu'ils adoraient – ni la présence de leur grand-père ne parvenaient à les dérider. Ils accusaient de plus en plus le coup de l'absence de Xavier. Ils étaient trop sages, trop calmes. Une chape de plomb était tombée sur la maison et les étouffait, abîmant leur enfance, et leur joie de vivre avait disparu. Plus rien ne fonctionnait comme avant. Ils avaient épuisé toutes leurs ressources, ils étaient à plat, sans force pour lutter contre leur chagrin. Leur papa leur manquait terriblement...

— Papa, il sera à la maison pour mon anniversaire ?

Comme tous les petits garçons de son âge, Titouan tenait dur comme fer à sa fête d'anniversaire, avec les copains, avec la famille. Où trouver le temps de m'en occuper, de lui offrir ce plaisir auquel il tenait tant ? En temps ordinaire, à quelques semaines du grand jour, les invitations étaient déjà distribuées à l'école, il avait choisi son gâteau, les activités et que sais-je encore. Là, rien. Le néant. Pénélope n'osait pas me regarder de peur de découvrir la réponse.

— Je n'en sais rien, mon ange, leur avouai-je. On n'en a pas parlé avec les docteurs et papa est encore fatigué... Il n'a pas le droit de se lever, alors venir ici... pour le moment, c'est trop tôt pour le dire.

Les yeux de mon fils se remplirent de larmes.

— Il ne veut plus nous voir !

D'un mouvement de bras, il fit voler son assiette et monta à toute vitesse dans sa chambre, en criant sa colère. Il avait mal, terriblement mal, il ne comprenait pas pourquoi il n'avait pas vu son père depuis plusieurs semaines, pourquoi nous ne fêterions peut-être pas son anniversaire cette année. Je restai paralysée face à cette rage qui ne lui ressemblait pas. J'eus soudain envie de ne pas être là, je voulais ne pas être avec mes enfants et mon père, j'aurais voulu être loin du chagrin, partir loin de la souffrance de Xavier et de celle qu'il nous imposait. Et pour la première fois depuis l'accident, j'en voulus à mon mari, je lui en voulus pour son imprudence, pour son corps disloqué et sa léthargie qui mettait à mal notre famille, qui déstabilisait tant nos enfants. Xavier me laissait me débattre seule, toute seule. Sans lui. Au-delà de ne plus être lui-même, il nous était devenu étranger, à nous, sa famille.

— Maman ! m'appela Pénélope. C'est vrai, pourquoi on ne va pas le voir ? Il ne nous aime plus ?

Je restai encore une fois interdite. Ma fille quitta la table à son tour :

— Je vais voir Titouan.

Le silence écrasa la table du dîner.

— Je monte m'occuper d'eux, me glissa mon père. Repose-toi.

— Non, papa, c'est à moi de le faire, c'est mon rôle. Désolée que tu aies assisté à cette scène.

Je rejoignis mes enfants. Il fallut près d'une heure pour calmer Titouan, qui finit par s'endormir en hoquetant. Pénélope ne voulait pas parler, elle se renfermait à vue d'œil, et ne croyait plus en mes chimères. Cette crise m'avait éreintée, si tant est qu'il soit possible de l'être davantage, moi qui croyais déjà avoir atteint mes limites. Je descendis l'escalier d'un pas lourd et retrouvai mon père dans la cuisine, il avait nettoyé les dégâts. Il réchauffa la fin de mon assiette, me la donna, attendit que je termine et m'éplucha ensuite une orange. « Tu as besoin de vitamines » fut son seul commentaire.

— Veux-tu que j'aille rendre visite à Xavier ? me proposa-t-il un peu plus tard, alors que je ne desserrais toujours pas les dents.

— Cela ne servirait pas à grand-chose.

— Nous sommes là, Ava. N'oublie pas que tu n'es pas seule.

— Je sais, papa, mais tu fais déjà beaucoup.

— Même ta mère est prête à venir… je l'ai dissuadée, je doute que tu apprécies qu'elle brûle des bâtons d'encens aux quatre coins de ta maison ou dans la chambre de Xavier.

Il réussit à m'arracher un sourire. Ma mère m'avait envoyé une longue lettre m'assurant ouvrir à distance tous nos chakras. Je n'avais pas trouvé le courage de lui répondre.

— Merci, papa, tu as eu raison… je lui écrirai bientôt pour la rassurer… Maintenant, je vais aller me coucher, je suis fatiguée et je voudrais essayer de dormir. Je vais avoir une dure journée demain.

À 9 heures, je me garai devant la clinique ; deux voitures m'attendaient. Celle du confrère de Xavier qui avait fait le déplacement et celle du remplaçant qu'il avait fini par trouver. Un jeune vétérinaire tout juste diplômé que l'ami de mon mari avait eu en stage. Il m'avait assuré que nous pouvions lui faire confiance, il prendrait soin des patients et des maîtres. Il m'avait précisé que c'était une aubaine, qu'il ne fallait pas trop réfléchir ; ce jeune homme n'avait pas d'engagement ailleurs et était prêt à travailler pour Xavier le temps nécessaire, peu lui importait la durée du contrat. Sa seule exigence :

être logé sur place. En effet, il ne pouvait pas s'engager dans un bail sans savoir pour combien de temps il était là. Ce matin, je devais faire sa connaissance et lui confier les clés de la clinique et de notre ancien et premier « chez nous ». Ce nid, notre nid, allait être habité par un étranger parce que Xavier était cloué sur un lit d'hôpital, dont il n'avait pas l'air de vouloir sortir…

J'avais eu une nuit correcte, la première à vrai dire depuis longtemps, pourtant, j'avais l'impression de n'avoir jamais été aussi fatiguée. Je les saluai le plus aimablement du monde, ne pus passer à côté de la timidité du remplaçant, et les invitai à me suivre. Il faisait bon à l'intérieur, je n'avais pas éteint le chauffage, comme si Xavier était susceptible de revenir à tout moment. Mais la clinique ne sentait plus le chien, les litières, cette odeur si particulière de l'animal. Après une visite express des lieux, je l'entraînai jusqu'au cabinet de mon mari. Il fit le tour de la pièce ; j'étais bloquée devant la chaise vide derrière le bureau. Combien de fois avais-je trouvé Xavier à cette place ? J'avais à peine touché à son bazar, malgré mes rondes quotidiennes.

— Je peux ? me demanda son remplaçant, en m'indiquant le fauteuil.

D'un hochement de tête, j'approuvai et lui donnai le Post-it sur lequel j'avais marqué le code de l'ordinateur et mon numéro de téléphone.

— Je vous attends dans la cuisine pour la visite de la maison, prenez votre temps.

Je quittai précipitamment la pièce, incapable de voir un autre que Xavier derrière ce bureau. Je trouvai refuge dans la cuisine, notre cuisine, ma cuisine… Je m'assis sur une chaise en Formica autour de la table. Au tout début de notre histoire, nous avions bataillé l'un contre l'autre sur la rénovation de cette pièce. Xavier avait gagné. C'était la seule de la clinique à être restée dans son jus ; vieux carrelage des années soixante-dix, plan de travail bancal et évier en émail, il avait poussé le bouchon jusqu'à la meubler comme une cuisine de grand-mère. D'où le Formica, les verres en Pyrex et la table en bois rustique. Il voulait tellement que la clinique ressemble à une maison, un refuge pour les animaux et leurs maîtres… comme si ces derniers étaient censés se retrouver dans la cuisine ! Ceci dit, après les rendez-vous de fin, comme il appelait l'euthanasie, il offrait bien souvent un café, un thé, une bière si nécessaire, aux maîtres effondrés. Même lorsque je préparais le dîner ou que Pénélope prenait son biberon. Il se moquait de prendre du retard pour le reste des consultations ou de bousculer les habitudes familiales. Son travail ne s'arrêtait pas après le dernier battement de cœur du chien ou du chat, il partait du principe que son attention devait rester la même pour les humains qui les accompagnaient. Avec le recul, même si autrefois j'avais pesté intérieurement après lui lorsque c'était arrivé, aujourd'hui, c'étaient de merveilleux souvenirs. Combien donnerais-je pour y être à nouveau ?

Pour endiguer le cafard qui montait, je me levai d'un bond et préparai un café.

— Ava ? m'interpella le confrère de Xavier. Je vais m'occuper de la partie travail après, pour te libérer le plus rapidement possible.

— Merci, suivez-moi, je vais vous montrer le reste de la maison.

Il avait de la chance ; elle était meublée, tous nos vieux meubles avaient atterri ici, Xavier ne voulant pas que la maison soit vide. Il avait eu raison. J'étouffai les souvenirs, je me fermai à certains détails. Nous fîmes le tour des pièces et pour terminer :

— Notre chambre, indiquai-je en poussant la dernière porte. Pardon… votre chambre.

— Je vais en prendre une autre, me dit gentiment notre locataire.

— Comme vous voulez… Je crois que j'ai fait le tour. Je vais vous laisser travailler. Si vous avez un problème, n'hésitez pas à m'appeler.

Je devais partir, hors de question de m'effondrer devant des inconnus. Ils ne cherchèrent pas à me retenir, tant mieux. Arrivée à la porte, je me retournai vers eux, en serrant une dernière fois de toutes mes forces les clés, mes clés. Impossible de lui donner celles de Xavier, je préférais sacrifier les miennes.

— Tenez.

Il s'en saisit comme s'il s'agissait de la huitième merveille du monde. Cela me toucha. Effectivement, ce jeune homme semblait être le bon.

— Dites à votre mari que je ferai de mon mieux.

— Ça lui fera plaisir, merci. Au revoir.

Je tournai les talons et, malheureusement, le confrère de Xavier me suivit.

— Ava, comme je suis dans le coin, je pourrais en profiter pour lui rendre une petite visite, qu'en dis-tu ?

J'hésitai une seconde à accepter, mais j'eus trop peur de provoquer une mauvaise réaction à l'hôpital.

— C'est très gentil de ta part, mais il est fatigué, vraiment, et mal en point. Je lui dirai que tu as voulu passer, compte sur moi, et il te remercie d'avoir trouvé quelqu'un pour la clinique.

— Je comprends, pas de problème, une prochaine fois, je vais surveiller le p'tit jeune, fais-moi confiance.

Une demi-heure plus tard, je franchissais les portes de l'hôpital. Une partie de moi était dévorée par la rancœur, j'en voulais à Xavier pour ce qu'il me faisait endurer, ce qu'il faisait endurer aux enfants. L'autre n'était qu'inquiétude et amour pour lui. Je voulais le retrouver, qu'il redevienne lui-même, qu'on se batte ensemble. Les infirmières furent surprises de me voir.

— Oh… il est avec le kiné.

— Ce n'est pas grave, je vais attendre.

Je fis les cent pas entre les chariots et les soignants. Je le connaissais par cœur, ce couloir, je le vomissais, et cela ne m'aidait pas à me calmer. L'odeur tenace de détergent mêlée à celle de la maladie me portait de plus en plus au cœur. La maladie et les blessures avaient une odeur, je l'avais découvert ces dernières semaines. La porte de la 423 s'ouvrit sur le kiné qui vint dans ma direction, l'air préoccupé.

— Bonjour, je suis content de tomber sur vous.

— Moi aussi, oui, bonjour. Comment les séances se déroulent-elles ?

— Justement… c'est de cela dont je tenais à vous parler. Il ne met pas beaucoup de bonne volonté, il n'a pas le moral, c'est fréquent chez les patients mais souvent la perspective de bientôt pouvoir se lever les aide. Pas Xavier. Nous aurions déjà dû le mettre debout, pour l'heure c'est inenvisageable. Il a perdu beaucoup de muscles à sa jambe droite, or c'est elle qui va devoir supporter tout son poids dans les prochains mois. Il a énormément maigri.

C'était un euphémisme, il n'était plus que l'ombre de lui-même, ses joues creuses, son bras décharné, ses côtes qui n'étaient plus bandées étaient saillantes.

— J'ai croisé ce matin la psychologue du service, votre mari l'a envoyée paître il y a quelques jours… Il ne veut pas de son aide…

Je n'étais pas au courant. Pourquoi me l'avait-il caché ? Pourquoi avoir refusé du soutien ? Encore.

— Je me disais que vous pourriez peut-être faire quelque chose… Attention, allez-y mollo, il est fragile.

Que croyait-il ? Que je n'avais rien essayé ! Je m'acharnais chaque jour.

— Je sais, oui… Tenez-moi au courant.

— Je n'y manquerai pas. Bon courage.

Je ne prenais même plus la peine de dire merci… Je pris une profonde inspiration avant de frapper et d'entrer. Le visage de Xavier se métamorphosa en une fraction de seconde quand il me découvrit. Avant de me voir, son expression était dure, ses traits tendus, son regard mauvais. Était-il ainsi dès qu'une infirmière, une aide-soignante, un médecin débarquait ? Il jouait donc la comédie durant mes visites, faisant l'effort de se composer un meilleur visage avant mon arrivée. Comédie… un bien grand mot pour qualifier son apathie quand j'étais là. Je venais de le percer à jour.

— Ava ? Que fais-tu là ?

J'avançai vers lui, me retenant de parler trop vite. Je retirai mon manteau, un sourire plaqué aux lèvres, me penchai vers lui et l'embrassai.

— Surprise…

On ne pouvait pas dire qu'il était particulièrement heureux de mon débarquement inopiné.

— J'ai croisé ton kiné en arrivant, tu es fatigué aujourd'hui ?

Il marmonna. Il fallait donc tenter une autre approche…

— J'arrive de la clinique.

Il regarda par la fenêtre, pour me fuir.

— Tu te souviens, c'était l'installation de ton remplaçant, aujourd'hui. Il a l'air bien…

Il ferma les yeux fortement et serra son poing libre.

— Ava, s'il te plaît… pas maintenant.

Je m'affaissai dans le fond du fauteuil, dépitée. Je ne reconnaissais plus mon mari. Où était-il ? À quoi pensait-il ? Chaque jour qui passait l'éloignait de moi et moi de lui, je n'avais plus accès à ses pensées, à ses sentiments, je ne savais plus comment lui parler, je ne savais pas comment l'aider. C'était comme si la clinique, son métier qui était presque toute sa vie n'existaient plus. Il refusait systématiquement de me répondre quand je le sollicitais à ce sujet, alors qu'il devait être terriblement angoissé. Quand je me souvenais de sa colère à cause des conséquences de son absence juste avant l'accident, j'avais l'impression d'avoir un autre homme en face de moi, un inconnu. Son métier, les animaux devaient affreusement lui manquer, il ne pouvait en être autrement. Et ses angoisses ? Fatalement, il devait en avoir. Pourrait-il encore exercer normalement si sa jambe gardait des séquelles ? Un vétérinaire a besoin d'être solide sur ses jambes, de rester debout pendant des heures pour opérer, d'avoir de la force dans les bras pour soulever les gros chiens… Je ne savais plus comment le prendre, comment m'adresser à lui. J'avais peur de le bousculer, de lui faire davantage de mal que de bien.

J'étais arrivée, remontée, prête à en découdre. Je voulais lui crier mon chagrin, ma souffrance, celles des enfants. Mais quand je le voyais dans cet état, mes résolutions s'effritaient à mesure que la frustration enflait. Mon impuissance à le faire réagir me minait, me rendait folle. À quoi bon rester près de lui si cela ne servait à rien, si ma présence ne le soulageait pas, ne serait-ce qu'un petit peu ? Pire, cela le contrariait. J'étais parfaitement injuste, ma situation n'avait rien de comparable à la sienne, pourtant, j'aurais eu envie de lui dire qu'à moi aussi, ces quatre murs qui le rendaient dingue étaient devenus mon seul univers ces dernières semaines. Je n'en pouvais plus de ce lit médical, de le voir la jambe immobilisée, cette chemise d'hôpital me révulsait, me dégoûtait. Que lui arrivait-il ? Pourquoi en était-il arrivé à ce point de mal-être ? De déprime et de colère ? Pourquoi ce silence entre nous ?

Pour la première fois depuis notre rencontre, j'aurais eu envie de l'attraper, de le secouer pour qu'il réagisse, qu'il me vienne en aide. Moi aussi, je souffrais, moi aussi, j'étais perdue. Moi aussi, j'avais besoin qu'on s'occupe de moi. Je m'apprêtais à ouvrir la bouche avec l'intention de déverser ce que j'avais sur le cœur, car cette fois c'en était trop, quand deux petits coups discrets furent frappés à la porte. Une aide-soignante lui apportait son déjeuner – logique, 11 h 20 – et Xavier tourna le visage vers moi.

— Vas-y, ne reste pas à me regarder manger. Ça n'a aucun intérêt.

Non, effectivement.

Je me fis horreur à l'instant où cette pensée me traversa l'esprit. Partir, je devais sortir de cette chambre ; en réalité, j'étouffais depuis mon arrivée.

— Je reviens tout à l'heure.

Pas de réponse. Il attrapa la poignée au-dessus de lui et se releva en grimaçant. Je courus plus que je ne marchai pour quitter la pièce. Dans le couloir, et c'était bien la première fois que ça m'arrivait, j'eus l'impression de sortir d'une apnée.

Je n'avais aucune idée d'où aller. Pour autant, je ne m'autorisais pas à m'éloigner de Xavier. Aussi me décidai-je à traverser la rue et à entrer dans la brasserie d'en face. Je savais pourquoi je n'y avais encore pas mis les pieds. Si j'avais souhaité éviter les blouses blanches, c'était raté. À se demander si ce resto n'était pas la succursale de la salle de garde et de la salle d'attente, aussi. Je n'étais pas la seule *civile.* L'atmosphère était glauque, assez surréaliste même. D'un côté, les médecins – certains stéthoscope encore autour du cou – qui déjeunaient, buvaient un café, riaient, se détendaient, et après tout ils en avaient le droit. De l'autre, des gens comme moi qui attendaient, qui s'inquiétaient, qui s'énervaient ou qui pleuraient. Le patron avait bien raison de ne pas mettre un sou dans la déco, il n'en avait pas besoin, ce serait toujours plein. Je trouvai une table un peu à l'écart, mais elle avait le désavantage d'être côté rue et donc avec pleine vue sur l'hôpital. Je m'assis sur la banquette et réprimai un fou rire intérieur et jaune – très jaune –, j'étais passée du skaï marron du fauteuil de la chambre au skaï rouge criard du resto. Un serveur se présenta devant moi.

— C'est pour déjeuner ?

— Pas tout de suite… il est un peu tôt, vous ne trouvez pas ?

Il haussa les épaules, indifférent.

— Je vais boire quelque chose, je ne sais pas…

— On a du vin chaud, si vous voulez.

Quelle drôle d'idée ! En même temps…

— Va pour le vin chaud.

Quelques minutes plus tard, il déposait devant moi une tasse fumante qui sentait bon l'orange et la cannelle. Un peu de douceur, cela ne me ferait peut-être pas de mal. La chaleur de la porcelaine fit du bien à mes mains gelées, je ne me rendais même plus compte que j'avais froid. Je soufflai dessus sans pouvoir détacher mon regard de l'hôpital, et mes pensées, toutes dirigées vers Xavier. Que pouvais-je faire pour qu'il réagisse ? Le temps s'écoulait et j'étais de plus en plus dépassée. Je m'affaissai sur la banquette, souhaitant un repos qui ne viendrait pas…

Après un long moment, je reconnus Sacha – puisqu'il s'appelait ainsi – qui dévalait au pas de charge l'escalier de la sortie. Plus il approchait de la brasserie, plus je me tassais sur mon siège. Quelle idée avais-je eue de venir ici ? Pourquoi n'étais-je pas rentrée à la maison ? J'aurais pu attraper la laisse de Monsieur et me balader pour me défouler. Quand il passa le long de la devanture, je me mis à fouiller dans mon sac pour qu'il ne me remarque pas. À travers le brouhaha, je reconnus sa voix. Il était donc là. Il fallait vraiment que l'on tombe toujours l'un sur l'autre. Depuis mon petit coin à l'écart, j'avais une vue sur toute la salle. Dissimulée derrière mon vin chaud, je risquai un œil. Il était accoudé au comptoir, je ne voyais que son profil pas commode, il n'était pas à la fête lui non plus. Avec un peu de chance, il ne m'avait pas aperçue. Je ne bougerais pas de ma place tant qu'il serait là. Pour paraître occupée, je m'abîmai dans la contemplation de mon téléphone posé sur la table. J'avais de quoi faire, entre les messages de soutien des amis et ceux, incendiaires, de certains de mes artistes, les mails de collectionneurs qui ne comprenaient pas mon silence, j'en passe et des meilleures. Même pour me cacher, je n'avais pas le courage d'affronter cette tempête… De temps à autre, j'avalais une gorgée, en évitant au maximum de regarder dans sa direction. Je finis par avoir mal au cou à force de rester tête baissée, aussi retournai-je à mon observation ; le ballet des entrées et sorties, les voitures, les ambulances. La lassitude m'envahit, j'avais envie que cela cesse, que mon esprit trouve quelques minutes de paix, je ne demandais pas davantage.

— Bonjour, Ava.

Je me figeai un bref instant en entendant sa voix. Puis, je me tournai vers lui un sourire contrit aux lèvres.

— Bonjour, Sacha.

— J'ai failli repartir sans vous saluer, mais je trouvais que c'était parfaitement ridicule.

— Vous m'aviez vue ?

Il acquiesça.

— Il faut croire que je ne sais pas me cacher, parce que moi aussi je vous ai vu. Maintenant qu'on a été capables de se dire bonjour, vous me tenez compagnie ?

C'était sorti sans réfléchir. Que me prenait-il de proposer à cet homme de s'installer avec moi ? Il fallait vraiment que je me sente seule et perdue. Il regarda à droite à gauche, cherchant logiquement une autre option.

— Pourquoi pas… après tout.

Il devait être tout aussi perdu que moi pour accepter. Il déposa avec soin son pardessus sur une chaise voisine et s'installa. Nous nous fuyions du regard, mal à l'aise. Le silence durait, sans que ni l'un ni l'autre ne lance la conversation. Que pouvais-je bien lui dire à part demander des nouvelles de sa femme ? Ce qui m'enfoncerait dans la sinistrose à l'idée de l'impact sur le moral de Xavier. Combien de temps tiendrais-je sans lui dire la vérité ? Sans lui dire que cette femme dont il se sentait responsable était au plus mal.

— Besoin d'un remontant ? me demanda-t-il soudainement en désignant le vin chaud.

— Un peu oui… Vous m'accompagnez ?

— Non, merci… je carbure au café dans la journée pour me maintenir éveillé. Je me rattrape le soir avec du plus corsé pour tenter de trouver le sommeil…

— Les enfants m'accaparent tellement le soir que j'ai à peine le temps de boire un verre… Vous en avez ?

— Quoi donc ? Des enfants ?

— Oui…

— Non…

Dommage, je ne pourrais pas lui demander comment il gérait tout…

— Ah…

Ma déception ne passa pas inaperçue. Je m'en voulus, il allait croire que je le jugeais alors que je m'en fichais, il faisait bien ce qu'il voulait.

— On a fait le choix de ne pas en avoir avec Constance, à cause de nos carrières, me précisa-t-il, comme s'il cherchait à se justifier.

— Je connais le métier de votre femme, mais vous, que faites-vous ?

— Je suis chef d'orchestre.

Ma bouche s'ouvrit sous l'effet de la surprise. J'eus un flash de son arrivée aux urgences, la nuit de l'accident ; le smoking, le nœud papillon. Venait-il d'un concert ? Je me ressaisis rapidement en voyant son air interloqué.

— Excusez-moi, mais on ne croise pas tous les jours un chef d'orchestre.

Il balaya ma remarque d'un geste de la main, à croire que c'était une broutille.

— Et donc, repris-je, un chef d'orchestre et une violoniste ne peuvent pas avoir d'enfant…

Ma curiosité spontanée me stupéfia, je n'avais plus de filtre. Heureusement, il ne le releva pas.

— Dans l'absolu, rien ne l'interdit, me répondit-il avec un rictus amusé, qui disparut aussi vite qu'il était apparu. Mais on voyage énormément, nous ne sommes pas toujours ensemble, loin de là… alors, on a préféré ne pas imposer cette vie à des enfants.

— C'est tout à votre honneur, mais c'est un grand sacrifice.

Il soupira profondément et regarda dans le vague.

— Certainement… Depuis l'accident, je me dis que Constance et moi tiendrions mieux le coup avec des enfants, en même temps, ce n'est pas une situation facile pour eux… Je me trompe ?

— Non, vous ne vous trompez pas…

J'avalai une gorgée de mon vin chaud – devenu froid et donc parfaitement imbuvable.

— Comment vous en sortez-vous ?

— Je ne m'en sors pas.

Il arqua un sourcil d'un air de dire que c'était à mon tour de passer à table.

— Pénélope et Titouan ne vont pas très bien, ils sont inquiets pour leur papa… et Xavier ne veut toujours pas qu'ils viennent lui rendre visite. Pourtant, je sais que les enfants lui manquent atrocement.

— J'imagine… Que fait-il dans la vie ?

Je sentais que cela lui coûtait de s'intéresser à lui.

— Il est vétérinaire.

Il rit amèrement et tourna le visage vers l'extérieur comme pour échapper à mon regard.

— Vous auriez préféré autre chose ?

— Effectivement, cela m'aurait arrangé d'apprendre que c'était un braqueur de banque ou un repris de justice.

Je me laissai aller au fond de la banquette.

— Votre mari est un homme bien ?

Ses yeux s'ancrèrent dans les miens, impossible de me dérober, il dégageait une autorité naturelle.

— Oui, je le crois, et pas uniquement parce que je l'aime. C'est un homme bon qui cherche à faire le bien autour de lui. Je ne vous dis pas ça pour le défendre.

— Je sais… Et au fond de moi, je m'en doutais.

— Il se perd un peu, ces derniers temps… Vous devez vous en douter… L'accident a tout bouleversé…

Il acquiesça, une ombre traversa ses traits, elle devait faire écho à celle qui me tomba dessus. Je tentai tant bien que mal de contenir les larmes qui montaient, malgré moi. J'échouai à les dissimuler.

— Dites-moi ce que vous faites, reprit-il. Je dois avouer que je suis intrigué.

J'essuyai rapidement mes joues humides, le remerciant intérieurement pour la légèreté qu'il venait d'insuffler à notre conversation devenue pesante et angoissante.

— À votre avis ?

Il se tassa dans sa chaise, sans perdre de son élégance, et m'observa en réfléchissant.

— Vous connaissez les artistes… Êtes-vous peintre ?

— Je n'ai pas fait ce plaisir à ma mère dont c'était le rêve.

— Donc, vous avez répondu au souhait de votre père ?

— Et de mon grand-père… qui a légué sa galerie à mon père qui…

— Vous l'a léguée. Vous êtes donc galeriste.

Je lui souris en guise de réponse.

— Et…

— Vous souhaitez déjeuner ? nous interrompit le serveur.

Il avait débarqué comme venu d'un autre monde. Sacha se redressa, il n'aimait pas se faire surprendre, ni perdre le contrôle de la situation. Il me lança un regard perplexe. J'étais incapable de trancher, de prendre une décision. Lui aussi à première vue. Voulais-je déjeuner ? Et surtout voulais-je déjeuner avec lui ? On répondit en même temps : pourquoi pas. Pourquoi pas ; ça veut dire oui, ça veut dire non.

— Vous avez une idée de ce que vous voulez manger ? insista le serveur.

— Mettez-moi le plat du jour et ce sera très bien, lui dit Sacha, sans grande conviction.

Notre serveur à gros sabots attendait que je me décide à mon tour.

— Euh… un croque-madame salade.

— Et les boissons ?

On se regarda à nouveau comme deux idiots, Sacha soupira, un petit sourire aux lèvres.

— Accordons-nous un remontant, on a le droit, non ?

J'opinai en souriant un peu à mon tour.

— Vous nous mettez une pétillante et la bouteille de vin la moins mauvaise de votre cave.

Cette fois-ci, le serveur nous laissa tranquilles.

— Avez-vous conscience que vous n'avez aucune idée du plat qu'il va vous apporter ?

— Il faut bien se nourrir.

— C'est un point de vue.

Le silence s'installa pour la première fois depuis que nous avions réussi à lancer la conversation. L'intrusion de la réalité avait brisé notre élan et ne cessa de le faire, le serveur revenant pour mettre le couvert, nous servir l'eau et le vin. Plus la table était dressée, plus je réalisais avec qui je m'apprêtais à déjeuner, le mari de la femme que Xavier avait renversée. Improbable. Nos plats arrivèrent à une vitesse étonnante. On picora plus qu'on ne mangea. S'alimenter avait perdu toute saveur. Sacha eut le courage d'arrêter de faire semblant plus vite que moi et repoussa son assiette sur le côté de la table. J'avalai avec difficulté une dernière bouchée avant de me résoudre à en faire autant. Et puis, son téléphone sonna, il s'excusa, quitta la table et sortit de la brasserie. Sans s'en rendre compte, il se mit à faire les cent pas le long de la devanture. Il était très contrarié par sa discussion, je le voyais respirer par à-coups, il essayait de garder son calme en se pinçant l'arête du nez. Je hélai le serveur pour qu'il nous débarrasse et en profitai pour lui commander deux cafés. Je bus mon vin avec l'impression d'être aspirée dans le chaos, me sentant à nouveau dépassée. La pause détente touchait à sa fin… Sacha revint à table, tout aussi silencieusement qu'il en était parti, il attrapa son verre et le vida d'un trait.

— C'était mon agent, m'apprit-il, sombrement.

— Mauvaise nouvelle ?

— Il a certaines difficultés à comprendre mes décisions.

— Qui sont ?

— J'ai annulé tous mes engagements pour rester aux côtés de Constance.

— Je comprends.

— Comment faites-vous pour la galerie ?

— Je n'y ai pas mis les pieds depuis le soir de l'accident, je suis partie au beau milieu d'un vernissage qui me tenait particulièrement à cœur.

Il eut un petit sourire en coin, je l'interrogeai du regard.

— Ce soir-là, j'étais en concert à Radio France, j'ai appris ce qui était arrivé à Constance pendant l'entracte, j'ai laissé tomber mes musiciens, les spectateurs, je suis monté dans ma voiture et j'ai roulé quatre heures, pied au plancher pour arriver jusqu'ici.

— Plus rien ne compte quand il s'agit de la personne qu'on aime…

Son regard partit au loin, il pensait à sa femme, tout comme je pensais à Xavier. Nos douleurs étaient similaires. Malgré l'incongruité de la situation, il y avait un je-ne-sais-quoi de rassurant à ne plus se sentir seule.

— La galerie, les œuvres ne vous manquent pas ?

— Je refuse d'y penser, je ne peux pas... Et vous, la musique ?

— Je n'ai pas écouté une seule note depuis la dernière mesure du concert.

— Elle vous manque ?

— Certainement.

Je réalisai que l'atmosphère autour de nous était plus calme, le coup de feu du midi était passé, semblait-il, et nous étions toujours là. Je découvris avec stupeur qu'il était plus de 14 h 30. Xavier devait m'attendre.

— Je vais retourner auprès de Constance.

Cet homme prenait moins de gants que moi pour dire les choses. En moins de deux minutes, il était debout, avait enfilé son manteau et était parti régler la note. J'eus beau me dépêcher, me donner l'impression de lui courir après, quand j'arrivai à ses côtés, il avait déjà payé pour nous deux.

— Je voulais payer ma part !

Il ne répondit pas et me fit signe de passer devant, il me tint la porte et on franchit ensemble l'entrée de l'hôpital. Dans l'ascenseur, on se regarda, subitement gênés par le retour à nos vies respectives et pour ma part, je devais l'avouer, un peu nostalgique de cette surprenante pause.

— Merci, Sacha. Pas uniquement pour le déjeuner, mais aussi pour notre conversation qui m'a permis d'oublier un petit peu.

— C'est moi qui vous remercie, Ava. C'est réconfortant de parler d'autre chose que de… Et si je puis me permettre, retournez dans votre galerie, je suis certain que vous irez mieux.

— Je veux bien y penser, à la condition que vous réfléchissiez à écouter à nouveau de la musique à défaut d'en diriger. Ce dont je suis certaine, c'est que Constance ne souhaite sûrement pas que vous vous en coupiez.

À son regard pénétrant, je compris que j'avais fait mouche. Le *ding !* de l'ascenseur retentit.

— Vous êtes arrivée au quatrième, m'annonça-t-il.

— Vous ne deviez pas vous arrêter au troisième ?

— Vous la première.

Je le remerciai d'un sourire. J'avais déjà un pied dans le service, pourtant, je me retournai et retins la porte.

— Je n'ai pas pu demander à Xavier pour le violon de Constance, je vais le faire cet après-midi.

— Non… ne l'embêtez pas avec ça. Vous avez d'autres priorités et lui aussi, j'imagine. Ne vous en faites pas. Allez-y, il vous attend.

Je reculai, touchée par ces derniers mots.

— À bientôt, soufflai-je au moment où il disparaissait.

Pour la première fois, je ne trouvai pas Xavier en position allongée, il était donc resté assis après son repas. Je pris ma place habituelle dans le fauteuil. On resta là, sans bouger ni parler durant de longues minutes. Nos disputes sans mot. Sa main droite s'avança doucement sur le drap dans ma direction, j'hésitai quelques secondes avant de lui tendre la mienne. Comment aurais-je pu la refuser alors que je n'attendais qu'elle ? Il la serra.

— Xavier… ce week-end, je viendrai avec les enfants.

Bouche pincée, il secoua la tête d'un air de dire que je ne pouvais pas lui faire ça.

— Je vais leur faire peur.

— On évitera de leur montrer les clous qui ressortent de ta peau. C'est de ne pas te voir qui les effraie. Ils ne vont pas bien, mais pas bien du tout.

Ses yeux s'ouvrirent en grand, malgré sa panique, je poursuivis.

— Aide-moi, s'il te plaît…

Il bafouilla, désemparé face à ma supplique. J'étais navrée de ce que je lui imposais, mais je devais le bousculer.

— Je ne te laisse pas le choix, on viendra tous les trois te rendre visite, peut-être pas longtemps, mais on viendra. Et qui sait ? Peut-être cela te fera-t-il du bien de les voir ?

– 7 –

En déposant notre photo sur sa table de chevet, je pensais faire réagir Xavier, je me trompais. C'est à peine s'il me remercia, j'évitai de lui raconter qu'elle avait été perdue, et comment je l'avais récupérée. Inutile de remuer le couteau dans la plaie. Je ne prévins pas les enfants de ma décision de les emmener à l'hôpital, ne voulant pas créer de déception si jamais un imprévu m'empêchait d'aller au bout. Aussi dus-je supporter leur moral en berne.

Étonnamment, la seule pause au milieu de ce marasme était ma traversée quotidienne du parking en compagnie de Sacha. Depuis le déjeuner, notre conversation avait évolué, même si nous nous appliquions méthodiquement – avec plus ou moins de réussite – à ne jamais parler de nos mari et femme. Il m'annonça néanmoins qu'en dépit de toutes ses tentatives de recherche, le violon de sa femme était resté introuvable et avait été déclaré perdu. Sinon, la pluie, le beau temps. Durant l'une de ces discussions anodines, j'appris qu'il logeait à l'hôtel depuis la nuit de l'accident. Ils ne vivaient pas ici avec Constance, j'en déduisis qu'elle n'était là que pour son travail et ce concert qui n'avait jamais eu lieu et où je souhaitais emmener Xavier. Ils se retrouvaient coincés ici, loin de chez eux. Moi qui me croyais seule, il l'était encore plus que moi. Mais bien loin de lui peser, il me sembla que cette solitude lui convenait, en tout cas le fait de n'avoir personne d'autre à gérer que sa femme et lui-même. Il m'avoua qu'il ne répondait à presque aucun appel, il se contentait de donner des nouvelles par messages écrits. Il n'avait aucune énergie à consacrer aux angoisses et aux inquiétudes de leurs familles et amis et avait interdit à tous de venir les voir et de rendre visite à Constance. Il la protégeait d'une sollicitude envahissante, « et intéressée : certains aiment se mettre en avant avec la douleur des autres », m'avait-il précisé. Il préférait se débrouiller tout seul. Un peu comme moi qui faisais en sorte de tenir tout le monde à l'écart, même si la proximité de notre entourage ne me facilitait pas la vie.

Dimanche matin. Grand jour. Les enfants allaient enfin revoir leur père. Je le leur avais annoncé au petit déjeuner et depuis ils étaient assez intenables, même Pénélope avait retrouvé une énergie enfantine. Pendant qu'ils se chicanaient, qu'ils montaient et descendaient l'escalier sans raison apparente, je m'accordai un moment de détente en feuilletant un magazine. Je ne cherchais pas à découvrir le contenu, je tournais les pages sans but, sans intérêt. Faire quelque chose qui ne servait à rien. Pour me reposer. Je m'empêchais de m'égosiller sur eux pour exiger du calme, je n'avais pas le cœur à tuer leur joie de vivre retrouvée. C'était presque une matinée dominicale comme les autres. Comme avant. Xavier serait parti courir avec Monsieur, il serait revenu en sueur, il m'aurait charriée de ne pas être encore habillée, on aurait ri, il aurait envoyé les enfants jouer dans le jardin avec notre pauvre chien déjà épuisé et il m'aurait entraînée sous la douche avec lui. Ma gorge se serra. Xavier me manquait tellement, son rire, son regard, sa voix, sa peau. Combien donnerais-je pour qu'il me serre dans ses bras ?

Un coup de sonnette retentit. Fin du rêve. Xavier ne sonnait pas pour rentrer chez lui. Qui pouvait bien venir nous embêter ? J'ouvris la porte, avec ma tête des mauvais jours, décidée à abréger cette visite inattendue. Je me déballonnai en découvrant la grande carcasse d'Idriss, regard penaud et sachet de chouquettes à la main.

— Je suis désolé de te déranger, Ava, mais je m'inquiète pour toi.

— Entre.

Les enfants débarquèrent dans l'entrée, lui dirent bonjour, engloutirent les viennoiseries et je les envoyai dans le jardin avec Monsieur pour qu'ils se défoulent tous et qu'ils nous laissent tranquilles. La conversation qui suivrait ne les concernait pas et je voulais la paix quelques minutes. Idriss me suivit dans la cuisine, je nous servis deux cafés et on s'installa autour de la table familiale. Mademoiselle me sauta sur les genoux.

— Comment ça se passe, avec mon père ?

— Très bien, il est un peu plus brut que toi, mais vous vous ressemblez énormément.

— Les chiens ne font pas des chats… Tu es entre de bonnes mains… Idriss, je suis tellement… je suis navrée de t'avoir abandonné de cette façon.

— Je ne t'en veux pas. Ôte-toi cette idée de la tête, je ne suis pas venu pour me plaindre… Je suis venu parce que je voudrais t'aider, tu as tant fait pour moi…

— Savoir que tu n'as pas envie de changer de galerie me suffit.

— Jamais de la vie… Comment va Xavier ?

Je me levai et fis semblant de ranger.

— Ava, à moi tu n'as aucune raison de mentir…

— Je ne mens à personne…

— Tu sais, je vois ton père et Carmen presque tous les jours… ils sont inquiets pour lui et pour toi…

J'avais parfaitement conscience d'exclure tout mon entourage, de réduire nos contacts au maximum et d'être évasive. Ma volonté de m'en sortir toute seule faisait du mal aux personnes que j'aimais le plus au monde, mais j'en avais besoin pour me protéger. Si j'ouvrais les vannes, je m'effondrerais.

— Ils t'ont envoyé en éclaireur… je ne m'attendais pas à ça de ta part…

— Enfin, tu me connais quand même ! Jamais je n'irais leur rapporter notre conversation, ils ne savent pas que je suis là…

Je lui fis à nouveau face, il me surprenait, il avait pris de l'assurance depuis notre dernière entrevue. Sa sincérité, sa simplicité, sa maladresse me firent flancher.

— Ce n'est pas la joie, lui annonçai-je. Xavier est au fond du trou et moi, je m'épuise, sans savoir comment faire pour le soutenir et tenir le coup. Et dire qu'on n'en est qu'au début…

Il se mit debout et arpenta la pièce, gauche, sans trop savoir où se mettre. Tel que je le connaissais, il réfléchissait à ce qu'il allait me dire, s'il pouvait se le permettre. Les épaules légèrement rentrées dans le cou, comme s'il craignait ma réaction, il se lança :

— Tu te souviens du conseil que tu m'as donné quand je n'étais pas en forme avant le vernissage ?

Je fronçai les sourcils, tant cela me semblait à des années-lumière.

— Tu m'as dit de peindre pour m'apaiser.

Je lui souris, indulgente, un peu comme si j'étais face aux enfants et à leur innocence.

— Je ne suis pas peintre, Idriss.

— Non, mais tu es galeriste… et quand tu es dans ta galerie, tu ne penses à rien d'autre, je me trompe ?

Je secouai la tête en guise de réponse et songeai à Sacha qui m'avait donné le même conseil.

— Je sais que tu veux être aux côtés de Xavier pour le soutenir, pour qu'il ne soit pas seul, mais pense à toi… Je suis convaincue que tu as besoin de faire autre chose. Et qui sait ? Peut-être que cela lui fera du bien de voir que la vie peut continuer.

— Je vais y réfléchir, je te le promets.

En pénétrant pour la première fois à l'hôpital avec les enfants, je me répétais comme un mantra la phrase d'Idriss, *la vie peut continuer*. C'était pourtant difficile d'y croire, alors que je tenais fermement Titouan par la main et que Pénélope me collait, nos bras soudés l'un à l'autre. Leurs yeux, si jeunes, si innocents, scrutaient de tous les côtés ; mes petits, à quelques minutes de retrouver leur père, n'étaient pas fiers. Je n'étais pas mieux ; le regret de ma décision se frayait un chemin dans mon esprit. Avais-je raison de les emmener, de les confronter à ce monde hostile ? Et si retrouver ses enfants n'avait pas l'effet escompté sur Xavier, si cela aggravait son moral… Tellement d'hypothèses, tellement de souhaits, sans certitude. Dans l'ascenseur, je leur fis mes dernières recommandations.

— Vous faites attention, vous ne lui sautez pas dessus. Soyez sages et courageux… D'accord ?

— Promis, maman, me répondit Pénélope.

— Ne lui montrez pas si vous êtes tristes, hein ?

— D'accord, me dit Titouan, en donnant un coup de pied dans le vide.

Dans le couloir du quatrième étage, je reçus le bonjour et les regards encourageants des aides-soignantes et des infirmières que j'avais prévenues la veille. Devant la porte, je pris encore quelques secondes pour respirer calmement. Puis, je regardai nos enfants, de plus en plus anxieux.

— Tout va bien se passer, les rassurai-je. Tu frappes, Pénélope ?

Deux petits coups discrets, on entendit le « entrez » de Xavier.

— Papa… souffla notre fille avec tant d'amour dans la voix.

Sans que j'aie le temps de réagir, elle ouvrit et se propulsa dans la chambre. Je restai figée sur le seuil. Elle avait enregistré qu'il ne fallait pas s'approcher de la jambe gauche de Xavier, instinctivement elle fit le tour du lit et se jeta lentement sur lui, avec douceur, pour ne pas lui faire mal. Il referma son bras valide sur elle, en fermant les yeux de toutes ses forces, ils se chuchotèrent les mots d'amour entre un père et sa fille. Je levai les miens au ciel pour me retenir de pleurer. Xavier finit par me chercher, nos regards se croisèrent, je lus dans le sien tant de chagrin et de joie mêlés. J'avançai d'un pas et réalisai que Titouan broyait ma main, terrifié.

— Tu viens ?

Il hocha la tête, guère rassuré et avança derrière moi à pas timides. J'évoluais comme je pouvais dans la chambre avec notre fils accroché à ma jambe, comme s'il avait à nouveau quatre ans et pas bientôt sept.

— Titouan, l'appela Xavier. Tout est caché, tu ne vas rien voir, je te le promets.

Notre fils pencha la tête sur le côté – le bon, celui qui lui permettait de ne rien voir d'effrayant – et regarda enfin son père, qui lui sourit. Évidemment, ce n'était pas son sourire d'avant, mais c'était suffisant. Titouan se décida à me lâcher et prit la place de sa sœur contre son papa. Je restai à l'écart de longues minutes, les laissant savourer leurs retrouvailles. Xavier prenait sur lui pour faire bonne figure. J'étais soulagée qu'il ait enfin voulu enfiler d'autres vêtements que l'horrible chemise d'hôpital, le tee-shirt et le short qu'il portait donnaient un semblant de normalité à la situation. Si l'on faisait abstraction du drap dont il avait recouvert sa jambe gauche. Tout le monde faisait comme s'il n'existait pas.

— Je peux dire bonjour à papa ? leur demandai-je en riant.

Ils me laissèrent approcher de Xavier, je l'embrassai. Titouan pouffa comme un enfant de son âge peut le faire quand ses parents font ce genre de choses. Une grande bouffée de bonheur m'envahit grâce à ce si joli son. Ce fut plus fort encore quand mon mari cala son bras dans mon dos, j'en fermai les yeux. Il m'attira à lui pour me parler à l'oreille :

— Je ne vais pas tenir longtemps. Ne restez pas trop.

Ce n'était donc pas l'envie ou le besoin d'un geste tendre qui l'avait guidé pour me prendre contre lui. Xavier venait de mettre mon cœur en lambeaux.

— Fais un effort pour eux, s'il te plaît.

L'heure et demie suivante, je ne dis presque pas un mot, ils avaient tant à dire à Xavier, ils avaient déjà oublié la jambe immobilisée, les clous, le plâtre, les cicatrices encore visibles sur le visage de leur père. La capacité des enfants à récupérer, à oublier ce qui les dérangeait, était merveilleuse. Xavier les écoutait avec le maximum d'attention dont il était capable. Faisait-il semblant de s'intéresser à eux ? Non. Impossible. Il ne pouvait pas jouer la comédie avec les amours de sa vie. Il répondait à leurs questions qui, pour la plupart, n'avaient rien à voir avec son état. Tant mieux. De mon côté, je n'ouvrais pas la bouche, encore choquée par ce geste d'amour qui n'en était pas un.

Titouan se matérialisa soudainement devant moi.

— Quand est-ce qu'on goûte, maman ?

Leur côté prosaïque était assez extraordinaire, lui aussi.

— J'ai oublié de prendre des gâteaux à la maison. Je vais aller vous chercher quelque chose à la cafétéria.

Déjà, je fouillais dans mon sac à la recherche de mon porte-monnaie.

— Attends, Ava.

Je me tournai vers lui.

— C'est glauque, le goûter, ici... rentrez à la maison.

— On ne...

— Et puis, je commence à être fatigué, j'ai mal à la tête. Ça fait beaucoup d'un coup.

— On part pas maintenant ? s'interposa Titouan, dont la voix joyeuse venait de s'angoisser.

Xavier me supplia silencieusement de respecter son souhait. Avais-je véritablement le choix ? Non. Son regard, son attitude, tout en lui nous criait de partir, de le laisser tranquille. Je m'accroupis à hauteur de notre fils, je le tins par les bras.

— On va y aller, c'est aussi simple. On reviendra bientôt, je te le promets.

Pénélope, le visage triste, nous rejoignit et attrapa la main de son petit frère.

— Tu te souviens ? Maman, elle nous a demandé d'être gentils.

Il secoua la tête.

— Je ne veux pas partir !

Il s'échappa et grimpa sur le lit en se collant à Xavier, qui siffla de douleur. Je ne pouvais pas être partout ; m'inquiéter de la souffrance physique de Xavier et gérer ce départ trop rapide, trop pressé… Ce départ déchirant, dont nous allions tous garder des traces, je le sentais au plus profond de mon être. D'un signe de tête, je demandai à notre fille d'enfiler son manteau, je fis de même, je lui tendis celui de son frère. Elle alla du côté gauche du lit, en prenant bien garde à ses gestes, notre petite fille qui n'en était plus une faisait attention à son père, à ne pas lui faire mal, elle le couvait ; ce n'était pas normal. Elle déposa un bisou sur la joue qu'il lui tendit.

— Je t'aime, lui dit-il.

— Moi aussi, papa.

Xavier chuchota à l'oreille de Titouan qui sanglotait toujours contre lui, il tentait de le rassurer, mais rien ne parvenait à le calmer. Il fallait employer la méthode forte, et j'étais la seule à en avoir le pouvoir. J'allai à droite du lit, me penchai par-dessus Titouan, effleurai les lèvres de Xavier d'un baiser, il y répondit à peine. J'attrapai notre fils et croisai le regard larmoyant de mon mari.

— Ça va aller, ne t'inquiète pas. Je vais m'en sortir. Je t'appelle ce soir.

J'inspirai profondément pour me donner des forces et soulevai Titouan le plus haut possible pour parer à tout geste de colère qui pourrait heurter Xavier. Ils ne manquèrent pas de pleuvoir. Heureusement qu'il était encore léger, du haut de ses sept ans, je réussis, non sans me prendre quelques coups de pied, à le retourner pour le contenir dans mes bras. En revanche, inenvisageable de lui mettre la main sur la bouche pour l'empêcher de parler, ou plutôt de crier.

Son « papa ! » jailli du fond de son cœur déchira mes entrailles de maman. Jamais je n'aurais imaginé avoir la sensation d'arracher mon fils à son père. Je n'osai songer à la douleur de Xavier. Il allait rester seul à broyer du noir, à souffrir dans son corps et son cœur de père, et je ne pouvais rien faire pour le soulager. Pénélope m'assista pour ouvrir et fermer la porte, elle me déchargea de mon sac à main. Titouan, bras tendus vers la chambre de Xavier, se débattait en l'appelant de toutes ses forces. On traversa tout le couloir sans qu'il cesse un seul instant. Je tentai de marcher le plus vite possible pour que Xavier ne l'entende plus. Je m'en voulais et ne m'en voulais pas de les avoir amenés. Il était temps et la crise de Titouan me le confirmait. S'il voyait son père plus souvent, il ne se mettrait pas dans cet état. Pénélope s'occupa de l'ascenseur qui tardait à arriver ; quand il fut enfin au quatrième, on s'y engouffra. Je ne fus même pas étonnée qu'il s'arrête à l'étage en dessous. Je ne fus pas non plus étonnée que la porte s'ouvre sur Sacha. Il ouvrit grands les yeux en découvrant la scène qui s'offrait à lui. Titouan qui pleurait à chaudes larmes en se débattant, Pénélope qui faisait barrage devant moi pour me protéger, pour me venir en aide.

— Bonsoir, dit-il en entrant à son tour.

— Bonsoir, Monsieur, lui répondit ma fille avec beaucoup d'aplomb.

Il lui lança un regard impressionné. Je n'arrivais pas à parler, absorbée par mon bébé.

— Chut, mon Titouan, calme-toi, je t'en prie.

Il pleura plus fort encore. Je le berçai, je caressai ses cheveux, j'embrassai ses joues, son front.

— Papa était fatigué, il fallait partir… On va faire quelque chose, hein ?

Je cherchai à toute vitesse une solution pour remettre une étincelle de gaieté dans sa vie. Mais je fatiguais moi aussi à le porter, je le posai au sol, il s'agrippa davantage encore à mon cou. J'avais l'impression d'être cassée en deux, à genoux, pas loin d'être écroulée sur le sol de l'ascenseur. Je lui parlai à l'oreille. Je lui proposai ce qui me passa par la tête, je verrais bien si cela produisait un effet.

— Titouan, j'ai trouvé… Je vais appeler Grand-Père, et si tu veux, on dit à Carmen de nous rejoindre, elle va nous faire à manger et on va préparer ton anniversaire tous ensemble. Je vais dire à Idriss aussi de venir, il va dessiner une carte de pirates, ce que tu veux, tout ce que tu veux…

— Avec… papa, hoqueta-t-il.

— Ce n'est pas possible, mais on lui enverra une photo, d'accord ? Tu veux bien arrêter de pleurer un petit peu… Tu sais, on n'est pas tout seuls, ici…

— Ne vous en faites pas pour moi, intervint Sacha.

Je lui lançai un regard de gratitude, auquel il répondit par un sourire compatissant.

— Mon petit frère est triste parce qu'on a laissé papa tout seul ici, nous interrompit Pénélope.

Ma petite walkyrie prête à défendre son frère, à lui trouver la meilleure excuse de la Terre.

— C'est normal qu'il soit triste, lui répondit Sacha, de plus en plus époustouflé par Pénélope.

Je m'apprêtais à me remettre debout, mais Titouan me retint.

— Dans tes bras.

Notre fils redevenait un bébé, un tout petit enfant, parce qu'il souffrait. Je n'avais plus de forces, mais ce n'était pas grave, s'il commençait à s'apaiser, j'étais prête à me briser le dos. Je le hissai contre moi.

— Accroche-toi à mon cou.

Il s'y nicha et me serra très fort. Ses larmes, devenues silencieuses, mouillaient ma peau.

— Ça va ? me demanda Pénélope.

Sans lâcher son frère, je caressai sa joue, avant de la prendre contre moi. Je m'accrochai à mes enfants, pour tenir et encore tenir.

— Oui… et toi, ma puce ?

— Oui, maman.

On arriva enfin au rez-de-chaussée. D'un signe de tête, Sacha nous invita à le précéder. Il nous emboîta le pas, nous suivit sur le parking en gardant plus de distance que les soirs précédents. Je fis grimper les enfants dans la voiture et me retournai. Il était à une dizaine de mètres, je leur demandai de patienter deux minutes et le rejoignis.

— Ça va aller ? s'inquiéta-t-il avant même que je n'aie le temps de dire quoi que ce soit.

— Oui, merci… Il fallait bien une première fois… mais je donnerai beaucoup pour boire un verre ce soir.

— Je veux bien vous croire.

— Et vous, comment allez-vous ?

Il me semblait particulièrement triste.

— Je vais avoir besoin de mon verre, ce soir.

— Constance n'allait pas bien ?

— Non, aujourd'hui était un jour sans…

— Je suis désolée…

J'aurais eu envie d'avoir le temps de le soutenir davantage.

— Allez-y, vos enfants vous attendent.

Je soupirai.

— À l'occasion, on déjeune à nouveau ensemble ? lui proposai-je.

— Avec plaisir.

Je tournai les talons et partis vers la voiture.

— Ava !

— Oui, lui répondis-je en le regardant par-dessus mon épaule.

— Vous êtes retournée dans votre galerie ?

— Demain, répondis-je, sans réfléchir. Et vous, la musique ?

— Depuis une seconde, c'est pour demain.

Je lui souris et montai dans la voiture en jetant un coup d'œil à Titouan, qui reprenait des couleurs.

— Tu le connais, le monsieur ? voulut savoir Pénélope.

— Euh, pas vraiment…

Impossible de leur expliquer qui il était, cela réactiverait trop d'angoisses.

— On s'est croisés plusieurs fois, sa femme est hospitalisée, et je voulais m'excuser pour le bruit dans l'ascenseur.

— Pardon, maman, souffla Titouan.

— Ne t'inquiète pas, lui dis-je en caressant sa cuisse.

La cavalerie était arrivée à la rescousse. Papa avait répondu présent. Carmen avait fait ses fonds de tiroir et de frigo et papillonnait de la cuisine au salon. Idriss avait débarqué à une vitesse record après mon appel à l'aide. J'étais en parfait décalage avec l'ambiance que j'avais moi-même créée. Installée dans le canapé, les jambes repliées sous les fesses, Mademoiselle sur les genoux qui enfonçait ses griffes dans ma peau à travers mon jean, j'étais spectatrice de la vie de mes enfants. Titouan riait aux éclats des pitreries de son grand-père, Pénélope mettait tout en œuvre pour que son petit frère oublie ce qui s'était passé, ce qui devait lui convenir à elle aussi. Idriss, sous le regard admiratif de mon fils, dessinait une carte de chasse au trésor. Carmen, dont le génie culinaire n'avait pas son pareil, nous servit une soupe et plein de petites choses à grignoter, sans oublier de me ravitailler en vin. J'avais mon verre, mais il avait une saveur amère. J'aurais voulu le partager avec Xavier. Il était le seul absent et ne faisait rien pour que cela change. J'avais parfaitement conscience que sa situation était épouvantable, mais nous ne pouvions plus rester ainsi. J'attrapai Mademoiselle et la posai à côté de moi, elle me lança un regard de diva outragée, je m'arrachai au canapé, m'excusai auprès de tout le monde, partis à la recherche de mon téléphone, enfilai une grosse veste de laine en sifflant Monsieur pour qu'il me suive et sortis dans la nuit noire du jardin. Je composai le numéro de la chambre de Xavier.

— Comment va Titouan ?

— Mieux… Papa, Carmen et Idriss sont à la maison et nous aident à préparer une chasse au trésor.

Il ne réagit pas.

— Xavier, c'est bientôt son anniversaire… écoute-moi sans m'interrompre. J'avais raison depuis le début, les enfants ont besoin de te voir. Je ne m'excuserai pas pour ce qui s'est passé. Je sais que tu souffres, que tu vas mal, je ne demande qu'à t'aider…

— Ava…

— Laisse-moi parler. Tu dois te débrouiller pour être à la maison ce jour-là. Il te reste dix jours, à l'heure qu'il est tu devrais déjà être debout…

— Je ne serai pas en état de sortir, tu le sais.

Il se trompait, il me mentait, les médecins m'avaient assurée du contraire, mais c'était lui qui refusait d'aller mieux.

— Normalement si… peu importe, je vais négocier une permission, tu l'auras, tu seras là.

— Je ne sais pas si j'y arriverai…

— Je ne te laisse pas le choix, je viens demain matin et on en parle à ton kiné. On a bientôt rendez-vous avec le chirurgien pour faire un point.

Il soupira bruyamment dans le combiné, fatigué, énervé. Après moi ? Après lui ?

— Je vais retourner auprès d'eux. Je t'embrasse.

Le lendemain, je mis mon plan à exécution, en arrivant un peu avant le début de la séance de rééducation. Dans le couloir, j'exposai la situation au kiné, lui expliquant ce que j'avais trouvé comme argument pour bouger Xavier. Il était plutôt favorable à ma proposition, même s'il me précisa que c'était au médecin que revenait la décision de la sortie. Soit. Il avait plutôt intérêt à prendre la bonne…

Il me fit rentrer dans la chambre quand la séance fut finie et, avant de partir, lui mit à son tour le marché en main.

— Dans deux jours, on te met debout, Xavier, lui annonça-t-il. Te retrouver à la verticale te fera le plus grand bien.

Mon mari lui envoya un demi-sourire, pas convaincu. Puis le kiné disparut, nous laissant en tête-à-tête.

— C'est une bonne nouvelle ? Tu ne trouves pas ?

Pas de réponse. Xavier inspira douloureusement et se décida enfin à s'adresser à moi.

— As-tu recroisé le mari de la femme que j'ai renversée ?

Un pavé tomba dans mon estomac, ce qu'il ne manqua pas de remarquer.

— C'est oui… quand je vois ta tête… Tu ne sais pas mentir, Ava. Alors comment va-t-elle ?

Impossible de me dérober, il interpréta mon silence assez justement.

— Mal… c'est ça ? Elle va mal ?

— Écoute, Xavier… je sais qu'elle souffre beaucoup et qu'elle n'a pas le moral, elle ne sait pas si…

Je m'interrompis en réalisant que j'étais en train de commettre une monumentale erreur. Je ne lui avais fourni qu'un vague compte rendu médical, rien de plus, pour le protéger.

— Si quoi ?

Je tremblai. Xavier saisit la poignée au-dessus de sa tête, s'accrocha pour se relever davantage et tenter de s'approcher de moi, l'œil mauvais.

— Réponds-moi ! gueula-t-il. Dis-moi tout ce que tu sais sur elle !

— Elle s'appelle Constance. Elle est violoniste.

Il blêmit et serra davantage encore la poignée, je crus que la veine de son bras allait exploser.

— Tu m'as dit que sa main avait été gravement touchée.

Je fermai les yeux une seconde pour puiser du courage.

— Oui, sa main, son coude, sa clavicule… elle ne sait pas si elle pourra rejouer un jour.

Il se laissa retomber lourdement dans le lit, il gémit de douleur, en se tenant les côtes, je m'approchai de lui, paniquée.

— Xavier, mon Dieu, tu t'es fait mal… je vais aller chercher quelqu'un.

— Non ! hurla-t-il. Je mérite de souffrir.

— Es-tu devenu fou ?

Il redressa le cou et me fusilla du regard.

— Et tu voudrais que je fête un anniversaire ?

J'eus un mouvement de recul face à son agressivité. Je ne l'avais jamais vu ainsi.

— Comment oses-tu me parler de cadeaux, de gâteaux et de chasse au trésor alors que j'ai détruit la vie de cette femme ?

— Et la vie de tes enfants ? criai-je à mon tour. Elle n'est pas importante, peut-être ? Je comprends que ça te hante, mais tu t'inquiètes plus pour cette femme que tu ne connais pas que pour eux ?

Tes enfants ! C'est ça, Xavier ? Réfléchis un peu, ne parle pas trop vite. Parce que je ne suis pas près d'oublier ta réponse.

Il tourna la tête pour ne plus me voir.

— Laisse-moi, Ava.

— Tu as raison, je m'en vais. Ne m'attends pas cet après-midi, je ne reviendrai pas. Je vais à la galerie. Mon père a besoin de moi, Idriss a besoin de moi, mes artistes ont besoin de moi. Et visiblement, ce n'est pas ton cas…

Ma voix flancha, mais je me repris très vite, animée par une profonde colère.

— Tu refuses mon aide… Ce n'est pas en te laissant dépérir que tu te rachèteras auprès de Constance et de Sacha… Au fait, Sacha, c'est son mari.

Ce fut plus fort que moi, je partis en claquant la porte.

– 8 –

Une demi-heure plus tard, je tournais à l'angle de la rue de la galerie. Je compris à quel point je m'étais privée d'un de mes essentiels. Être à la galerie m'était vital, j'avais refusé de m'en souvenir. Jusqu'à cet instant… Aujourd'hui, lundi, tout le monde était fermé. Cela m'attristait de ne pas les voir et en même temps, cela m'arrangeait de ne pas avoir à leur donner de nouvelles. J'étais trop fragile. S'ils découvraient mon état de délabrement, ils voleraient à mon secours ; pour les plus anciens, je restais la petite fille qu'ils avaient vue grandir et s'écorcher les genoux sur les pavés. Devant la porte, sans aucune difficulté, comme instinctivement, je trouvai la clé dans mon sac, elle ne m'avait jamais quittée. Ma main trembla légèrement quand je la glissai dans la serrure, alors que j'étais assaillie de souvenirs du vernissage. La joie d'Idriss. La mienne. Les sourires impressionnés des invités. La détresse de mon père. Celle de Carmen. Ma terreur. Tout s'entrechoquait. Je devais en faire abstraction, je n'étais pas venue ici pour me torturer. La souffrance ne devait pas pénétrer dans la galerie. Elle devait rester un sanctuaire. Une fois à l'intérieur, je me sentis immédiatement protégée, inatteignable, comme si l'hôpital, l'état de santé et l'attitude de Xavier n'avaient pas existé, comme si notre vie n'avait pas basculé. Je laissai tomber mon sac à mes pieds et pris le temps de me réapproprier mon univers, mon monde. Je traversai les pièces les unes après les autres, respirant profondément les effluves de peinture, le parfum des toiles, laissant courir mes mains sur les sculptures. J'eus la surprise de découvrir qu'une de celles de Carmen avait été vendue. Elle ne m'en avait pas parlé, mon père non plus. Peut-être avaient-ils essayé et étais-je restée sourde. Une toile d'Idriss allait bientôt s'en aller aussi, je ne le savais pas. Une vague de soulagement déferla sur moi en découvrant que *la mienne* n'avait pas trouvé d'acheteur. Son tableau me troublait toujours autant, la puissance des sentiments qu'il dégageait me faisait frémir. J'aurais été si triste de ne pas savoir qui allait en profiter, alors que j'en avais eu à peine l'occasion, contrairement à ce que je lui avais promis. Plus je déambulais, plus j'étais gagnée par un vague-à-l'âme qui me donnait la chair de poule. La galerie semblait poussiéreuse, à l'abandon. Rien à voir avec le jour de fermeture hebdomadaire, il m'était déjà arrivé d'y passer le lundi, jamais elle ne m'avait donné cette impression désagréable. Jusque-là du moins. Je m'adossai au mur du fond ; la meilleure place pour l'appréhender dans sa globalité. Mon père faisait ce qu'il pouvait, mais il s'était retiré depuis plus de quatre ans maintenant, il n'y mettait pas la même énergie qu'avant, son œil était moins alerte. Il suffisait de voir la poussière, les ampoules qui ne fonctionnaient plus, les étiquettes manquantes devant certains tableaux et qui n'avaient pas été remplacées, la pile de courrier non ouvert. Pas un bruit, la galerie, privée de toute vie, s'asphyxiait. Mais n'était-ce dû qu'à un abandon temporaire ? Pas si sûr. Il était très rare que je reste aussi longtemps sans y mettre les pieds. D'aussi loin que je m'en souvienne, ça n'était plus arrivé depuis mes folles années de stage à l'étranger. Après les trois semaines de vacances estivales, embarquée dans le bain de la rentrée, je ne prenais le temps de rien et redémarrais sur les chapeaux de roue, sans me poser de questions, sans songer un seul instant que certaines choses seraient à revoir, à améliorer. Je ne l'avais d'ailleurs jamais fait depuis que j'étais à sa tête. Alors qu'aujourd'hui, j'attendais tellement qu'elle me fasse du bien, qu'elle me fasse oublier, je l'observais et j'ouvrais les yeux. Avais-je laissé la galerie vieillir, s'étioler sans m'en apercevoir ? Étais-je responsable de son laisser-aller ? À moins que mon état d'esprit ne me fasse noircir le tableau… j'aurais voulu y croire, l'espérer, mais je me serais menti à moi-même. Je ne pouvais laisser la situation se dégrader davantage.

Je me retroussai les manches et commençai par faire un grand coup de propre. Je profitai de la plus grande vertu du ménage : libérer la tête. J'enchaînai sur le bricolage, je changeai des ampoules, camouflai comme je le pus des traces sur les murs – il fallait sérieusement envisager de tout repeindre –, redressai des tableaux, en réagençai d'autres. Plus je réinvestissais les lieux, plus je remarquais ou plutôt redécouvrais des œuvres magnifiques à côté desquelles je ne passais plus que par habitude ; aujourd'hui, je m'arrêtais devant avec le sentiment de les voir pour la première fois. Fatalement, je pensais à leurs créateurs que j'avais peut-être trop longtemps délaissés. Et je comprenais pourquoi mon emballement et mon excitation de la découverte d'Idriss avaient surpris tout mon entourage. Je me reposais sur un prestige et mes lauriers depuis si longtemps qu'ils avaient perdu de leur rayonnement… Insidieusement, j'avais dû sentir que la machine s'était enrayée. Le délabrement ne datait pas de ma désertion. C'était un travail de sape de plusieurs années. J'avais fait l'autruche en m'érigeant en gardienne du temple, me contentant de ce qui avait été construit, croyant que c'était immuable. Que rien ne changerait jamais. Que tout était acquis… Même dans une grande histoire d'amour, rien n'est acquis, il faut sans cesse en prendre soin et l'alimenter. Cette prise de conscience faisait écho à ce que nous traversions, Xavier et moi. Prenions-nous soin de nous avant l'accident ? La routine, le quotidien, la facilité nous aspiraient, nous berçaient et nous endormaient. Nous croyions notre histoire acquise et cet accident l'avait brusquement mise à mal, nous avait mis à mal. Allions-nous si bien que je le pensais ?

En tout cas, j'avais désormais la certitude que je ne prenais plus soin de la galerie… Cet édifice qui ne tenait plus qu'à un fil s'était lui aussi effondré cette nuit-là… Notre vie partait déjà bien assez en morceaux, je ne pouvais me permettre de perdre la galerie. Et une réputation se défait plus rapidement qu'elle ne se fait.

J'en pris davantage conscience encore en me plongeant pour la première fois véritablement dans la lecture des mails reçus et des échanges chaotiques que mon père avait entretenus avec mes artistes mécontents. J'avais aussi perdu la confiance de plusieurs collectionneurs. Je connaissais leur caractère égocentrique ; je n'avais pas le droit à l'erreur, pas le droit de les oublier, de ne pas m'occuper d'eux et encore moins le droit de ne pas faire fructifier leur collection privée.

Je devais prendre mon téléphone et ne plus attendre que mon père répare la situation à ma place, il n'était plus aux commandes. Même si son avis et ses conseils pouvaient être encore écoutés par mes poulains ou les clients qui le connaissaient de réputation, j'étais la responsable, j'étais devenue l'autorité. Ils m'avaient offert leur confiance après le départ de mon père et je les avais abandonnés. J'appelai en premier un peintre que je suivais depuis des années, avec qui je m'étais toujours bien entendue, et le seul à ne pas m'être tombé dessus depuis l'accident. Je lui présentai immédiatement mes excuses, il me répondit froidement *pas de problème*. Je ne m'attendais pas à la suite :

— Ava, merci pour tout ce que tu as fait pour moi, mais je crois qu'on est arrivé au bout de la route ensemble… Je ne savais pas trop comment te le dire, en réalité…

— De quoi parles-tu ?

— J'ai signé chez quelqu'un d'autre.

Je me levai d'un bond de ma chaise.

— Ce n'est pas possible ! Pourquoi ?

— Tu ne me corresponds plus… ce n'est pas nouveau. Tu ne sais plus défendre ma peinture.

De ma main libre, je repoussai mes cheveux, comme si cela allait m'aider à trouver une solution.

— Attends, passe à la galerie, on va discuter… je vais à nouveau me concentrer sur toi. Je traverse une mauvaise passe, rien de plus… tu peux encore me faire confiance.

— C'est trop tard.

Son ton était sans appel, me rouler à ses pieds ne servirait à rien. Et j'avais trop d'orgueil…

— Qui ? Chez qui as-tu signé ?

— Tu le sauras quand tu recevras le carton d'invitation de mon prochain vernissage. À bientôt.

Il raccrocha. Je me retins de tout envoyer valdinguer sur mon bureau. La nouvelle allait se répandre comme une traînée de poudre dans le milieu. Qu'un artiste vous quitte était normal, mais le contexte me poussait à croire que la rumeur allait enfler au sujet de mon travail qui n'était plus à la hauteur. Après tout, tout le monde m'avait vue partir en courant du vernissage d'Idriss. Même si j'avais toutes les raisons de la Terre de m'enfuir ce soir-là, j'avais envoyé un très mauvais signal. Je devais frapper un grand coup si je voulais tuer dans l'œuf les mauvaises rumeurs. Et je devais exorciser les mauvais souvenirs. La solution m'apparut tout à coup limpide, incontournable. J'allais organiser une nouvelle exposition ; inviter tous mes artistes, les collectionneurs, les autres clients, il était encore temps. Évidemment, dans mon dos, on dirait que c'était précipité, que j'improvisais, que c'était amateur. À moi de prouver qu'ils se trompaient. Je refis le tour de la galerie plusieurs fois, réfléchissant à un nouvel aménagement, aux rénovations indispensables. Je demanderais des devis à des artisans, je ne voulais plus voir de peinture écaillée sur les murs – un comble –, la galerie et les œuvres méritaient le meilleur que je leur refusais depuis des années.

Je poursuivis mes appels aux collectionneurs et artistes, priant pour qu'ils ne soient pas tous aussi catastrophiques que le premier. La plupart acceptèrent mes excuses et s'adoucirent légèrement – il ne fallait pas trop en demander. D'autres se contrefichaient de ce que je vivais dans ma vie privée, et partaient du principe que l'état de santé de Xavier ne m'empêchait pas de travailler. Je les assurai de mon retour, de ma reprise en main, ils pouvaient compter sur moi, ils y crurent mollement, mais m'accordèrent le bénéfice du doute. Une dernière chance. La grande majorité répondrait normalement présent à mon invitation… Deux raisons pour les bouger : soit ils voulaient assister à ma chute, soit ils espéraient… un dernier sursaut de ma part.

La galerie eut son effet magique. Je perdis la notion du temps – ailleurs qu'à l'hôpital, j'avais oublié cet effet salvateur –, la notion des soucis, même si je n'avais aucune raison de me réjouir et que le travail s'accumulait. Plus je m'investissais dans cette reprise en main, mieux je me sentais. L'envie d'en découdre m'animait d'une nouvelle énergie et du souhait de renouer avec ma passion.

C'était agréable de me sentir moins abattue, d'être combative. Alors même que la pérennité de la galerie était en cause, étrangement je me sentais mieux, mon pouls battait pour une bonne raison, j'étais galvanisée par un objectif. Idriss me l'avait prédit. Sacha aussi.

Quand je relevai les yeux, à plus de 19 heures, je faillis avoir un fou rire : Chloé allait m'attendre, les habitudes revenaient au galop. J'y puisai du réconfort. Oui, peut-être que la vie pouvait continuer. Un instant, j'hésitai à passer voir Xavier, ne serait-ce que quelques minutes, mais je n'avais vraiment pas envie de perdre le bénéfice de ces dernières heures, je voulais rester sur cette note positive ; je n'avais pas le courage de le voir faire la tête, je n'avais pas la force de le regarder sans qu'il me regarde, de lui parler sans qu'il me réponde, d'évoquer mon combat avec lui sans qu'il se batte pour gagner le sien, même si j'avais parfaitement conscience que nos luttes n'étaient pas comparables. Demain, je verrais demain. L'abandonner dans sa chambre d'hôpital ? Je me détestais. Mais je ressentais un tel besoin de souffler. Pourquoi nous étions-nous hurlé dessus, au juste ? À contrecœur, j'éteignis les lumières de la galerie, je craignais d'être reprise par mes nouveaux démons à peine aurais-je mis le pied dehors. La galerie me protégeait. J'aurais voulu rester ici, j'aurais voulu être seule avec moi-même, profiter encore un peu de cette pause au milieu du chaos. Je devais reconnaître que j'étais fatiguée à l'idée de retrouver les enfants, de m'occuper d'eux. Comment allaient-ils réagir en apprenant que j'avais repris le travail et que je n'avais que très peu vu leur père ? J'envoyai un message à la maison pour prévenir de mon retard. Je refusais de me presser, j'avais encore besoin de temps avant de retomber dans la réalité douloureuse. Je m'emmitouflai dans mon manteau et quittai la galerie, lui promettant de revenir le lendemain. Je me creuserais la tête cette nuit pour trouver une organisation, car bien sûr, je n'abandonnerais pas Xavier plus longtemps. Je retournerais à l'hôpital, mais moins qu'avant. Je resterais de longues heures à ses côtés, mais n'y passerais plus mes journées. Vivre sans lui était de plus en plus insoutenable.

La rue était déserte, cela me convenait ; marcher en tête-à-tête avec moi-même. Je fis quelques pas et fus interpellée par la musique qui s'échappait de chez le luthier. C'était fréquent d'entendre les cordes, mais il s'agissait le plus souvent d'essais. Parfois même cela grinçait et n'était pas des plus harmonieux. En tout cas, jamais l'on n'entendait de morceaux joués à la perfection, comme ce soir. Je crus reconnaître une *Suite* de Bach pour violoncelle. Ce fut plus fort que moi, je m'arrêtai, oreilles tendues. Je me retins de lever la main pour faire taire les derniers bruits de la ville, pour n'entendre que ces notes hypnotiques. Je fermai les yeux pour me concentrer uniquement sur la musique. Je m'octroyais ces dernières minutes rien qu'à moi, consacrées à l'oubli. Le son lourd, puissant venait de très loin, comme des entrailles de la Terre. Il faisait vibrer mon être, le recentrant sur une perception essentielle. Une larme roula sur ma joue. Elle me surprit. Pourquoi avait-elle décidé de jaillir ?

Cette goutte d'eau salée avait sa propre vie. Une émotion brute qui n'avait rien à voir avec ce que je vivais, simplement mon corps qui répondait à l'appel de la musique. Ma sensibilité à fleur de peau.

— Ma petite Ava, chuchota-t-on à côté de moi.

Je battis des paupières et découvris Joseph, le luthier – il me sembla encore plus petit que d'habitude –, qui me faisait signe d'approcher.

— Entre, viens écouter à l'intérieur, tu vas attraper froid sur le trottoir.

— Non, je ne veux pas déranger.

— Ça va te faire du bien.

Je compris à son regard que mon père le tenait informé de la situation. Après tout, j'avais prévenu Chloé de mon retard. Qu'est-ce qui m'interdisait d'en profiter un tout petit peu plus ? Les enfants bouderaient, me feraient la tête. Je n'étais plus à un quart d'heure près. Pour quelques minutes d'extase artistique, le prix valait la peine. Je suivis Joseph dans sa petite boutique, dans laquelle je n'étais plus entrée depuis des années. À se demander comment il arrivait à travailler dans ce fatras improbable et cette obscurité. La seule source de lumière provenait des lampes d'atelier sur ses différents établis. Des violons étaient suspendus dans les airs, comme s'ils volaient au-dessus de nous. Quelques violoncelles et contrebasses adossés au mur attendaient sagement que l'on s'occupe d'eux. Certains instruments, totalement démantelés, patientaient eux aussi pour que Joseph leur redonne une jeunesse. Des rabots, des ciseaux à bois veillaient autour des carcasses soignées. On sentait son savoir-faire, la passion.

C'était toute sa vie. Le parfum du bois, de la résine, de la térébenthine et de la colophane mêlés était entêtant. Les couleurs de l'acajou, de palissandre apportaient une chaleur apaisante. Jamais je n'aurais imaginé qu'on puisse se sentir si bien, presque réconforté chez mon petit voisin sans âge. Chez lui, on était parachuté dans un monde parallèle, dans un tunnel qui emmenait vers une contrée inconnue, non pas inquiétante, mais apaisante. Il m'entraîna dans un couloir bas de plafond jusqu'à une pièce que je ne connaissais pas. À mesure que nous en approchions, les notes se déployaient, le volume s'amplifiait, toutes les sensations se décuplaient. Même une néophyte comme moi pouvait entendre que l'interprétation était magistrale, elle donnait envie de s'approcher de la source, de découvrir son origine. Arrivée à destination, Joseph s'effaça et me fit signe de m'asseoir sur un divan, mais je n'arrivais plus à avancer. J'eus la plus grande difficulté à masquer ma stupéfaction en découvrant Sacha. Sacha au violoncelle. Il était éclairé par une lumière douce et diffuse, une partie de son visage était dans l'ombre. Je me déplaçai pour mieux le voir. Était-ce bien lui ? C'était absolument incroyable. Que faisait-il là ? Chez mon voisin. Il était donc violoncelliste en plus de chef d'orchestre ? Il était logique qu'il joue d'un ou même de plusieurs instruments, je n'avais même pas songé à le lui demander. Quel couple devait-il former avec sa femme… La musique était leur vie et on les avait amputés d'une part.

Il jouait les yeux clos, une tempête d'expressions traversant son visage ; il souffrait, il aimait, il était ailleurs. Lui d'habitude énigmatique s'ouvrait avec la musique. Transporté dans un univers dont lui seul détenait la clé. De la sueur perlait sur son front. Depuis combien de temps jouait-il ? Des heures peut-être. Enfermée dans mon bureau, je n'avais rien entendu. De la salle du fond de la galerie qui partageait un mur avec la lutherie, j'aurais pu en profiter, sans savoir pour autant qui jouait. Il arriva à la fin du morceau et enchaîna sur le suivant, sans s'accorder une seconde de répit, alors que son épuisement était palpable. Il se défoulait, il déchargeait le poids de son cœur, il extériorisait. J'enviais sa capacité à exprimer la violence qui grondait en lui. Il ouvrit les yeux et son regard se posa sur moi. Ses iris étaient dilatés, il était comme en transe, sans rien percevoir de ce qui l'entourait. J'étais captivée. En replongeant dans son monde, il buta sur une note, il eut un sourire ironique, comme s'il se moquait de lui-même, sa tête dodelina de droite à gauche, son corps reprit le contrôle de l'instrument et il repartit très loin. Je défiais quiconque de ne pas être hypnotisé par la scène qui se déroulait sous mes yeux.

— Te rends-tu compte, ma petite Ava, murmura Joseph à mon oreille, c'est un chef d'orchestre mondialement connu. Il m'a téléphoné cet après-midi, il s'est présenté en toute simplicité, pour me demander si j'acceptais qu'il joue chez moi. J'ai cru que j'étais mort et directement arrivé au paradis. Il a fait partie des meilleurs violoncellistes et aujourd'hui, ses directions artistiques sont extraordinaires, saluées par la critique la plus exigeante. Ce n'est plus du talent à son niveau... Je n'ai ouvert que pour lui, il lui faut du calme et de la concentration. Je n'ai aucune idée de ce qu'il fait ici. Je vis un rêve et prie pour qu'il reste le plus longtemps possible.

La voix enfantine et impressionnée de ce vieil homme passionné me toucha profondément. Il n'en revenait pas de ce qu'il vivait et moi je n'en revenais pas de ce qu'il venait de m'apprendre sur Sacha. Cet homme que je côtoyais quotidiennement à l'hôpital depuis des semaines. Quand je repensais à la manière dont il avait évoqué son métier... avec une telle modestie...

Brusquement, la musique cessa. Sacha resta de longues minutes sans bouger, visage appuyé sur le manche, archet à la main, les yeux toujours fermés, il paraissait essoufflé et prenait son temps pour redescendre sur Terre. La panique me saisit, je n'avais rien à faire là. Joseph m'attrapa par le bras et m'entraîna à sa suite vers Sacha. Impossible de m'échapper. Je ne savais pas où me mettre.

— Maestro, l'interpella le vieil homme.

— Joseph, lui répondit Sacha d'une voix très douce et respectueuse en se levant, je vous ai dit de m'appeler Sacha. C'est vous le maître, ici.

Celui-ci eut bien du mal à masquer son émotion. J'étais heureuse que ce vieux monsieur seul soit respecté à ce point. Son rêve se poursuivait.

— Je me suis permis de faire entrer une amie. Je vous présente Ava, elle possède la galerie d'à côté. J'ai bien connu son grand-père et son père.

Je rencontrai le regard sombre et pénétrant de Sacha.

— Effectivement, j'ai cru apercevoir une galerie en arrivant un peu plus tôt.

Il était visiblement étonné, n'ayant pas imaginé une seule seconde que la galerie qu'il avait aperçue soit la mienne.

— Enchanté, Ava, me dit-il en souriant sincèrement.

Quel contraste avec notre première présentation…

— De même, Sacha.

Il s'adressa à nouveau à Joseph.

— Puis-je vous le confier ? lui demanda-t-il en désignant son instrument. Il sera plus en sécurité chez vous.

Joseph écarquilla les yeux de bonheur.

— Bien sûr… Combien de temps êtes-vous par chez nous ?

— Aucune idée… Je suis ici pour raisons personnelles.

— Je le garde tout le temps nécessaire, je vais en prendre grand soin, faites-moi confiance. Et revenez jouer dès que vous le souhaitez.

— Je vous remercie, Joseph.

— Le plaisir et l'honneur sont pour moi.

Le respect était équivalent des deux côtés.

— Messieurs, les interrompis-je, je vais vous laisser, mes enfants m'attendent. Il est déjà tard.

— Oh bien sûr, ma petite Ava, me répondit Joseph.

Il vint vers moi, attrapa mes mains.

— N'oublie pas que je suis à côté si tu as besoin.

Je l'embrassai affectueusement.

— Merci, Joseph.

— On va te revoir un peu plus ?

— Oui… Je reprends le travail…

— Cela signifie que Xavier se porte mieux ?

Impossible de répondre. Je me contentai d'un sourire terne qui ne voulait rien dire. Je m'adressai ensuite à Sacha qui nous observait du coin de l'œil.

— Merci pour ces quelques minutes hors du temps…

— Je vous en prie.

— À bientôt, soufflai-je.

Une fois dans la rue, je me retournai malgré moi. Ils étaient revenus dans la première pièce, ils discutaient en observant et en caressant les instruments. Sacha dut se sentir épié, il tourna le visage dans ma direction, me vit et me sourit. Je lui rendis son sourire que j'accompagnai d'un signe de la main. Étonnamment, j'étais détendue et je rentrai d'un pas plus léger à la maison. Un peu comme avant.

Le lendemain matin, après avoir déposé Titouan à l'école, je me rendis directement à la galerie. Pour la première fois depuis l'accident, je faisais comme si la vie continuait. Déroutant. Excitant. Culpabilisant. Ma crainte de l'hostilité de Xavier me faisait repousser encore et encore mon retour à l'hôpital, et je refusais de prendre le risque que ma reprise en main tant physique – j'avais retrouvé ma coquetterie – que professionnelle n'y résiste pas. Pourtant, je ne cessais de penser à lui. J'avais honte de faire comme si… alors que lui était au plus mal. Je n'oubliais pas l'accident, les fractures et tout le reste, mais j'avais besoin de lumière, d'une note positive, je voulais la lui transmettre pour le convaincre que tout était possible, que cela valait la peine qu'il se batte pour s'en sortir et guérir.

L'annonce de mon retour avait fait le tour du quartier dans la nuit – merci, Joseph – et avant même d'avoir le temps de reprendre mes habitudes, les uns et les autres me rendirent visite et nous couvrirent de cadeaux, une édition originale du *Rouge et le Noir* et une vieille encyclopédie animalière de la part d'Anita, deux bouquets de fleurs des champs – un pour la chambre de Xavier, l'autre pour la galerie – de Sybille la fleuriste, et mes douceurs préférées ainsi que celles de mon mari, offertes par mes vieux voisins boulangers. Je n'eus même pas le temps de prévenir papa de ma présence qu'il débarqua pour s'assurer en personne que la rumeur disait vrai. Son étonnement, mais aussi son soulagement et ses encouragements furent un baume sur mes plaies. Il écouta attentivement mes projets pour relancer l'activité, je réalisai que je les lui exposais uniquement par respect, par politesse, à titre informatif. Mais il n'avait pas son mot à dire. C'étaient mes décisions. Une voix que je fis taire immédiatement murmura à mon esprit : *c'est ma galerie et plus la sienne.* Il ne s'attarda pas davantage.

— Tu me rappelles moi quelque temps après le départ de ta mère.

Il disparut, me laissant avec ces mots qui me remuèrent sans que je comprenne pourquoi.

La nouvelle parvint aux oreilles de Carmen. Je l'entendis chantonner depuis l'autre bout de la rue, elle abandonna son vélo sur le trottoir et s'engouffra dans la galerie. Elle se figea lorsqu'elle me vit, puis elle fit un signe de croix théâtral, embrassa une médaille imaginaire et envoya ce baiser au ciel.

— Que la personne qui t'a remontré le chemin de la galerie soit bénie !

Je ris de bon cœur et ce rire aussi agit comme un baume, elle courut vers moi et me prit dans ses bras.

— Avanita, tu vas voir, tout va s'arranger !

Elle exagérait peut-être, mettant sur le compte de la galerie la fin de nos soucis, mais je ne lui en voulais pas. Elle avait raison, un peu de lumière ne faisait pas de mal. Je découvris avec stupeur ses mains propres, ses ongles sans traces de glaise, elle avait passé plus de temps ici à soutenir tant bien que mal papa que dans son atelier. Cette netteté ne lui allait pas bien du tout et n'avait rien de normal. Elle allait pouvoir reprendre le cours de sa création. Les mains immaculées de Carmen m'agressaient au même titre que le délabrement de la galerie. Elle se fit payer son café, fit son tour rituel du propriétaire et, visiblement rassurée, m'annonça qu'elle me laissait reprendre mes marques. Pas dupe pour autant – j'avais scrupuleusement éludé les questions –, elle chercha à en savoir davantage sur Xavier :

— Vu que tu ne passes plus tes journées avec lui, je rendrais bien visite à ton grand fauve ! Il me manque à moi aussi ! Je peux ?

Mon attention se focalisa sur une poussière volante.

— Négocie directement avec lui, téléphone dans sa chambre, c'est la 423.

— Ava…

Comme je fis semblant de ne pas l'entendre, elle s'approcha de mon bureau et frappa trois coups dessus.

— Quoi ? lui balançai-je en haussant un sourcil.

— Tout va bien ? Enfin, je veux dire… tout va bien entre vous, avec Xavier ?

— C'est compliqué… mais ce n'est pas étonnant.

— Dis-moi comment il va ? Que pense-t-il de ton retour ici ? Ça doit lui faire plaisir ?

— Tu n'auras qu'à lui demander, je ne sais même pas quoi te répondre…

— Je vais mener mon enquête !

— Bon courage, lui répondis-je en riant jaune.

Une fois le calme revenu, je commençai à réfléchir à mon invitation, elle devait être plus épurée que celles que j'avais l'habitude de faire. Je voulais aller à l'essentiel. J'appelai aussi mon traiteur, je le prenais au dépourvu, mais notre bonne collaboration lui fit trouver une solution miracle, j'allais pouvoir compter sur lui. Tout se mettait tranquillement en ordre. Je voulais que ça fonctionne, il me fallait un but qui me redonne de l'espoir. J'en avais besoin. Peut-être qu'en allant mieux, je serais plus à même de soutenir Xavier. Je calai des rendez-vous dans les ateliers des peintres et des sculpteurs pour voir leurs dernières œuvres, leur prouver ma motivation, mon implication dans leur carrière, et surtout leur montrer que je n'avais pas perdu la flamme. J'adorais ces visites et pourtant je n'en faisais plus. J'organisai des rencontres avec mes collectionneurs et des clients plus occasionnels, leur garantissant des trouvailles, leur demandant de préparer leurs nouvelles exigences.

Je ne fus pas étonnée quand Idriss pointa lui aussi le bout de son nez dans l'après-midi. Il parla peu, ne me fit pas de grande déclaration à la Carmen, mais sa manière de me transmettre son émotion me toucha au plus profond. Il m'apportait un nouveau tableau dont la peinture était à peine sèche. Il l'avait intitulé *Lumière*. Je fus époustouflée par la délicatesse de ses coups de pinceau, dénués de cette fureur qui le caractérisait.

— À toi de choisir sa place, me dit-il en repartant aussi discrètement qu'il était arrivé.

Après son départ, je découvris sur mon bureau un carnet de croquis à l'intention de Xavier. J'y découvris des portraits des enfants, de moi, une esquisse de la clinique, de notre maison et de nos animaux. Idriss, depuis cette épreuve, était entré dans la famille au même titre que Carmen.

À 17 heures, je fermai la galerie, satisfaite de ma première vraie journée de travail et surtout plus forte pour me rendre au chevet de mon mari. Chloé et les enfants étaient avertis que je risquais à nouveau de rentrer tard à la maison. Sur le trottoir, je tombai nez à nez avec Sacha qui s'apprêtait à entrer chez Joseph. Je souris, instantanément. C'était presque naturel de le croiser quotidiennement, même ici, en tant que voisin. Plus rien ne me choquait. Comment cet homme que je n'aurais jamais dû rencontrer pouvait-il avoir ainsi envahi toute notre vie ?

— Bonsoir, Sacha, comment allez-vous ?

Il me dévisagea longuement, puis secoua la tête comme s'il cherchait à reprendre ses esprits.

— Vous partiez ? me demanda-t-il brusquement.

— Oui… Je vais voir Xavier, je ne suis pas allée à l'hôpital de la journée.

— Je quitte la chambre de Constance à l'instant.

J'aurais dû lui demander des nouvelles de sa femme, mais je n'en avais pas envie, sans savoir pourquoi cette fois, puisque je ne m'inquiétais même pas de potentielles conséquences sur le moral de Xavier. Il esquissa un sourire en coin, qui me surprit.

— Je n'aurai pas de public ce soir…

Je ris discrètement en baissant les yeux.

— Malheureusement non…

— Dommage.

La déception palpable dans sa voix m'ébranla. Il fronçait les sourcils, soudainement soucieux, soudainement perdu, je n'aimais pas le voir ainsi.

— C'était très beau, hier soir, murmurai-je.

Pourquoi lui avais-je dit ça ? Je tenais simplement à le rassurer. De quoi au juste ? Aucune idée, je ne savais même pas ce qu'il lui prenait tout à coup, ni à moi d'ailleurs.

— Cela n'avait rien d'extraordinaire, pourtant.

— Peut-être pour vous, mais pas pour moi.

Il emprisonna mon regard dans le sien, qui me sembla encore plus sombre et profond que d'habitude.

Je frissonnai des pieds à la tête. Je fus prise d'une envie subite de m'enfuir.

— Je vais y aller… Xavier doit m'attendre…

Il eut un mouvement de recul.

— Bien sûr.

Il poussa précipitamment la porte du luthier et je partis pour l'hôpital, mettant de côté cette sensation inconnue et déroutante.

– 9 –

Xavier sourit tristement à mon arrivée. L'expression de mon visage devait être tout aussi mélancolique. Je déposai mon sac et mon manteau sur une chaise, je mis les fleurs dans un vase et les présents des uns et des autres sur la table de chevet sans qu'il ouvre la bouche. Il se contentait de m'observer. Puis je m'assis sur le lit près de lui, décidée à oublier nos mots durs et cassants de la veille. Je l'embrassai délicatement et attrapai sa main libre dans les miennes.

— J'ai cru que tu ne viendrais pas aujourd'hui…

— Je suis en colère, mais pas à ce point. Désolée de ne pas être venue plus tôt.

— Je vais essayer de faire des efforts…

Cela ne devrait pas être des efforts. Cela devrait être naturel.

Je serrai sa main plus fort.

— On va se battre, Xavier, on va s'en sortir…

— J'espère, me répondit-il laconiquement.

Je ne relevai pas son ton sinistre et entamai un monologue. Je lui racontai ma reprise du travail, l'état préoccupant de la galerie, mais aussi mon espoir de réussir à redresser la barre. Il m'écouta sans m'interrompre, mais sans jamais chercher à en savoir davantage. À se demander si cela l'intéressait. Je ravalai ma frustration, le manque de lui, même si cela me demandait une énergie folle. Mon optimisme fondait à vue d'œil.

— Les enfants sont en forme, lui appris-je.

— Tant mieux.

Pourquoi ne me demandait-il pas de les lui ramener ? À croire que notre famille ne lui manquait pas. Comment était-ce possible ? Où était passé le père aimant, drôle et attentionné ? Avait-il disparu dans l'accident ? L'homme que j'aimais était-il mort dans l'accident ? Ce serait d'une violente injustice…

— Ils te réclament, tu sais…

— On verra quand je serai debout.

— C'est programmé pour demain ?

Il acquiesça.

Quel enthousiasme !

— À quelle heure as-tu ta séance avec le kiné ? Je fermerai la galerie pour être avec toi.

— Ne viens pas… je préfère que tu ne sois pas là, si jamais ça se passe mal. Je risque de ne pas être très agréable et je t'en fais bien assez baver.

Il avait un petit rictus amusé aux lèvres, je levai les yeux au ciel. D'un côté, sa pseudo-tentative d'humour était bon signe, même si elle tombait à plat et qu'elle était déplacée. De l'autre, je me sentais exclue. Une fois de plus… Maintenant, Xavier me mettait de côté pour un moment primordial de sa guérison.

— C'est toi qui décides.

— Tu passeras après la fermeture de la galerie demain ?

— Bien sûr.

— Avec un peu de chance, je t'accueillerai en béquilles et pas allongé dans le lit.

Il semblait confiant, presque heureux. J'aurais dû saisir l'occasion pour l'encourager, mais je n'avais pas la force de polémiquer, de parlementer, de quémander.

— Mais j'aimerais beaucoup que tu sois là pour le rendez-vous avec le chirurgien. S'il a besoin d'un coup de pouce pour me libérer, tu seras plus convaincante que moi.

Les jours suivants furent pénibles, ils se ressemblaient, au point de me donner l'impression de vivre un jour sans fin. Je passais le matin embrasser Xavier, ensuite je travaillais toute la journée à la galerie. Je fermais en fin d'après-midi pour retourner auprès de lui jusqu'au soir avant de retrouver les enfants pour la fin de leur dîner et le coucher. Au-delà de la satisfaction et du plaisir à exercer mon métier – qui m'avait atrocement manqué, je cessais enfin de me mentir –, reprendre une activité professionnelle m'occupait l'esprit et m'évitait de trop cogiter sur l'autorisation de sortie de Xavier. Dans un moment de faiblesse et pour avoir la paix, j'avais eu le malheur d'évoquer cette possibilité avec les enfants et depuis, chaque soir, ils me demandaient si c'était bon. Leur monde allait à nouveau s'effondrer si l'avis du chirurgien était négatif. Dans l'intervalle, je tentais de préparer un anniversaire, certes moins ambitieux que les années précédentes, Titouan avait accepté qu'il n'y ait pas de copains à la condition qu'on dîne tous ensemble avec son grand-père, sa marraine – Carmen – et Idriss, il était prêt à toutes les concessions du moment que son père était parmi nous. Cela semblait bien parti, Xavier avait réussi à se tenir debout. Il souffrait énormément de son genou gauche, totalement tétanisé après une si longue immobilisation à l'horizontale. Mais grande nouveauté, il s'accrochait pour la première fois, s'investissant enfin dans sa rééducation. Autre nouvelle de taille, il avait accepté les visites – pas celle des enfants, mais Carmen y alla, même mon père put venir le voir, ainsi qu'Idriss. J'aurais d'ailleurs aimé être une petite souris ; entre un Xavier mutique et mon peintre timide, la conversation avait dû être soutenue ! J'eus le droit à chaque fois au compte rendu des uns et des autres. Tout le monde lui trouvait une petite mine et un moral en dents de scie. De mon côté, je l'observais chaque soir, traquant une faille. Je la trouvais dans son regard toujours désespérément éteint, dépourvu de toute lumière. Je me convainquais que j'étais trop impatiente. J'aurais voulu tirer un trait sur tout. Impossible.

La fatigue accumulée ne m'aidait pas non plus à y voir plus clair, à gagner en sagesse. Quand il se réjouissait de ses progrès, cela sonnait faux. Un peu comme s'il regrettait d'aller mieux. Était-ce toujours son inquiétude pour Constance qui le retenait, qui l'entravait ? Il n'en parlait pas et je me gardais bien d'aborder le sujet. Je ne voulais provoquer aucune réaction disproportionnée chez lui, encore moins prendre le risque de déclencher une nouvelle dispute entre nous. Et quelles nouvelles lui aurais-je données ? Je ne voyais plus Sacha, ni à l'hôpital ni chez le luthier. Terrifiée à l'idée d'être envahie par le même sentiment diffus et indéfinissable que la dernière fois, je faisais à présent un détour pour ne plus passer devant chez mon voisin, arrivant à la galerie par l'autre côté de la rue. Je n'arrivais pas à déterminer ce que provoquait en moi le fait de croiser cet homme. Aussi faisais-je en sorte de ne pas y penser, de ne penser ni à lui ni à sa femme.

À trois jours de l'anniversaire de Titouan, nous avions enfin eu rendez-vous avec le chirurgien. J'avais retrouvé Xavier dans sa chambre. Il avait demandé que la consultation ait lieu dans le bureau du médecin et ailleurs qu'entre les quatre murs où il était enfermé. Sa simple demande m'avait surprise, lui qui n'avait encore jamais émis le souhait d'en sortir. Je n'avais pas osé le lui faire remarquer…

Dans les couloirs, dans l'ascenseur, je scrutai le moindre de ses gestes, hermétique à ce qui nous entourait tandis que lui redécouvrait les choses ; ou plutôt, il découvrait l'univers dans lequel il vivait reclus depuis plus d'un mois. On l'avait équipé de béquilles spéciales adaptées à son poignet toujours plâtré. Il avait rapidement pris le pli de se déplacer avec tout son attirail, mais il grimaçait régulièrement. La souffrance permanente était devenue sa plus fidèle compagne. Plus nous approchions de la consultation, plus il se renfermait. Il était inaccessible. Dans la salle d'attente, Xavier s'écroula – à sa façon, en prenant mille précautions et beaucoup de temps – dans un fauteuil. Pâle et en nage, il ferma les yeux d'épuisement. On attendit en silence, je lui tenais la main, pas certaine qu'il s'en rende compte. Ce fut enfin à nous. Le chirurgien l'ausculta longuement, puis il demanda à Xavier de nous rejoindre sur une chaise en face du bureau. Il préféra rester debout, s'asseoir lui demandait trop d'énergie, se relever aussi d'ailleurs. Je me raidis, prête à recevoir la sentence. Surtout ne pas m'écrouler ni piquer de scandale. Le médecin parcourut encore une fois attentivement les résultats du bilan exhaustif que Xavier avait passé ces derniers jours.

— Votre kiné m'a parlé de votre souhait de rentrer chez vous.

Étais-je en train de rêver ? Un retour… un retour définitif et pas simplement une permission de sortie ?

— Vous avez fait beaucoup de progrès cette dernière semaine, un retour à domicile ne pourra que vous stimuler davantage.

Je levai un regard brillant de larmes vers Xavier, me retenant de faire des bonds, de sauter au cou de cet homme en blouse blanche pour le remercier. Xavier restait stoïque, ses yeux morts braqués sur son chirurgien. Il ne me jeta pas le moindre coup d'œil de soulagement, à défaut de bonheur.

— On est dans la suite logique de votre convalescence. Vous n'avez eu aucune complication. On vérifie encore quelques petites choses et dans deux jours vous nous quittez. Vous poursuivrez votre rééducation à domicile et vous viendrez faire des contrôles réguliers.

— Merci, docteur, m'enthousiasmai-je.

Moi qui le détestais jusque-là, je l'aurais presque embrassé. Contrairement à Xavier toujours aussi mutique.

J'attendis d'être dans l'ascenseur pour laisser éclater ma joie. En prenant bien garde à ne pas lui faire mal, je me collai à lui, pris son visage entre mes mains.

— C'est merveilleux ! Tu rentres à la maison !

Je l'embrassai, il répondit froidement à mon baiser. Je le regardai, circonspecte.

— Tu n'es pas content ?

— Si… bien sûr, me dit-il la voix enrouée. J'ai simplement du mal à y croire.

— Les enfants vont être fous de joie.

Pas toi…

— Tu es certaine que c'est ce que tu veux ?

— Enfin, Xavier ! Comment peux-tu me poser une question pareille !

Il essaya de se dégager, à croire que je l'empêchais de respirer.

— Ça va te faire beaucoup de travail de m'avoir à la maison…

— Xavier, chut, l'interrompis-je en posant ma main sur sa bouche. Je suis prête à déplacer des montagnes pour t'avoir avec nous, je vais trouver des solutions. Je dormirai plus tard, j'ai toute la vie pour dormir, mais ce que je veux surtout c'est dormir avec toi. Ne t'inquiète de rien, c'est toi qui dois te reposer d'ici là pour encaisser la joie des enfants. Et je ne te parle pas de celle de Monsieur et Mademoiselle. Prépare-toi au comité d'accueil !

Il piqua du nez, le visage défait, ses mains nouées autour des béquilles tremblaient.

— Mon amour, que t'arrive-t-il ? Parle-moi, je t'en prie.

— Je… je vais vraiment rentrer à la maison ? m'interrogea-t-il tout bas, d'une voix douloureuse.

— Mais oui, tu peux. Tu l'as entendu ?

Il était complètement désemparé. Je me hissai sur la pointe des pieds, passai mes bras autour de son cou pour tenter de le prendre contre moi, sans qu'il réagisse.

— Je te promets que tout va bien se passer, nous allons reprendre notre vie, on va y arriver.

Je dus le lâcher, nous venions d'arriver à son étage. Son repas l'attendait dans sa chambre, il n'y prêta pas attention ou, plutôt, il repoussa le plateau le plus loin possible. Il s'assit sur son lit, je voulus l'aider à installer sa jambe sur le matelas, pour lui éviter de se faire mal. Il me repoussa.

— Il faut que j'y arrive tout seul, maintenant que je rentre.

— Je ne peux vraiment rien faire avant de partir ?

Il secoua la tête et se débrouilla avec sa main valide pour retirer la basket qu'il portait, ensuite, il se laissa aller sur l'oreiller. Je m'approchai de lui et caressai sa joue, ses yeux s'arrêtèrent sur moi.

— Je suis exténué…

— Je reste encore un peu.

— Non, va annoncer la nouvelle aux enfants, murmura-t-il avec un sourire à peine visible.

Je l'embrassai et laissai ma bouche contre la sienne.

— Je t'aime, Xavier…

— Moi aussi.

J'aurais tant aimé qu'il me dise « je t'aime aussi ». J'avais besoin d'entendre des mots d'amour. Patience… un jour ou l'autre, tout rentrerait dans l'ordre. Il était désorienté, je devais le soutenir et le respecter, sans lui mettre une quelconque pression. Je me relevai, récupérai mes affaires et pris la direction de la sortie. Avant d'ouvrir la porte, je regardai par-dessus mon épaule, il avait déjà tourné la tête vers la fenêtre qui donnait sur la nuit noire.

— À demain.

Le silence me répondit.

Je traversai l'hôpital déchirée en deux ; j'aurais aimé pouvoir exprimer mon bonheur du retour prochain de Xavier à la maison, j'avais tellement redouté que ce ne soit jamais possible. Pourtant, j'avais peur, il semblait tellement mal. Était-ce son inquiétude pour Constance et son sentiment de culpabilité qui le retenaient, qui l'étouffaient ? Qu'avait-il en tête, dans son cœur ? Pourquoi ne se déchargeait-il pas sur moi ? J'aurais tant voulu le soulager, l'épauler. Il était comme anesthésié, indifférent à lui-même, à Pénélope et Titouan, indifférent à moi, je ne supportais plus ce vide entre nous. Je lui en voulais de ne manifester aucune joie de rentrer à la maison. Mais je n'aimais pas cette rancœur, cette ambivalence même que je ressentais pour lui, qu'il m'infligeait, qu'il s'infligeait à lui-même. Je devais m'en délester, mûrir, traverser l'épreuve à ses côtés. Un mur s'était érigé entre nous. Notre amour allait être le plus fort, le meilleur des remèdes à son mal-être, j'y croyais, j'y croyais plus fort que tout.

Le vent glacial me cingla, je relevai le col de mon manteau et plongeai le nez dans mon écharpe. À une dizaine de mètres de ma voiture, je distinguai une silhouette qui faisait nerveusement les cent pas en se passant les mains dans les cheveux. Mon cœur – incontrôlable – battit plus vite. Mon pas ralentit à mesure que je reconnaissais Sacha. Que faisait-il ici à cette heure tardive ? Et pourquoi sa présence me mettait-elle dans cet état ? Il dut sentir que quelqu'un s'approchait car il s'arrêta. Il fit quelques pas dans ma direction, je fis de même. On resta sans rien dire, à se regarder dans les yeux, de longs instants, la fébrilité me gagna.

— Bonsoir, Ava…

— Que faites-vous là ?

Il scruta de tous les côtés, comme s'il cherchait la réponse à ma question.

— Je… Comment dire… je…

C'était bien la première fois qu'il bafouillait. Il se reprit en se redressant de toute sa stature.

— En réalité, j'allais partir et j'ai vu votre voiture… alors j'ai décidé de vous attendre.

— Pourquoi ?

— Je voulais avoir de vos nouvelles.

— Moi aussi, je voulais des vôtres.

C'était sorti tout seul.

— Je ne vous ai plus vue passer devant chez Joseph.

— Je passe par l'autre côté de la rue maintenant, lui avouai-je.

Il hocha la tête, mi-amusé, mi-contrarié.

— Mais… vous… vous auriez pu passer à la galerie, j'y suis tous les jours.

— Je sais, je vois les lumières allumées.

Il me fuyait aussi. Je n'avais donc pas été la seule à éprouver cette sensation déstabilisante qui n'avait pas lieu d'être.

— Pourquoi alors m'avoir attendue, ce soir ?

Il arbora un sourire en coin.

— Je vous l'ai dit, je veux savoir comment vous allez.

Je ne pus retenir un rire discret.

— Je vais bien…

— C'est vrai ? insista-t-il, sincèrement heureux.

— Oui… on vient d'apprendre une bonne nouvelle. Xavier a le droit de rentrer à la maison, dans deux jours il quitte l'hôpital.

Brandir la réalité comme bouclier. Sa respiration sembla s'arrêter un bref instant, puis il se reprit malgré son visage tendu.

— Vos enfants vont être fous de joie, et vous aussi, j'imagine.

— Je le suis, lui répondis-je en souriant.

— Et… Xavier ?

Prononcer son prénom lui était vraiment difficile, mais il l'avait fait.

— Il est perdu, il a peur, mais ça devrait lui faire du bien d'être avec nous, j'espère que vous le comprenez.

Il me sourit doucement.

— Constance, comment va-t-elle ?

— Elle souffre un peu moins depuis quelques jours. Les médecins envisagent une nouvelle opération pour sa main, on ne peut pas dire qu'on reprend espoir, mais c'est mieux que rien.

— Je vous souhaite que tout se passe bien. Je l'espère de tout cœur pour vous deux.

Je n'en saurais certainement jamais rien. Je quittais l'hôpital et lui y restait.

— Merci… Je ne vous verrai plus ici, alors ?

Incapable de lui répondre, gorge serrée, je baissai les yeux. Une rafale de vent me fit trembler, j'avais oublié qu'il faisait froid. Sacha fit un pas vers moi, mais se ravisa.

— Rentrez au chaud dans votre voiture. Je n'aurais pas dû vous retenir si longtemps.

— Si, vous avez eu raison, lui rétorquai-je, sans réfléchir.

Je perdais à nouveau le contrôle, je n'avais pas envie de partir. Pourtant il le fallait. Impérativement. Il fallait que tout cela cesse. J'appuyai sur ma clé de voiture, le bip me fit sursauter. Sacha ouvrit ma portière et se décala pour que je m'installe au volant. Je balançai mon sac à l'intérieur et lui fis face, une dernière fois. Il était toujours là, la main sur la poignée. Nos yeux s'enchaînèrent pendant ce qui me sembla une éternité.

— Sacha, je…

Je soupirai, désemparée, troublée. Que dire ? Rien. Son visage se ferma davantage encore.

— Faites attention à vous en rentrant. Au revoir, Ava.

— Au revoir, Sacha.

Je m'assis enfin dans ma voiture, il ferma la portière doucement et s'éloigna. Je démarrai, quittai ma place sans chercher à échanger un dernier regard, mais sans pouvoir m'empêcher de lancer un coup d'œil dans le rétroviseur. Je le vis tourner les talons, passer une main nerveuse dans ses cheveux, puis se redresser en accélérant le pas. Durant tout le trajet, je déroulai à nouveau le fil de notre conversation, ce que j'avais ressenti. Je ne comprenais pas. Cela n'avait aucun sens. Je devenais folle. Le manque de sommeil me faisait complètement déraper, sortir de la route. J'avais été parachutée dans un monde parallèle. Ce quart d'heure n'avait jamais existé. J'allais oublier, verrouiller. J'étais véritablement trop sensible et fragilisée par ce qui nous arrivait. La moindre marque d'attention me remuait, me perturbait. J'étais avide du moindre geste de soutien. Rien. Il n'y avait rien. Rien du tout. La sortie de Xavier tombait à point nommé. Je ne le reverrais plus jamais. Jamais.

Jusqu'au grand jour, je trouvai à peine le sommeil tant je ruminais sur tout ; comment se passeraient les retrouvailles de Xavier avec nous, avec la maison ? Serait-il détendu, à son aise ? J'avais tant à faire dans la journée que je ne pouvais me préoccuper de tout ce qui me passait par la tête. Je m'appliquai à remettre la maison en état – j'avais mis de côté le rangement – et rendre à notre chambre sa chaleur, recréant au maximum notre nid d'amour, pour qu'il se sente bien, qu'il se sente chez lui. Pour qu'il oublie l'odeur de l'hôpital, la raideur des draps. L'impatience enflait de jour en jour en moi à l'idée de repasser enfin mes nuits avec mon mari. Je canalisais tant bien que mal l'excitation des enfants à l'idée du retour de leur père. Mais leur joie m'aidait à mettre de côté mes tourments et mes inquiétudes, elle m'aidait aussi à étouffer les emballements de mon cœur quand l'impensable se frayait un chemin dans mon esprit. En rasant les murs dans la rue de la galerie et ceux de l'hôpital, je réussis à ne pas croiser Sacha et lui s'abstint de me surprendre en m'attendant à ma voiture ou en débarquant à la galerie. J'étais soulagée de ramener enfin Xavier à la maison avec moi. De tourner le dos à l'hôpital.

Je vins le chercher avec la voiture familiale, ma citadine n'étant pas franchement adaptée aux béquilles. Pour la dernière fois, je traversai ce parking dont je connaissais chaque recoin, chaque place, même si j'avais l'impression d'en avoir une attitrée. Mon ventre, mon corps tout entier étaient noués d'impatience, d'anxiété. J'avais rêvé de cet instant, sans m'autoriser à croire à sa réalité. Je désirais tellement que tout se passe au mieux, pour tout le monde. Mais dernièrement, j'avais appris que rien ne se passait comme prévu. Avant de retrouver Xavier, j'offris des cadeaux à toute l'équipe pour les remercier de s'être aussi bien occupés de lui. Il m'attendait dans sa chambre, en faisant à sa manière les cent pas, incapable de rester en place, visage fermé.

— Tu es prêt ?

Hormis un petit sac de voyage qui ne contenait pas grand-chose d'autre que les médicaments que l'infirmière lui avait donnés plus tôt et quelques vêtements, il repartait avec un immense dossier et ses fichus radios importables qui prenaient une place folle. Je l'aidai à enfiler le manteau que je lui avais apporté. Je savais qu'il pensait – tout comme moi – à son blouson de cuir.

— Allons-y, soupira-t-il.

Dans le couloir, il prit le temps de dire au revoir et de remercier tout le monde, avec une extrême gentillesse, le Xavier que j'avais toujours connu. Plus on s'approchait de la sortie, plus je me sentais légère, je souriais de plus en plus, contenant bien difficilement mon excitation. Je m'étais glissée dans la peau d'une petite fille trépignant du pied pour que Noël arrive plus vite. Dans l'ascenseur, il sourit enfin, un peu plus franchement que ces derniers jours.

— Ça va me faire drôle de sentir l'air frais.

En quittant la cabine, il marqua un temps d'arrêt et observa le hall autour de lui.

— J'avais oublié à quoi ça ressemblait, m'apprit-il. Qu'est-ce que c'est glauque… Quand je pense au temps que tu y as passé !

Je lui souris pour le rassurer, il me répondit avec une lueur d'amour dans les yeux. Des larmes de bonheur montèrent dans les miens. Je m'abandonnai quelques secondes contre son épaule, pour compenser mon impossibilité à me blottir dans ses bras, il enfouit son visage dans mes cheveux et y déposa un baiser. Mon cœur se gonfla d'espoir, la sérénité m'envahissait. Il faisait un pas vers moi…

— Ramène-moi à la maison avant que les enfants et Monsieur et Mademoiselle démolissent tout parce qu'on est trop long !

Les enfants se gardaient tout seuls, j'avais épargné à Xavier un trop grand comité d'accueil, je sentais qu'il n'aurait pas apprécié. Il rit pour la première fois depuis l'accident en imaginant le carnage. Je n'en revins pas et je savourai ce son, le plus doux, le plus mélodieux qu'il m'ait été donné d'entendre ces derniers temps. Était-ce possible d'être si heureux après ce que nous venions de traverser ? Le sang reflua soudainement de mon corps. Sacha arrivait en face de nous, lui aussi nous avait vus. Depuis combien de temps nous observait-il ? Ma respiration s'accéléra de peur qu'il s'en prenne à celui qu'il considérait comme le bourreau de sa femme, mais également parce que je réalisais avec effroi qu'il me manquait. Je me faisais horreur. Il ralentit son pas en s'approchant de nous ; il détailla Xavier des pieds à la tête, je retrouvai la noirceur et la violence de son regard la nuit de l'accident. Je le fixai, cherchant à attirer son attention, qu'il me remarque, qu'il se concentre sur moi et pas sur mon mari. Xavier dut se sentir observé, il releva la tête. Avant que leurs regards ne se rencontrent, Sacha riva ses yeux aux miens, ils s'adoucirent instantanément, mais je sentais qu'il avait mal, qu'il était écartelé, tout autant que moi. Et nous nous croisâmes tous les trois, Sacha me frôla, le tissu de son pardessus glissant sur ma main, et poursuivit son chemin. Xavier s'arrêta et se tourna vers lui.

— Qui est-ce ?

Je pris une seconde avant de regarder à mon tour par-dessus mon épaule. Oser affronter la réalité. Sacha entra dans la cabine d'ascenseur et nous fit face, visage défait.

— Ava ! Qui est-ce ?

— Sacha… le mari…

— De Constance.

Xavier entama difficilement son demi-tour, je le retins.

— Non ! Xavier, n'y va pas.

Sacha, sans nous quitter des yeux, appuya sur un bouton et les portes se refermèrent sur lui. J'eus le temps d'apercevoir la détresse agressive de ses traits.

— Pourquoi ? Ava, pourquoi tu ne m'as pas dit que c'était lui ? Je dois aller le voir, je dois m'excuser…

Il tentait encore de retourner vers les étages, je lui fis barrage avec mon corps.

— Non, Xavier… Laisse-le tranquille, s'il te plaît. Accorde à tout le monde une trêve, je t'en prie.

— Mais…

— Tu n'y es pour rien à la fin ! Pense aux enfants ! m'énervai-je, les joues baignées de larmes.

Je n'étais pas fière d'utiliser Pénélope et Titouan, mais je n'avais pas le choix. Je refusais que tout soit gâché, qu'il perde pied maintenant. Impossible de savoir ce qui se passerait s'il y allait, si Xavier les trouvait. Comment deviner la réaction de Sacha ? J'aurais tellement souhaité lui épargner cette rencontre furtive, cette rencontre qui n'en était pas une. J'avais essayé de tout prévoir, mais je n'avais pas pensé à ça. Nous étions voués à toujours nous croiser. Je m'évertuais pourtant à l'éviter depuis des jours… En réalité, pour une tout autre raison que protéger Xavier. En étais-je aussi sûre ? Je protégeais mon mari de cet homme…

— Sortons d'ici, grogna-t-il. J'étouffe.

Moi aussi.

Il exposa son visage au ciel et inspira profondément. Je dus le soutenir quelques secondes, son équilibre était précaire alors qu'il se retrouvait pour la première fois à l'extérieur. Quand il se sentit assez solide sur ses jambes, nous rejoignîmes en silence la voiture. Sa respiration était hachée par l'effort qu'il fournissait. Être dehors, habillé, dans le froid, l'humidité, les bruits lointains de la circulation, tout devait l'agresser. Quand Xavier arrêterait-il de souffrir dans son corps, dans son cœur ? Il prit son temps pour s'asseoir sans se faire mal, j'attrapai les béquilles et les rangeai dans le coffre. Avant de monter à mon tour, je ne pus m'empêcher de regarder la façade de l'hôpital, vers sa chambre désormais vide. Dire adieu à cet endroit et à tout ce qu'il me rappelait. Je m'engouffrai dans la voiture, incapable d'allumer le moteur.

— On va essayer d'oublier ? lui proposai-je.

— Je n'oublierai jamais.

— Je sais… Pardon, je n'aurais pas dû dire ça…

— Quoi qu'on fasse, quoi que je fasse, cette femme est entrée dans ma vie et je n'y peux rien.

Et son mari a fait partie de la mienne.

— Je n'ai pas eu le courage de la chercher, alors que j'aurais dû fouiller l'hôpital avant de partir… Un jour ou l'autre, il faudra que je la voie, que je leur parle peut-être même à tous les deux… J'ai besoin de m'excuser…

Non, il faut arrêter d'y penser…

— Rentrons chez nous.

La maison avait survécu. Les enfants, respectant leur parole, ne sautèrent pas sur leur père, même si ce n'était pas l'envie qui leur en manquait. En revanche, impossible de retenir Monsieur qui jappait, bondissait dans tous les sens, ce qui fit rire et émut Xavier. Escorté par les enfants, il traversa tant bien que mal le séjour et s'installa dans le canapé pour laisser notre chien l'accueillir comme il se doit. L'espace d'un instant, son visage se détendit, exprima même de la joie. Xavier et ses animaux. Il s'amusa de la distance de Mademoiselle qui rôdait dans la pièce sans lui accorder un regard, préférant se frotter à mes jambes.

— La teigne, elle me fait la tronche.

Toute la famille éclata de rire. C'était bon. Un rêve qui se réalisait. Pénélope et Titouan, durant notre absence, nous avaient préparé une surprise ; un goûter en famille. Je n'osai imaginer l'état de la cuisine. Ma grande – petite – fille avait fait un chocolat chaud géant, Titouan avait disposé sur une assiette des biscuits et des Smarties. Ils débarquèrent avec le plateau dans le salon, insistèrent pour que je m'asseye à côté de Xavier et voulurent nous servir. Je retenais difficilement mes larmes. Nos enfants s'installèrent par terre, tout près de nous. J'aurais voulu que cet instant n'ait pas de fin, que l'on reste tous les quatre comme ça, heureux, au chaud, oublieux de tout, du drame et de la peine.

— Tu m'expliques le programme ? me demanda Xavier. J'imagine que nous n'allons pas rester en petit comité.

— Titouan a renoncé à un anniversaire avec des copains. En revanche, nous avons mon père, Carmen et Idriss ce soir. Ça te convient ?

Après ces retrouvailles et cette agitation, Xavier fut pris d'un coup de fatigue et s'allongea sur le canapé. J'envoyai les enfants dans leur chambre. Pendant ce temps-là, je m'attelai aux préparatifs du dîner en passant toutes les deux minutes de la cuisine au salon, j'avais besoin de le surveiller, de l'observer, et de m'assurer de sa présence – certes silencieuse – à la maison. C'était étrange, j'avais perdu l'habitude que mon mari soit là, chez nous. Entre son voyage d'un mois et toutes ces longues semaines d'hospitalisation, j'avais pris de nouveaux repères chez nous, mon espace vital avait changé. Je devais réapprendre sa présence. Apprendre la présence d'un presque inconnu chez moi. Je ne savais plus ce qu'était être deux. L'ambiance était particulière, je faisais attention au moindre bruit, j'étais sur le qui-vive, prête à réagir s'il m'appelait, prête à répondre au moindre de ses besoins, prête à faire taire les enfants par n'importe quel stratagème. Il ne dormait pas ; les yeux dans le vague, il semblait très loin, en pleine réflexion et le sourire qu'il affichait plus tôt à son arrivée et avec les enfants avait disparu. J'étais perdue, ne sachant que faire, pour qu'il soit à nous, à moi.

Vers 19 heures, je m'approchai de lui à pas de loup et m'agenouillai à côté du canapé, je caressai ses cheveux, il me fixa.

— Ça va ? chuchotai-je.

Il acquiesça.

— Je leur ai dit de ne pas venir trop tard pour que la soirée ne s'éternise pas. Je vais monter me changer, histoire de me faire belle pour toi.

— Comme tu veux.

J'aurais aimé entendre d'autres mots.

— J'ai préparé ce qu'il nous fallait pour que l'on dorme dans le salon, pour t'épargner de monter l'escalier.

— Je ne suis pas rentré à la maison pour dormir sur le canapé, me rétorqua-t-il.

Il me fallut quelques secondes pour encaisser son ton sec.

— Tu n'as besoin de rien ?

— Approche simplement mes béquilles, et ce sera parfait.

Je m'exécutai et pris la direction de l'étage. Avant de m'occuper de moi, je fis un passage chez les enfants et leur demandai d'aller tenir compagnie à leur père. Ils n'attendaient que mon signal et dévalèrent l'escalier. Je leur faisais confiance pour que tout se passe au mieux. Xavier en ferait-il autant ? Serait-il un minimum délicat avec nos enfants ? Je récupérai la tenue que j'avais minutieusement préparée avant d'aller à l'hôpital. Malgré son manque d'enthousiasme, je ne changerais pas d'avis, je me ferais la plus jolie pour lui, comme si souvent, comme avant, comme chaque fois que nous fêtions un événement. Je restai de longues minutes sous la douche, l'eau très chaude me détendit à peine, incapable de combattre le malaise qui enflait. Je n'arrivais pas à m'ôter de la tête que Xavier n'était pas heureux d'être là. Je ne doutais pas que durant de furtifs moments, il était bien avec nous, mais cela ne durait jamais longtemps. J'avais mal ; le chagrin m'étranglait. Enroulée dans ma serviette, je démêlai mes cheveux et découvris pour la première fois au milieu de l'auburn quelques mèches blanchies. J'avais vieilli, mes rides d'expression étaient moins malicieuses qu'avant, me rappelant que j'avais moins ri, moins souri, elles avaient décidé de montrer l'épreuve et plus le bonheur. Mon regard croisé dans le miroir me fit peur, il était désorienté, presque hagard et d'une tristesse absolue. Comment était-ce possible ? Xavier était à la maison, pourtant j'étais atrocement seule.

Embourbée dans mes inquiétudes, dans mes sentiments confus. Mon esprit vagabonda vers l'hôpital, vers Sacha qui était avec sa femme. Se sentait-il aussi seul que moi ? Avait-il lui aussi le sentiment que sa femme était devenue une étrangère ? Si seulement, je pouvais lui parler, le voir. Pensait-il à moi ? La nausée me gagna. Je me retins de démolir mon image dans le reflet. Je devais arrêter immédiatement, me concentrer sur l'essentiel, sur Xavier, sur la joie des enfants. Je me détestais. Je n'imaginais pas que l'on puisse devenir égoïste dans un moment pareil. Je ne me reconnaissais pas.

Ava. Ressaisis-toi. Oublie. Prends soin des tiens, de ton amour.

Si un inconnu avait débarqué à l'improviste chez nous, il aurait découvert une famille comme les autres en train de fêter un anniversaire. Il se serait amusé de l'excitation des enfants, particulièrement du plus petit, impatient de déballer ses cadeaux. Il aurait noté la décoration de table et aurait été un peu surpris par les paillettes dorées, en déduisant que les enfants y étaient pour quelque chose, à moins que ce ne soit la meilleure amie exubérante, mais néanmoins charmante et aimante qui s'en soit chargée. Il aurait ri de la stupéfaction du peintre, intimidé d'être parmi eux comme l'un des leurs. Cet inconnu aurait eu l'eau à la bouche devant la ronde des plats. Il aurait bien trempé ses lèvres dans une flûte de champagne. Il n'aurait pu passer à côté du regard attendri du grand-père au milieu de sa tribu, mais qui semblait particulièrement attentif à sa fille, la regardant très souvent alors qu'elle dévorait des yeux son mari, des étoiles d'émotion dans les pupilles. Il aurait évidemment remarqué que le papa était bien amoché, pas terrible, mais à première vue rien de trop grave, puisqu'il était rentré chez lui. Cette personne se serait dit que tout le monde était heureux, que tout allait bien dans cette jolie famille et serait repartie sans gratter la surface de la belle image. Mais s'il était resté, et qu'il avait pris le temps de mieux observer, il aurait vu tout autre chose. Il aurait fini par s'interroger sur le regard du papa bien souvent – trop souvent – dans le vague, il aurait même eu l'impression que cet homme ne se sentait pas à sa place. Il se serait demandé pourquoi il mangeait à peine et surtout pourquoi il n'entendait pas toujours ses enfants lui parler. S'il avait écouté davantage les conversations, il aurait remarqué qu'on ne parlait que de la pluie et du beau temps. Il aurait fini par réaliser que les conversations étaient entretenues en grande partie par les trois invités et les enfants. Et puis, son attention aurait fatalement été attirée par la tristesse de la maman, elle n'avait pas l'air de se sentir bien. Il l'aurait trouvée inquiète, à vif, terriblement angoissée par l'attitude distante de son mari. Il aurait vu qu'elle mettait tout en œuvre pour que personne ne s'en rende compte, quitte à s'épuiser encore et encore. Il aurait eu du mal à cacher son étonnement que la soirée prenne fin si tôt… Sur le seuil de la porte, il aurait regardé les sourires encourageants des invités, les mains frottées affectueusement dans les dos du papa et de la maman. Il serait resté encore un peu pour en savoir plus. Il aurait été touché par les bisous des enfants sur les joues de leur papa et aurait suivi des yeux la maman qui montait les coucher. Il n'aurait pu passer à côté du soupir épuisé, ni de l'expression de douleur colérique du papa une fois qu'il se serait retrouvé seul. Ou plutôt qu'il se serait cru seul, car sa femme n'aurait pu s'empêcher de l'observer depuis le palier. Il l'aurait vue endosser à nouveau, mais avec beaucoup de difficulté, son masque de « ça ne va pas si mal » quand elle serait redescendue des chambres. L'inconnu aurait observé cette femme s'activer pour tout ranger, balayant gentiment les excuses de son mari de ne pouvoir l'aider. Il se serait accordé une dernière curiosité, les aurait regardés aller se coucher. Il les aurait vus entamer une périlleuse et lente montée de l'escalier, en sentant le poids sur leurs épaules et il aurait compris que malgré l'amour indéniable entre ces deux-là, il ne se ferait pas durant cette nuit de retrouvailles.

Monter un escalier avec des béquilles et une jambe totalement raide était un parcours du combattant. Xavier serra les dents jusqu'à la dernière marche.

— On aurait vraiment dû rester en bas, lui dis-je.

— Je te l'ai déjà dit, le problème est réglé, je dors dans notre chambre.

Il s'enferma dans la salle de bains. Normalement, nous y allions ensemble. Je restai bras ballants et gorge serrée devant la porte close. Elle était une barrière, un rempart même entre nous. J'attendis qu'il en sorte pour prendre sa place, je me brossai les dents sans traîner, après avoir entendu ses béquilles tomber avec fracas.

— Merde ! Mais quel con, je vais réveiller les enfants.

Quand je le rejoignis, je le trouvai en train de se débattre pour se déshabiller tout seul.

— Je vais t'aider.

— Non !

— Si, laisse-moi faire, s'il te plaît. Tu dois être crevé, ce n'est pas la peine de t'en rajouter une couche.

Nous aurions dû étouffer nos rires face à ma difficulté à lui retirer son pantalon. À la place, je n'osai croiser son regard, sachant que j'y trouverais du malaise, de la gêne ou même du dégoût de lui-même. En lui enlevant sa chemise, j'aurais dû laisser courir mes mains sur sa peau et lui m'aurait attirée contre son torse. Je fis en sorte de ne pas le toucher de peur de rencontrer une cicatrice inconnue et lui s'écarta au maximum.

— Dors à ma place, ça va être plus confortable pour toi, lui proposai-je.

J'avais toujours dormi à sa gauche.

— Pour toi aussi, me répondit-il.

Sans dire un mot, il se coucha. Je me déshabillai à mon tour, en lui tournant le dos, comme si ma nudité pouvait le déranger, j'enfilai à la hâte mon pyjama et me glissai du côté droit du lit. J'éteignis la lumière et attendis, les yeux rivés au plafond. Il ne bougeait pas, moi non plus. J'étais incapable de m'approcher de lui. J'avais peur qu'il me repousse et j'avais peur de ne pas le reconnaître. Était-ce un étranger dans le lit, à côté de moi ? À son odeur, oui, c'était un étranger. Qu'il sente l'hôpital à l'hôpital était devenu une habitude. Mais qu'il sente l'hôpital à la maison, dans notre lit, m'agressait. Depuis le premier jour, j'avais le sentiment que notre corps avait été coupé en deux, c'était bien arrivé. Nos corps ne s'appelaient plus, ne s'aimantaient plus. Je ne pensais pas au désir, j'en étais même très loin, non je pensais simplement au réconfort, au bonheur et à l'apaisement de nous retrouver, de nous toucher, pour nous faire comprendre que tout allait s'arranger.

— Réveille-moi, si ça ne va pas.

— Ne t'inquiète pas pour moi.

Une fois de plus, je comprenais que j'avais la fâcheuse tendance à tout idéaliser. J'avais bêtement cru que son retour, cette première nuit enfin réunis, nous mettrait, le mettrait sur le chemin de la guérison. Nous en étions encore très loin.

– 10 –

Mes nerfs et ma résistance furent mis à rude épreuve les deux semaines suivantes. Non pas que Xavier me demandait beaucoup de temps. Il passait ses journées à la maison, rythmées par la visite quotidienne du kiné et parfois celle de Carmen qui se faisait un plaisir de déjeuner avec lui. Mais lorsqu'elle ressortait de chez nous, elle avait les plus grandes difficultés à masquer sa sidération face à son attitude. Je faisais régulièrement des sauts de puce pour m'assurer qu'il allait bien puisqu'il ne répondait pas à mes appels, il n'avait pas conscience de mon inquiétude. Quand je débarquais en trombe, la plupart du temps, il exprimait une surprise indifférente.

Le problème : sa présence pesante et l'absence d'amélioration au niveau de son moral. J'avais le sentiment qu'il se laissait de plus en plus dépérir. Il se renfermait chaque jour davantage sur lui-même. Que je ne le reconnaisse plus à l'hôpital avait presque fini par me sembler normal, mais pas chez nous ! Je m'étais convaincue que cela passerait après quelques jours. Mais non. Stagnation. Pire. Dégradation.

Il m'arrivait de me demander si l'hôpital ne lui manquait pas, particulièrement lorsqu'il se battait avec son corps pour se relever la nuit pour allumer la lumière sur le palier et qu'il laissait la porte de notre chambre entrouverte. En tournant le dos à l'hôpital, je pensais pouvoir enfin lui être utile pour se soigner. Mais même à la maison, j'étais désarmée et impuissante. Ne lui servir à rien nourrissait la frustration et aggravait ma rancœur. Il refusait toute aide de ma part, alors que les plus simples gestes du quotidien lui étaient bien souvent pénibles. Sa souffrance de devoir dépendre des autres – de moi – était palpable, son malaise criant. Cela le rendait certainement fou, mais plutôt que d'essayer de se battre pour retrouver un tant soit peu de maîtrise de son corps, il préférait s'enfoncer. Sans m'en parler. Sans se confier à moi. Maintenant qu'il était à la maison, dans son environnement, au milieu de nous, son état me sautait encore plus aux yeux. Je souffrais dans mon corps de le voir si mal, lui si fort, si sûr de lui, avant. Certes, il n'était plus – pour le moment – lui-même physiquement, mais c'était impossible d'imaginer qu'il ait à ce point changé au fond de son être. Inimaginable de songer que l'homme que j'avais connu jusque-là avait disparu à jamais. Chaque instant relevait de la lutte pour ne pas le brusquer. À certains moments, lorsque nous étions dans la même pièce, je sentais mes poings se serrer, mes ongles rentrant dans ma paume pour canaliser la colère qui enflait, malgré moi, malgré mon amour et mon inquiétude.

Il aurait pu aller à la clinique, ne serait-ce que pour en faire le tour, rencontrer son remplaçant ; je lui avais proposé de le déposer, tout comme mon père et Idriss, rien à faire, il refusait catégoriquement, sans fournir d'explication à ce rejet de son métier. Même parler au téléphone avec celui qui occupait temporairement sa place n'était pas envisageable. Il m'incombait également de filtrer les appels ou de répondre à ses questions du mieux que je pouvais. Il ne voulait pas plus sortir de la maison, pas même faire un tour dans le jardin. Je ne savais pas ce qu'il attendait. Nos seules conversations se résumaient aux comptes rendus sommaires de ses séances de rééducation, sinon j'entretenais des monologues… Dès que j'essayais d'aborder d'autres sujets, il se braquait. Xavier avait toujours été mutique quand il était contrarié, mais au-delà de son silence quasi permanent, son caractère avait changé. Il se mettait en rogne pour un rien, n'avait aucune patience avec les enfants à qui, en toute honnêteté, nous n'avions rien à reprocher. Je ne parlais même pas de moi. Il ne s'intéressait pas à ce que je faisais pour la galerie. Il n'était qu'indifférence et désintérêt pour l'exposition qui approchait à grands pas. Quand je lui avais suggéré de venir, j'avais reçu une fin de non-recevoir à peine polie. Pourtant, il lui restait encore du temps d'ici-là pour se retaper.

Nos contacts physiques étaient inexistants ; le soir lorsque nous nous couchions, c'était chacun de son côté, pas une caresse, pas un baiser. Aucun geste tendre. Je ne savais plus ce qu'était la sensation d'être prise dans les bras, d'être effleurée ou d'étreindre l'homme que j'aimais. Le manque de chaleur broyait mon cœur. On m'avait privé de la moitié de mon corps et celle qui me restait était devenue froide ; mon épiderme, ma bouche, mes sens s'étaient endormis. Cela pouvait paraître fou, mais je n'avais pas revu mon mari nu depuis son accident, il se barricadait dans la salle de bains, refusant toute compagnie… Et il s'interdisait d'y entrer lorsque je m'y trouvais, ce qui avait pour conséquence ma pudeur, car j'étais devenue pudique devant Xavier. Mon corps n'existait plus pour lui et le sien devenait un fantasme de plus en plus lointain.

Pour son premier rendez-vous de contrôle à l'hôpital depuis sa sortie, je ne servis que de taxi. Alors que j'avais dû fermer la galerie en plein après-midi pour l'emmener, Xavier attendit d'être arrivé pour m'annoncer qu'il préférait que je ne l'accompagne pas à la consultation. Il me planta, sans un mot de plus, sans un remerciement dans le hall. Ma patience atteignait ses limites, j'étais à bout. La colère prenant le pas sur le reste, plutôt que de faire les cent pas en ruminant, je décidai de patienter à la cafétéria, où j'étais à peu certaine de ne croiser personne. De ne pas croiser Sacha, devrais-je plutôt dire. Étais-je triste de ne l'avoir jamais revu ? Soulagée ? Déçue ? Pourquoi me torturer avec une telle question ? Pour ma part, ce couple était sorti de notre vie, je m'appliquais méthodiquement à ne jamais penser à eux – à lui. Qu'en était-il du côté de Xavier ? Il ne m'en avait plus reparlé depuis son départ de l'hôpital.

Moi non plus. *Eux* planaient comme une menace au-dessus de nous. Une menace devenue taboue. Qui nous rongeait l'un comme l'autre…

Le café était toujours aussi infect, je repoussai mon gobelet et tentai de travailler. Les artistes ainsi que mes collectionneurs semblaient rassurés sur ma conscience professionnelle, mais hors de question de me contenter de si peu. Pourtant, après peut-être un quart d'heure, ma concentration fut perturbée. Je scrutai la salle de tous côtés et me sentis mal. À quelques tables de la mienne, je rencontrai les yeux noirs de Sacha braqués sur moi. Il n'était pas là quand je m'étais installée, il était donc arrivé après moi et s'était assis de façon à me voir, sans s'imposer. Je m'étais voilé la face. J'avais voulu me convaincre qu'il était sorti de ma vie. Erreur. Mon corps fut traversé d'une décharge comme si un manque venait d'être comblé. Pas l'ombre d'un sourire sur son visage, il se contentait de me fixer intensément. Le temps s'étira, sans que ni l'un ni l'autre ne brise ce contact. Parfois des personnes passaient entre nous et nous cachaient la vue de l'autre une seconde, nous ne bougions pas. Le soulagement de le voir à la même place était aussi dévastateur que s'il avait disparu. Je n'arrivais pas à lui échapper. Le voulais-je ? Il n'était pas question de vouloir. Il était question de devoir. Me soustraire à son pouvoir devenait impératif. L'unique solution : partir, mettre un terme à tout cela. J'attrapai maladroitement mon téléphone, mon sac, pris une grande inspiration, car pour quitter cet endroit, il fallait passer à côté de lui. Il se leva à son tour.

— Je ne pensais pas vous trouver ici, m'annonça-t-il, sinon je ne serais pas venu.

— Moi non plus, vous ne me sembliez pas être un adepte de leur café.

Il afficha un sourire sarcastique durant un instant. Quelques secondes nous narguèrent en silence, juste nos regards soudés.

— Vous... vous m'avez...

Mon portable sonna dans ma main et m'interrompit au bon moment. Le prénom de Xavier sembla écrit dix fois plus gros que d'habitude. Sacha qui n'avait pu passer à côté fit un pas en arrière. Je décrochai tout en restant sous l'emprise de l'homme face à moi.

— Oui, Xavier ?

— Je suis sorti. Où es-tu ?

— Je te rejoins à l'ascenseur.

Je coupai la conversation. Réalité. Morale. Devoir. Responsabilité. Soupir.

— Comment va Constance ?

Il soupira à son tour.

— L'opération n'est plus d'actualité pour le moment.

— Je suis désolée de l'apprendre, j'espère que ce sera pour bientôt... Je dois y aller.

— Bien sûr.

Je ne bougeai pas. Lui non plus.

— Je suis heureuse de vous avoir vu.

C'était plus fort que moi, il fallait que je le lui dise. Il me sourit, je me sentis instantanément mieux et plus mal à la fois. Pourquoi ne partais-je pas ?

Nos corps se penchèrent l'un vers l'autre, ma respiration s'accéléra, son regard s'assombrit. Mon téléphone se manifesta encore une fois, faisant à nouveau entrer l'air dans mes poumons. L'espace d'une seconde, je n'avais plus été moi-même.

— Je dois vraiment y aller. Il va…

En le dépassant, je marquai un temps d'arrêt et tournai mon visage vers le sien, il eut le même réflexe. Nous étions si proches que c'en était douloureux. Je m'arrachai à cette proximité et courus jusqu'à l'ascenseur où Xavier m'attendait.

— Qu'est-ce que tu faisais ?

— Désolée, je…

Mon portable que ma main était en train de broyer me donna une porte de sortie.

— Un mail urgent. Comment cela s'est-il passé ?

— Ça suit son cours.

— Bonne nouvelle !

Il haussa les épaules, de cet air indifférent qui ne le quittait plus, comme s'il n'était pas concerné.

— Tu me ramènes à la maison ?

Je traversai le reste de l'après-midi dans le brouillard, le ventre noué dès que mon esprit s'envolait vers Sacha. Je ne pouvais pas être attirée par lui. Impossible. Jamais je n'avais regardé un autre homme que Xavier depuis notre rencontre, il y a plus de quinze ans. J'aimais éperdument mon mari, malgré nos soucis, ses défauts, je l'aimais d'ailleurs pour ses défauts. Je ne comprenais pas. Ma fragilité était la seule coupable, c'était elle qui me faisait penser à Sacha d'une façon inconvenante. Je faisais taire la petite voix dans ma tête me soufflant que je me trompais. Dans un autre contexte, je ne l'aurais même pas vu, je n'aurais pas été sensible à sa présence.

Après le dîner, alors que je finissais de ranger la cuisine, je crus défaillir en entendant dans mon dos la question de Xavier :

— À tout hasard, quand tu m'attendais à l'hôpital, tu n'aurais pas croisé le mari de… ?

Heureusement, il ne vit pas mon expression paniquée. Il n'y avait aucune suspicion dans sa voix, pourtant :

— Non.

À cet instant, mon cœur cessa de battre. Je venais de mentir à Xavier. Avais-je le sentiment d'avoir fait quelque chose de mal en croisant Sacha ? Aucune idée. Bien sûr que si, j'en avais une idée…

— Pourquoi ? réussis-je à lui demander.

Je me retournai, espérant avoir retrouvé un visage normal, mon mari avait disparu.

Quand je le rejoignis un peu plus tard avec deux tasses de tisane – comme si une infusion de tilleul pouvait m'aider à dormir –, j'eus la bonne surprise de le trouver avec son ordinateur portable sur les genoux. Pour la première fois, il manifestait un intérêt pour la vie « normale », et en plus il était extrêmement attentif à ce qu'il lisait. Je me pris à rêver que les choses rentraient dans l'ordre. Je m'assis à côté de lui dans le canapé, lui tendis un mug, qu'il refusa d'un mouvement de tête. J'aurais tant aimé me lover contre lui, je m'approchai plus près et m'installai plus confortablement sur le canapé, glissant mes jambes sous mes fesses. J'avais envie de caresser ses cheveux. Auparavant, j'aurais touché mon mari spontanément, instinctivement, parce que j'aimais sentir sa peau. Pourquoi me l'interdirais-je ? Qui me l'interdisait ? Personne.

— Que regardes-tu ? lui demandai-je distraitement.

Je dégageai ses cheveux de son front, il ne réagit pas. Mon contact le laissait de glace.

— Je me renseigne sur elle… On ne sait rien, en fait.

Ma main se retira automatiquement, comme si je venais de me brûler.

— Pardon ? lui demandai-je la voix trop haut perchée.

Cela ne m'était jamais venu à l'esprit de faire des recherches sur eux, sur elle. Sur lui.

— Il faut que je sache qui elle est. C'est étrange de découvrir vraiment son visage… je n'ai que des flashes de l'accident, il faisait nuit et je n'avais pas toutes mes capacités.

Il lisait avec attention, il détaillait des photos.

— Je peux la voir ?

Ma curiosité l'emportait ; moi aussi, j'avais soudain besoin de me confronter à cette femme. Je pris une position moins alanguie, l'heure n'était plus aux tentatives de rapprochement avec Xavier, il posa l'ordinateur sur mes genoux. Et je vis Constance.

Sa beauté ne me surprit pas. Elle ressemblait à une princesse délicate, distinguée mais pas hautaine. Une douceur communicative émanait d'elle, peut-être était-ce dû à sa blondeur pâle et naturelle, ses yeux bleus dans lesquels il devait être agréable de se noyer. Il me la montra en train de jouer du violon, elle était plus magnifique encore, habitée par sa musique, comme j'avais vu Sacha l'être ; elle volait, planait, sourire aux lèvres. Un ange.

— Je l'ai détruite.

Je m'arrachai à la contemplation de cette femme pour revenir à Xavier. Il ne la quittait pas des yeux, visage tétanisé par la douleur, la culpabilité et une forme de fascination malsaine. Il fallait que je le rassure, que je trouve les mots justes. Qu'il arrête de s'en vouloir. Il n'y pouvait plus rien.

— Ne dis pas ça, Xavier, peut-être qu'un jour, elle jouera à nouveau.

— Tu n'en sais rien. Aux dernières nouvelles, c'est mal parti… J'ai détruit son mari aussi, toute leur vie. Ils partagent la même passion. Tu savais qu'il était chef d'orchestre ?

Impossible de lui mentir encore une fois.

— Oui, il a dû me le dire…

— Comment vont-ils tenir quand elle le verra diriger ? Par ma faute, elle est exclue de la vie de son mari. Ça va être insupportable pour eux quand il va reprendre sa carrière. Mais regarde-le, tu vas comprendre. Ce n'est pas n'importe qui ! Que va-t-elle devenir ?

Que comptait-il faire ? Il me reprit l'ordinateur et, de la main droite, lança une nouvelle recherche.

Non, impossible. Il ne pouvait pas me faire subir ça. Trop tard pour l'en empêcher. Et quelle raison invoquer, sans me trahir ? Aucune. Il me recolla l'écran sur les genoux et, certainement sans s'en rendre compte, s'approcha de moi pour ne pas rater une miette des images. Ce que j'étais en train de vivre n'était pas en train d'avoir lieu, je cauchemardais. Ce n'était pas la réalité. Xavier, obsédé par Constance et Sacha, me frôlait pour la première fois depuis des semaines, sans se douter qu'il me mettait sous le nez l'objet de mon obsession. Il me jetait dans la fosse aux lions. Il allait encore me faire souffrir sans en avoir conscience. Je ne devais surtout rien laisser paraître de mon trouble, je contractai mon corps, verrouillai mon cœur, mes émotions. Xavier voulait me montrer un orchestre philharmonique dirigé par Sacha. Il appuya sur le détonateur.

On voyait un Sacha fringant arriver sur scène, saluer le public, fier, sûr de lui sous les applaudissements, présenter ses musiciens d'un geste ample du bras. Puis, il monta sur l'estrade, un air de défi au visage, sourire hiératique, combatif. Le silence se fit. Tout le monde retenait sa respiration, moi la première. Je ne voulais pas voir, pas regarder, mais j'étais comme happée et, au fond de moi, je le désirais. Sacha ferma les yeux une seconde, peut-être deux, trois, quatre, cinq. Et d'un mouvement de baguette, la musique débuta. *Carmina Burana.* Cet opéra, le seul que j'aimais parce qu'il faisait vibrer tout mon être. La caméra revenait sans cesse sur lui, il faut dire qu'il captait la lumière, la passion qui émanait de lui était terrassante. On ne voulait admirer que lui, la musique servait son corps qui dirigeait. Comme si la situation était inversée. Il dégageait une telle puissance, irrésistible, magnétique. Personne ne pouvait lui résister. Son visage était traversé par une myriade d'émotions, à une vitesse impressionnante ; la colère, la séduction, l'autorité, le plaisir, la lutte. Il tenait le monde au bout de ses mains, ses yeux étaient partout, son attention était aiguë. Si j'avais été impressionnée en le voyant jouer du violoncelle, ce n'était rien comparé à ce que je ressentais en cet instant. Je me promis de ne jamais, absolument jamais, le voir diriger un opéra en chair et en os. Le morceau d'ouverture montait crescendo ; à mesure qu'il gagnait en intensité, je sentais que je perdais le contrôle de mes réactions. Inenvisageable. Quand les chœurs et les musiciens explosèrent au commandement de Sacha, je rabattis violemment le clapet.

— Ça suffit, Xavier ! Tu vas tourner dingue si tu continues.

Moi aussi, d'ailleurs.

— Arrête avec elle ! On ne peut rien faire !

Je me levai brusquement, cherchant à maîtriser ma respiration courte, me retenant de fermer les yeux pour retrouver les images de Sacha.

— Je n'y arrive pas, Ava.

Son fatalisme, sa passivité eurent raison de mes résistances. Pourquoi ne se battait-il pas ?

— Eh bien, fais un effort ! Cesse de ressasser l'accident, arrête de me parler de ces gens, qui ne sont rien pour nous ! Rien du tout ! Ce sont de parfaits inconnus ! Et toi aussi, tu deviens un inconnu ! Tu ne cherches pas aller mieux, à reprendre le cours de ta vie, tu ne te reprends pas en main. Ce n'est pas toi. Je t'attends, Xavier, j'ai l'impression de passer ma vie à t'attendre depuis des mois maintenant. Je suis fatiguée. Réagis, à la fin !

Son visage se métamorphosa, devint dur, presque agressif. En prenant appui sur ses béquilles, il se leva et s'avança vers moi, l'air sombre et déterminé.

— Ava, dois-je te rappeler qui a eu cet accident ?

Sa voix froide et métallique me glaça le sang.

— C'est moi, pas toi. C'est moi et elle ! Alors arrête de me dire ce que je dois ou ne dois pas faire ! Tu n'as aucune idée de ce que je ressens, de ce que je traverse.

Il était hors de lui, il perdait le contrôle. Où était passée sa sacro-sainte retenue ?

— Mais…

— Laisse-moi parler ! beugla-t-il. Moi, tu veux savoir ce qui me fatigue ? Je n'en peux plus de te voir faire comme si rien n'avait changé, comme si notre vie était la même qu'avant. Putain ! Mais ces deux mots que tu n'arrêtes pas de prononcer « comme avant par-ci, comme avant par-là », je les dégueule ! On ne peut pas faire comme si ce n'était pas arrivé, parce que c'est arrivé ! C'est fini ! Oublie tout ce qu'on a vécu avant. Jamais, je ne redeviendrai celui que tu as connu. J'ai définitivement changé ! Alors, je t'en prie, arrête de chercher l'homme que tu as épousé, il n'existe plus ! Arrête de te préoccuper de moi, tu ne vas pas m'attendre comme ça éternellement, vis ta vie !

Chacun de ses mots était une blessure qui serait impossible à cicatriser. Sa violence, sa hargne me sidéraient, jamais je ne l'avais vu dans un état pareil. Jamais je n'aurais imaginé qu'une telle agressivité grondait en lui.

— Qu'est-ce qui te prend ?

— Tu vois, tu voulais que je te parle, eh bien maintenant, c'est fait. Tu sais où j'en suis, tu sais ce que je veux. Je vais le répéter encore une fois pour que tu comprennes bien. Je veux qu'on me foute la paix, à commencer par toi !

J'étais K.-O., par terre, à terre. Xavier, l'homme que j'aimais, le père de mes enfants, me rejetait. Officiellement et en conscience. Sans l'ombre d'un remords, sans compassion. Il avait parfaitement conscience de ses paroles. Sans rien ajouter, il prit la direction de l'étage, je le suivis des yeux. Puis, il disparut et fit claquer la porte de la chambre. Je restai une éternité paralysée au milieu du séjour, doutant de la réalité de ce qui venait de se dérouler. Je n'étais pas du tout préparée à son explosion. Un instant, je pensai à prendre mes affaires et à courir me réfugier chez Carmen. Impossible, les enfants ne méritaient pas que je les abandonne. Ce que Xavier n'avait pas compris, c'est que je faisais comme si de rien n'était pour eux, pour Pénélope et Titouan qui encaissaient sans rechigner. Il avait complètement oublié nos enfants. Je rejoignis à mon tour notre chambre – me refusant à dormir dans le canapé –, mais je ne dormirais pas non plus avec lui : il avait pris ses quartiers dans la chambre d'amis. J'étais à bout de tout. Je posai la main sur la porte de la pièce où il s'était barricadé, en sanglotant silencieusement. Mon mari était comme mort de l'intérieur. Notre amour… où était notre amour ?

Xavier ne nous fit pas l'honneur d'assister au petit déjeuner familial, je justifiai son absence par un sommeil difficile. Ce qui n'était pas entièrement faux, une grande partie de la nuit, entre deux phases agitées, j'avais entendu ses béquilles cogner sur le parquet, quand elles ne tombaient pas ou qu'il ne les envoyait pas valdinguer. Après avoir déposé Titouan à l'école, je repassai par la maison. Je ne fus guère étonnée de le trouver attablé dans la cuisine avec son café. Son tressaillement en me voyant pénétrer dans la pièce ne m'échappa pas, il ne s'attendait pas à me voir.

— Ne t'inquiète pas, je ne vais pas te déranger très longtemps.

Je me servis un café, m'adossai nonchalamment au plan de travail et l'affrontai, le regard aussi dur que le sien. Je jouais un mauvais rôle dans un mauvais film. Je souffrais de voir ce que nous étions devenus – presque des adversaires –, des petits morceaux de moi s'effritaient à chaque instant. Xavier s'était brisé les os, il me brisait le cœur.

— J'ai entendu ce que tu m'as dit, j'ai bien compris le message, ne t'en fais pas. Je vais te foutre la paix, ce sont bien tes mots ? Tes mots… je ne suis pas près de les oublier, encore moins de les pardonner. En attendant, je vais respecter ton souhait, tu vas te débrouiller tout seul, te démerder… pour te reconstruire, te soigner, t'apaiser. Ne compte plus sur moi. J'ai fait ce que j'ai pu avec tout mon amour, mais j'ai échoué, visiblement ce n'est pas suffisant. Je n'ai qu'une demande, fais très attention à Pénélope et Titouan.

J'avalai une gorgée de café, abandonnai ma tasse derrière moi et lui adressai une dernière fois la parole :

— Bonne journée.

– 11 –

À mon arrivée à la galerie, je n'ouvris pas immédiatement au public, je me calfeutrai dans mon bureau où je déversai un torrent de larmes. J'avais le sentiment de pleurer véritablement pour la première fois depuis l'accident, comme si mon ultime limite venait d'être atteinte. Comment en étions-nous arrivés à nous déchirer à ce point ? Le sol s'était ouvert sous nos pieds, sous mes pieds. Les répercussions de cet accident étaient sans fin, catastrophiques. Il avait fait voler en éclats nos repères, notre amour, notre écoute l'un de l'autre. Où était passé mon mari ? Cet homme compréhensif, attentif, généreux. Comment était-il devenu cet être si dur, cassant, tranchant, fermé ? Pourquoi ne le comprenais-je plus ? Pourquoi ne s'était-il jamais confié à moi depuis cette nuit-là ? Avant… nous nous parlions de tout. Avant : une époque révolue.

Xavier se détruisait et me détruisait par la même occasion. Je ne voulais pas en finir, je ne voulais pas voir ma vie réduite en cendres. Cela impliquait-il de vivre ma vie sans me soucier de lui comme il me l'avait ordonné ? Impossible de l'abandonner en route. Je l'aimais trop. Mon existence n'était pas concevable sans lui. Mais je ne savais plus comment combattre pour le faire revenir à lui et le faire revenir à moi. Il ne me supportait plus, ma présence à ses côtés lui faisait plus de mal que de bien. Il n'avait plus goût à rien, même pas à ses enfants, encore moins à sa femme. Cet accident lui avait volé son amour pour moi. Mais si je l'admettais, c'était la fin de nous. Mon instinct de survie me dictait de ne pas me laisser dépérir. Une fois de plus, il me fallait tenir le coup. Je séchai mes larmes, me remaquillai avec soin, je me forçai à sourire dans le miroir, je ravalai le nœud dans ma gorge et quittai mon cocon protecteur pour revenir au monde, à la galerie.

Malgré mes belles promesses et ce que j'avais à faire, je ne pouvais pas ne pas penser à Xavier, je ne pouvais pas me résoudre à ne rien faire, à le regarder mourir de l'intérieur à petit feu. Je devais tenter le tout pour le tout, peu importe le mal que je me ferais. Peu importe la colère que je pourrais déclencher chez lui. Depuis le début, je me refusais à l'entendre lorsqu'il me parlait de sa victime. Les premiers temps, c'était pour le protéger, pour qu'il arrête de ruminer, qu'il se concentre sur sa guérison, sa survie. Sa culpabilité me révoltait. Un homme merveilleux comme Xavier n'avait pas voulu faire de mal, il n'avait pas cherché à détruire une vie. Il avait simplement commis une erreur – erreur dont il ne m'avait d'ailleurs jamais parlé. Je savais seulement qu'il avait voulu éviter Constance. Comment ? Dans quel contexte ? Ces dernières semaines, c'était moi que je voulais protéger. Il me fallait tenir ce couple à distance.

Sa violence de la veille, son « c'est moi et elle » et « pas toi », malgré la blessure épouvantable infligée, avait eu un mérite. Son salut, s'il devait le trouver, en passerait par cette femme, si tant est qu'elle lui accorde son pardon. Je devais laisser le sort de Xavier, sa santé, sa vie entre les mains d'une autre. Je devais lui confier mon mari. Quant à moi, celle qu'il aimait – s'il m'aimait encore –, je devais laisser ma place. Je me rendais enfin à l'évidence : je n'avais pas le pouvoir de le guérir. Peut-être Constance le pourrait-elle ? Mais elle se glisserait irrémédiablement entre nous. N'était-ce déjà pas le cas à son insu et sans que j'en ai pris conscience ?

Et la seule personne qui pouvait me donner accès à la sauveuse de mon mari était Sacha. Sacha, cet homme, qui m'avait envahie, qui occupait une partie de mes pensées.

Je fermai la galerie un peu plus tôt et pris la route de l'hôpital. Je fis le tour du parking et repérai la voiture de Sacha, je me garai et l'attente commença. Je guettai la sortie, me concentrant sur mon objectif, hermétique à tout autre pensée. Sinon, c'était prendre le risque de m'enfuir. Je n'aurais pas le courage de faire une seconde tentative. Au bout d'une heure, je reconnus sa silhouette haute et sportive dévaler l'escalier. Il marchait vite, comme à son habitude, visage de marbre. Je quittai le refuge de ma voiture et m'approchai de la sienne. Il leva la tête à trois mètres de moi et eut un mouvement de recul en me découvrant. Ses traits exprimaient sa surprise, son incompréhension à me trouver là. Il est vrai que la veille, notre attirance magnétique lui avait certainement fait se dire, tout comme moi, que nous ne devions pas nous revoir. Un simple regard nous donna raison.

— Que faites-vous ici ? finit-il par me demander, après un long silence pesant.

Pour contenir ce qui m'agitait, je me pris la tête entre les mains et lui tournai le dos. J'aurais pu m'arracher les cheveux d'angoisse, de mal-être.

— Que se passe-t-il ? insista-t-il en s'approchant de moi.

Je me forçai à lui faire face, tout en reculant de quelques pas.

— Sacha, je suis tellement désolée de ce que je vais vous demander… J'ai honte, rien que d'y penser, mais je n'ai pas le choix… et j'espère que vous me pardonnerez.

— Dites-moi.

J'ancrai mes yeux dans les siens, pour ne pas me dérober. Je savais que je ne pouvais pas lui échapper.

— Est-ce que… est-ce que Constance accepterait de parler à Xavier ?

Le choc lui fit entrouvrir légèrement la bouche.

— Xavier ne sait pas que je suis ici, mais il s'est passé quelque chose hier soir, enfin, il m'a dit des mots qui… Il va très mal, il n'est pas dans son état normal… et je crois que tant qu'il n'aura pas parlé à votre femme ou qu'il ne l'aura pas vue, il ne remontera pas la pente.

Un pli d'amertume lui taillada la joue.

— Depuis que Constance a repris conscience, elle s'inquiète pour votre mari, aussi bizarre que cela puisse paraître, elle se sent responsable de lui. Elle s'enfonce chaque jour un peu plus, sans que je puisse rien faire pour l'aider à oublier…

Je n'en revenais pas. Sacha et moi vivions les mêmes tourments. Il fouilla dans la poche intérieure de son pardessus, sortit son portefeuille qu'il ouvrit. Il eut un moment d'hésitation, puis attrapa une carte qu'il me tendit.

— Je crois… enfin non, je sais qu'elle a autant besoin de lui qu'il a besoin d'elle. Elle est joignable.

Nous tenions chacun un bout du carton, Sacha soupira et lâcha prise.

— Merci, chuchotai-je.

Je décidai de partir sans traîner. À quoi bon me faire davantage de mal, me perturber plus encore que je ne l'étais.

— Ava, attendez, s'il vous plaît.

Je m'arrêtai net, levai les yeux au ciel, en quête désespérée d'une échappatoire, et finis par céder à sa demande, en le regardant par-dessus mon épaule.

— Vous vous souvenez, nous nous étions promis de déjeuner à nouveau ensemble, et on ne l'a jamais fait.

Je lui fis à nouveau face.

— C'est même moi qui vous l'avais proposé.

À l'époque, qui me semblait terriblement lointaine, déjeuner avec lui n'apparaissait pas comme problématique. Nous étions simplement un homme et une femme en plein chaos parce que leurs conjoints étaient au plus mal. Aujourd'hui, qu'en était-il ?

— Si je passe devant la galerie demain, que vous me voyiez, cela serait-il envisageable ?

Un sourire triste naquit sur mon visage, Sacha eut le même.

— J'en aurais très envie, mais je ne suis pas sûre que ce soit une bonne idée…

— Moi, non plus… Alors, nous verrons…

Je m'arrachai à son emprise et me hâtai de rejoindre ma voiture.

Durant le dîner, je mobilisai toute mon énergie pour ne pas inquiéter inutilement les enfants. Xavier devait me détester, mais je faisais comme si de rien n'était. Je parlais seule ou avec les enfants, les questionnant sur la journée d'école et de collège, les faisant rêver à des projets de week-end en famille. Et puis, à un moment, face à l'absence de Xavier dans la conversation, j'eus envie de lui faire mal, de le mettre mal à l'aise, après tout, il me faisait tellement souffrir.

— As-tu eu des nouvelles de ton remplaçant ?

Il me fusilla du regard. Ce que j'interprétai comme une réponse négative.

— Il m'a encore téléphoné, mais je ne sais plus quoi lui répondre, je ne suis pas vétérinaire, contrairement à toi.

Il serra les dents.

— Quand est-ce que tu retournes à la clinique, papa ? lui demanda innocemment Pénélope.

— Je n'en sais rien, lui répondit-il sèchement.

Je fis un sourire rassurant à ma fille, pour qu'elle ne s'inquiète pas d'avoir froissé son père, et je m'en voulus de l'avoir provoqué. Mais j'étais toujours sur les nerfs, encore plus après mon entrevue avec Sacha. Aussi décidai-je de ne plus me préoccuper de Xavier jusqu'au moment où les enfants seraient couchés et à l'abri de nos conflits. Il m'avait pourtant prévenue que c'était inutile. Me croyait-il véritablement capable de renoncer à lui ? Quand bien même je l'aurais voulu, c'était impossible. Xavier faisait partie de mon être, je lui appartenais, il m'appartenait. Renonce-t-on à soi-même ? Lui semblait le croire… le vouloir peut-être. Moi non.

Après m'être assurée que les enfants dormaient profondément, je récupérai dans mon sac la carte de Constance. À partir du moment où Xavier serait en possession de ce numéro, je n'aurais plus la main, je ne pourrais plus rien contrôler. Je serais mise sur le banc de touche, et je ne saurais certainement rien de ce qui suivrait. Pour lui, je devais le faire. Pour lui, je devais aller au bout. Nous, je n'y pensais plus. Le mal fait était-il réparable ? Nous nous enfoncions dans un trou noir.

Je découvris Xavier devant la télé. Il fixait l'écran sans le regarder, le son coupé.

— Xavier, l'appelai-je.

Ma voix faible le fit réagir, il tourna la tête vers moi et se redressa légèrement.

— J'ai fait une dernière chose pour toi.

Il fronça les sourcils, excédé par mon insistance.

— Laisse-moi parler, s'il te plaît, après les horreurs que tu m'as balancées hier soir, tu peux au moins m'accorder ton attention quelques minutes.

Il baissa les yeux, je crus voir – mais l'avais-je rêvé ? – du remords sur son visage.

— Je t'écoute.

— Regarde-moi, Xavier !

Il obéit.

— J'ai compris que je ne pouvais pas t'aider ni te guérir de tes démons. Je suis impuissante, puisque je n'ai pas vécu la même épreuve que toi. Je ne l'accepte pas, je n'accepte pas d'être exclue de ta vie, mais je t'aime trop pour ne rien faire et ne pas prendre sur moi. Je suis prête à laisser entrer dans ta vie la seule personne qui pourra peut-être te faire renouer avec toi-même.

Il ne comprenait pas un traître mot de ce que je lui disais. Je lui tendis la carte de Constance, il l'attrapa, la lut, ses mains tremblaient.

— Tu peux lui écrire, l'appeler, elle a son téléphone avec elle à l'hôpital. Libre à toi maintenant de faire le premier pas.

Il toussota et, prenant appui sur une béquille, s'extirpa du canapé. Il déambula cahin-caha dans le salon. Il s'approcha de moi, le regard ému. Ce petit éclat dans l'émeraude de ses yeux me fit un mal de chien.

— Merci…

— J'espère que ça t'aidera. Je monte me coucher.

Je m'éloignai, incapable de rester plus longtemps près de lui.

— Où as-tu eu cette carte ? Comment te l'es-tu procurée ?

Je ne me dérobai pas et me retournai vers lui.

— Je l'ai demandée à Sacha, son mari. Je suis allée à l'hôpital ce soir avec l'espoir de le trouver. Mon vœu a été exaucé. Doublement, puisqu'il a accepté de t'aider…

On resta quelques instants à se dévisager. Essayait-il de lire en moi ? De chercher un sens caché ?

— Dors bien, me lâcha-t-il en me tournant le dos.

Cette nuit-là, Xavier réintégra notre chambre.

*
* *

Je bénissais ce dieu auquel je ne croyais pas, de m'avoir donné l'idée d'organiser une exposition pour relancer la galerie. Sachant pertinemment que je n'avais pas le droit à l'erreur, j'étais dans l'obligation de tout mettre en œuvre pour que cela fonctionne. Mes artistes et mes collectionneurs n'auraient plus à pâtir de ma vie privée. Mais qu'il était difficile de ne pas penser à Xavier, à ce qu'il faisait. Avait-il appelé Constance ? Le ferait-il seulement ? Bien sûr qu'il le ferait. Voilà des semaines qu'il attendait ce moment, qu'il s'y préparait. Qui sait ? J'aurais peut-être dû chercher plus tôt à ce qu'il entre en contact avec elle. Nous n'en serions peut-être pas là. Irait-il mieux ?

Vers midi, Carmen débarqua. Certaines choses ne changeaient pas, c'était bien. À voir sa mine et ses cernes, elle avait dû passer la nuit les mains dans la terre. Ses cheveux étaient domptés dans un bandeau multicolore, elle avait des traces de glaise sur les joues, elle n'avait pas dormi et avait oublié de passer par la case douche. J'adorais quand elle était dans cet état ; une bouffée d'air frais.

— Mon Avanita ! J'ai envie d'un verre ! Et comme je ne bois pas seule, je t'invite à déjeuner.

Déjeuner… Je regardai la rue. Il ne viendrait pas, c'était aussi bien.

— Tu attends quelqu'un ?

Je secouai la tête.

— Non, bien sûr que non.

Moins de cinq minutes plus tard, nous fermions la galerie. En marchant dans la rue, je ne pus m'empêcher de me tordre le cou pour scruter derrière nous. Il me restait un mince espoir. Mais qu'attendais-je, au juste ? Surtout avec Carmen à mes côtés.

— Tu es certaine que tu n'attends personne ? Ton grand fauve, peut-être… Aurait-il enfin décidé de sortir de sa tanière ?

Elle partit d'un gigantesque éclat de rire, tout à sa bonne humeur.

— Le grand fauve est en colère, Carmen.

Elle retrouva son sérieux dans la seconde.

— La lionne se défend, j'ai l'impression ?

— Elle se protège, nuance.

Elle s'arrêta au beau milieu de la rue et m'attrapa par les bras.

— Ça ne va vraiment pas entre vous ?

— Je ne veux pas en parler. C'est inutile et ça me fait du mal.

— Ava… tu ne vas pas tenir le coup si tu gardes tout pour toi.

— Je fais ce que je peux avec ce que j'ai, Carmen. Je te demande simplement d'être là si les enfants ont besoin de toi.

— Vous êtes bien assortis, avec Xavier, je m'acharne à chaque fois que je passe le voir à le faire parler, une tombe. Et… je dois t'avouer que je l'ai mis en garde.

— À propos de quoi ?

— On est tous d'accord sur le fait que ce qu'il a vécu est terrible, on ne peut pas se mettre à sa place… mais, ça n'excuse pas tout. Tu crois qu'on est aveugle ? Ton père, moi, même Idriss, on a tous senti qu'il y avait un truc qui ne tournait pas rond…

— Que lui as-tu dit, Carmen ?

— Que s'il continuait ainsi, il finirait par te perdre.

— Merci d'essayer de le secouer… mais il veut qu'on le laisse tranquille.

— Tu as le droit de vivre, ne l'oublie pas.

Son inquiétude était palpable, mais je préférais changer de sujet. Je l'attrapai pour qu'on marche bras dessus, bras dessous.

— Xavier m'a dit la même chose… Maintenant, parle-moi de tes sculptures avant que j'aille fourrer mon nez dans ton atelier !

Elle jura dans sa langue maternelle, mais elle respecta ma demande.

La nuit était tombée. Après le déjeuner avec Carmen, je m'étais remise au travail, j'avais eu plusieurs visites de clients potentiels et d'un peintre qui me livrait une nouvelle toile. L'artisan était venu faire un dernier tour avant d'entamer les travaux de rafraîchissement qui devaient être impérativement terminés pour le vernissage ; il avait été prévenu, hors de question de fermer. Il fallait nous organiser, faire pièce après pièce. J'avais sélectionné les œuvres les plus représentatives de chacun de mes artistes pour les répartir dans les salles disponibles. Les autres, ou les plus fragiles, avaient été stockées dans mon bureau et dans le débarras qui servait de cuisine. Tout ce déménagement conférait au lieu une atmosphère particulièrement silencieuse, chaque bruit, chaque son résonnait. Il était tard, j'aurais déjà dû être rentrée à la maison. La pauvre Chloé allait bientôt nous claquer entre les mains, entre l'ambiance sinistre qui régnait chez nous et la surcharge de travail qu'on lui demandait.

Au moment où je m'apprêtais à partir, je crus entendre de la musique s'échapper du mur mitoyen. Mon imagination me jouait des tours. Je devais rêver. Rêver à l'inconcevable interdit. Je traversai les trois salles à toute vitesse et collai mon oreille sur la paroi. Il y avait bien de la musique, tout près de moi. Quelqu'un jouait. Quelqu'un jouait du violoncelle. Sacha était là. Il était venu près de moi, sans passer à la galerie. Il me signalait sa présence en jouant. Mes mains plaquées sur le mur, je fermai les yeux de toutes mes forces. Le morceau qu'il jouait était désespérément triste. Malgré mon envie de le revoir, nous devions en rester là. Lui d'un côté. Moi de l'autre. Et entre nous, Xavier et Constance. J'avais l'obligation d'étouffer le feu qui couvait en moi.

– 12 –

J'assistai, impuissante et spectatrice, à la lente renaissance de mon mari. C'était terrible à dire, effrayant même, mais je la subissais, totalement écartée de sa vie. Moi qui ne rêvais que de le voir aller mieux, j'en prenais ombrage, car je n'y étais pour rien et surtout parce que mon mari m'était inaccessible. Xavier était entré en contact avec Constance. Il n'avait pas eu besoin de me l'annoncer pour que j'en aie la certitude. Il n'avait pas tardé, quatre malheureux jours seulement s'étaient écoulés depuis que je lui avais donné sa carte.

Je passais une partie de mes nuits à le regarder dans l'obscurité de notre chambre. Je m'étonnais de voir le pli entre ses sourcils se détendre un peu plus chaque jour, il dormait de mieux en mieux, ne se réveillait plus pour allumer la lumière du palier. Aucun miracle n'était responsable de l'amélioration de son sommeil. Je sentais que quelque chose en lui était en train de se dénouer, la colère semblait avoir moins d'emprise sur lui. Mon cœur se serrait d'amour pour lui et de dégoût de moi-même.

J'étais jalouse du pouvoir que cette femme avait sur mon mari. Après l'avoir détruit, elle le soignait, elle pansait ses blessures. Alors que moi, qui l'aimais depuis si longtemps, pour qui il était tout, j'étais prête à endosser ses blessures, son chagrin, prête à faire n'importe quoi pour l'aider, pour lui faire sortir la tête de l'eau, et pourtant je ne servais à rien. C'était d'elle dont il avait besoin.

Et elle… Cet ange tombé du ciel, en plus de me dérober une partie de l'âme de mon mari, avait dans sa vie un homme qui me bouleversait, me troublait au-delà de tout ce que j'aurais pu imaginer. Il n'était pas seulement un homme sur lequel je me serais retournée dans la rue. Non, il me touchait par sa présence, son charisme, il réveillait mon corps endormi et mon âme endolorie depuis l'accident.

Sacha venait jouer tous les jours chez Joseph, de plus en plus longtemps. Il devait donc moins aller à l'hôpital, il laissait sa place, comme je laissais la mienne à sa femme. Xavier le relayait auprès de Constance. Il se faisait entendre plus nettement le soir. Je l'écoutais depuis la galerie lorsque les lumières étaient éteintes, tout mon corps collé au mur, comme si je pouvais le toucher. J'attendais qu'il cesse de jouer pour partir. De la rue, je pouvais voir le luthier dans son atelier, il laissait Sacha jouer en paix dans le fond de sa boutique. Je faisais un signe au vieil homme qui, par habitude, ouvrait sa porte pour me souhaiter une bonne soirée et papoter quelques minutes. Je déclinais ses propositions de rentrer au chaud. J'utilisais sa gentillesse et son affection pour moi pour assouvir mon envie de voir Sacha, je me faisais honte. Derrière le luthier, chaque soir, la silhouette de Sacha se dessinait dans l'ombre du couloir. Pauvre Joseph qui ne se rendait pas compte que je lui parlais sans avoir idée de ce que je lui racontais ; il ne voyait pas que je ne le regardais pas, mais que mes yeux s'échappaient derrière lui pour croiser le regard sombre de Sacha. Je disais au revoir à Joseph et Sacha disparaissait dans la pénombre. Pour tenter de trouver le repos, je m'inventais des histoires où il n'y aurait jamais eu cet accident, je nous voyais heureux, Xavier et moi, amoureux, avec les enfants et des projets plein la tête. Lorsque j'étais sur le point de céder au sommeil, Sacha traversait toujours mes songes, je sursautais dans le lit et je contenais ma douleur à l'idée de ne pas l'avoir rencontré.

Ce soir-là, je rentrai à la maison un peu plus tard que les jours précédents. Sacha avait joué tout l'après-midi et poursuivi dans la soirée plus longtemps que d'habitude. J'avais senti qu'il m'appelait, j'avais résisté alors qu'il voulait que je vienne, que je m'approche. J'avais été à la torture de rester coincée de l'autre côté du mur. Alors que je saluais Joseph, Sacha était apparu dans son dos, j'avais été préoccupée par sa mâchoire tendue, il semblait à bout de nerfs. Ce petit jeu, qui n'avait rien d'un jeu, ne pourrait continuer très longtemps, nous y perdrions la raison. J'aurais donné très cher pour connaître l'état de leur couple avec Constance. Lui parlait-elle ? S'étaient-ils eux aussi perdus en cours de route ? Autant de questions sans réponse.

En arrivant à la maison, les voix en provenance de la cuisine me semblèrent gaies. Je pris quelques secondes pour bâillonner mon chagrin et mes doutes. La fête de Monsieur me servit d'alibi pour ne pas les rejoindre tout de suite. Quand je me sentis assez forte, je fis mon entrée. *Comme si de rien n'était.*

— Bonsoir, tout le monde !

Comme si de rien n'était, je déposai des bisous dans les cheveux des enfants et effleurai les lèvres de Xavier. Pourtant, je craignais toujours qu'il me repousse. Un mélange de retenue et de peur me bloquait, m'empêchait de réclamer davantage de lui. Je ne m'attardai pas et récupérai une bouteille d'eau pour la mettre sur la table. Une quête perpétuelle de contenance.

— Bah, maman, tu n'as pas vu ! Papa, il a une surprise, m'annonça Titouan.

Je me tournai vivement vers Xavier et le regardai, circonspecte. Il eut un demi-sourire et leva son bras gauche. Plus d'entrave. Son poignet était enfin libéré. Je reçus un coup au cœur. Il était donc allé à l'hôpital aujourd'hui… nous n'échangions vraiment plus. J'étais si outrageusement respectueuse de sa demande de ne plus m'occuper de lui que je ne le savais pas, et qu'il n'avait pas jugé bon de m'en informer. Mes yeux se remplirent de larmes de bonheur et de gâchis mêlés ; j'aurais tellement voulu être à ses côtés, je l'avais tant vu souffrir, et pourtant il m'avait privée de cette victoire sur son accident. J'eus alors un geste que je croyais ne plus pouvoir m'autoriser, je me propulsai vers lui et m'accrochai à son cou.

— Doucement, Ava, j'ai encore mes béquilles, me dit-il tout bas, sans animosité.

Je me détachai aussi vite et étudiai son bras, amaigri, blanchi, barré de cicatrices inconnues, qui semblait encore si fragile. Je l'attrapai précautionneusement, il se laissa faire, et je me surpris à le caresser avec délicatesse.

— Tu n'as pas mal ?

— Non. C'est assez étrange, je n'ai pas encore récupéré toutes mes sensations, je risque de faire quelques dégâts, il me semble mou, sans force, mais ça devrait passer avec la rééducation. C'est ce qu'ils m'ont assuré.

— Tu dois être heureux ? osai-je lui demander.

On se regarda dans les yeux, cela faisait tellement longtemps que cela ne nous était pas arrivé. Le vert des siens paraissait légèrement plus doux. Pas encore ceux que j'avais connus, mais on s'en rapprochait. Une révélation me frappa : malgré la présence de Sacha dans ma vie, le désir de retrouver mon mari ne m'avait pas quittée et ne me quitterait jamais.

— Ce n'est pas désagréable, mais ce n'est qu'un poignet.

Pour lui, ce n'était rien, alors que pour Constance, c'était vital. Il la considérait toujours comme plus importante que lui-même.

— On passe à table, déclara-t-il tristement.

Il récupéra son bras, sans plus faire cas de moi. Je consacrai le dîner puis la soirée, que nous passâmes chacun devant un écran – même si pour ma part, il ne me servait que de prétexte –, à l'observer.

Xavier me semblait différent, cette impression s'amplifiait de jour en jour. Je n'aurais pas été jusqu'à dire qu'il était détendu, mais il était indéniablement moins sur les nerfs, il supportait mieux les chicaneries des enfants, il ne s'emportait plus pour un oui ou pour un non. Il reprenait presque des couleurs. Il aurait fallu que je remercie Constance. Il fallait que j'en sache plus. L'ignorance me rongeait, il fallait que cela cesse. Je voulais qu'il me regarde dans les yeux, et qu'il me dise la vérité.

— C'est dommage que tu ne m'aies pas prévenue que c'était aujourd'hui que tu allais à l'hôpital pour ton poignet...

— Tu as autre chose à faire et tu as passé bien assez de temps là-bas, me répondit-il sans lever le nez de son ordinateur.

— C'est bête que tu aies vécu ça tout seul, c'est une grande étape.

Il se décida à m'affronter.

— Je n'étais pas seul.

Je compris immédiatement, pas besoin d'explication. Coup de poing en plein ventre.

— Tu étais avec...

Ma voix s'étrangla dans ma gorge. Il se leva et vint s'asseoir en face de moi, il déposa sans bruit ses béquilles contre le fauteuil dans lequel je me recroquevillai, j'aurais voulu me rouler en boule pour me protéger de tout ce qui allait suivre.

— Oui, Ava... j'étais avec Constance.

— Comment... mais comment peux-tu me...

— Je ne m'attends pas à ce que tu comprennes...

— Dis que je suis conne tant que tu y es…

Un sanglot s'échappa de ma bouche. Il soupira, fatigué, résigné.

— Arrête, s'il te plaît… j'essaie de te parler…

— Eh bien, vas-y, je t'écoute ! m'énervai-je.

— On se comprend, elle et moi… On a vécu la même chose, je suis navré de t'imposer ça… mais c'est plus fort que moi… Je ne m'en sortirai jamais sinon, et elle non plus… On parle de l'accident, on a besoin de se souvenir ensemble de cette nuit où nos vies ont basculé, on se confie nos inquiétudes pour l'avenir, nos douleurs, nos responsabilités. Son mari et toi, vous ne pouviez rien faire de plus pour nous.

— Elle… elle te parle de son mari ? Et tu lui parles de moi ?

— Lui et toi vous aurez beau faire tout ce que vous pourrez, on ne peut pas changer l'histoire, vous n'étiez pas avec nous. C'est peut-être terrible pour vous, mais… nous étions au même endroit elle et moi, nous étions ensemble, ce soir-là. C'est son regard à elle que j'ai croisé quand j'ai repris conscience après l'impact et c'est pareil de son côté. On a souffert en même temps. Elle a vu mes blessures, je l'ai vue sombrer… J'ai besoin d'elle et elle a besoin de moi pour traverser ça… Elle veut m'aider, elle sait m'aider, je veux l'aider, je sais l'aider… Il y a un lien entre nous, on n'y peut rien, il existe et il existera toujours. Lui et toi avez tout fait pour qu'on ne se rencontre pas, on ne remet pas en cause vos intentions, vous avez cru agir pour notre bien, mais vous aviez tort depuis le début.

— C'est notre faute, à Sacha et moi ? Vous ne manquez pas de culot !

— Je n'ai pas dit ça, Constance non plus… On reconnaît qu'à votre place, on aurait peut-être fait comme vous, pour vous protéger. Mais c'était une erreur, vous ne pouviez pas savoir. Et on ne l'a pas dit assez fort…

— Tu la vois souvent ?

— Je lui rends visite tous les jours…

Le souffle me manqua.

— Alors, je fais quoi ? J'attends qu'elle te rende à moi…

— Je te répète ce que je t'ai dit l'autre soir, vis ta vie et ne te préoccupe pas de moi. Ne m'attends pas, pour le moment. La seule différence, c'est qu'aujourd'hui, j'ai espoir de m'en sortir, mais rien n'est gagné… J'ai besoin de temps pour me pardonner, pour me reconstruire. Je ne sais plus qui je suis… même mon corps ne m'appartient plus. Je me suis appliqué toute ma vie à être un homme bien et, d'un coup d'accélérateur, j'ai détruit la vie d'une femme, et la mienne…

Et la nôtre… Mais ça, tu n'y penses pas…

— Je suis désolé, poursuivit-il, mais tu ne peux pas encore attendre de moi que je réintègre notre vie… comme tu le souhaiterais.

Je m'extirpai de mon fauteuil et pris la direction de l'étage. Plus la force de parler, plus la force d'écouter, j'étais simplement épuisée.

— Ava, parle-moi…

Le bruit de ses béquilles m'indiqua qu'il s'approchait.

— Tu as tout dit, Xavier… alors, je vais me concentrer sur les enfants et la galerie… et puis, je verrai bien si tu me reviens…

Je me retournai vers lui, les joues baignées de larmes.

— Que puis-je faire d'autre ? Dis-moi.

Je voyais qu'il avait mal de me faire mal, mais il pensait à sa survie. N'aurais-je pas été égoïste à sa place ? Ne devais-je pas l'être un peu de mon côté ? Pour éviter de m'étioler encore davantage.

— Rien…

Le couperet venait de tomber. Cette nuit-là, je dormis d'un sommeil de plomb.

Le lendemain soir, ma raison ne m'ordonna plus de rentrer au plus vite à la maison. Elle s'était mise en berne, certainement lassée de lutter. Après tout, que faisais-je de mal en allant simplement écouter jouer Sacha ? Rien. Si c'était l'unique lueur de cette journée, pourquoi m'en serais-je privée ? Il était tellement facile de me trouver des excuses. Qui me le reprocherait ? Personne. D'ailleurs, personne ne le saurait. Personne, à part lui et moi. Tout était sombre dans l'atelier, Joseph n'était pas là, tel que je le connaissais, il avait dû confier à Sacha les clés de la boutique. Ma respiration soudainement haletante me fit hésiter. J'étais terrifiée à l'idée d'entrer, terrifiée par mon désir de le voir, d'être à côté de lui. Tout près de lui. Je refis un pas vers la porte. Rien de mal, me répétai-je. Juste quelques instants avec la seule personne qui me comprenait, qui vivait les mêmes épreuves que moi. Je pouvais m'appliquer les arguments que Xavier utilisait pour justifier ses rencontres avec Constance. Je franchis le seuil en silence et restai figée de longues minutes dans la première pièce, je pouvais encore faire demi-tour, il ne le saurait pas. C'est ce que j'aurais dû faire. Pourtant, je m'enfonçai dans la profondeur de la boutique.

Sacha ouvrit les yeux sans cesser de jouer dès qu'il sentit ma présence. À croire qu'il m'attendait ou qu'il pressentait que fatalement, je finirais par le rejoindre. J'avais franchi une limite. Impossible de déterminer si j'avais eu raison. Impossible de déterminer si c'était une manière de me défendre contre Xavier. S'il s'agissait de ma manière de survivre au champ de ruines qu'était devenue notre vie. En réalité, non. Depuis notre rencontre ou presque, cet homme m'aimantait, seulement je n'avais pas eu la lucidité de le reconnaître. Xavier, sans l'imaginer, m'avait autorisée à me rapprocher encore un peu plus de Sacha. J'étais consciente de jouer avec le feu. Je m'assis sur le divan, les genoux remontés contre la poitrine, pour y reposer mon visage ; j'avais besoin d'être à l'intérieur de moi-même, de me protéger de tout et, paradoxalement, de me sentir bien pour l'admirer. Parce qu'il fallait me rendre à l'évidence, je l'admirais. Et bien plus encore… Il enchaîna les morceaux les uns après les autres, à une cadence infernale, sans pause, sans prononcer un mot. De temps à autre, ses yeux s'arrêtaient sur moi. Je les emprisonnais alors, désireuse d'être en communion avec lui. Il luttait pour m'échapper, je luttais pour résister à la puissance de son regard. Nous échouions ensemble, l'intensité était trop forte. Je me forçais à ne pas réfléchir à ce qui se passait, à ce qui m'arrivait, aux raisons qui m'avaient poussée à venir l'écouter et qui m'empêchaient de m'en aller. Si un grain de sable brisait ma détermination, je perdrais la raison ou le peu qu'il m'en restait. Je me contentai de vivre sa musique, d'absorber ses bienfaits, l'apaisement et l'impression de vivre que sa présence me procurait.

Mais il fut bien obligé d'arrêter de jouer. On n'entendait plus que sa respiration rapide, alors qu'il reprenait son souffle. Il posa son violoncelle et son archet sur le support à côté de lui. Puis, il allongea ses jambes devant lui, mit ses mains derrière la nuque pour détendre ses muscles et contempla le plafond. Mon cœur battait de plus en plus vite, il était temps de partir. Aussi me levai-je, récupérai-je mon sac abandonné par terre. Il se redressa et m'observa, sans rien dire. Au moment où je m'engouffrais dans le couloir, avant de disparaître de sa vue, je lui jetai un dernier regard par-dessus mon épaule :

— Nous ne devions pas déjeuner ?

— Vous m'avez attendu ?

— Oui et non. Vous aviez envie de venir ?

— Oui et non.

Je souris.

— Demain ? Vous venez demain ?

— Ça dépend de vous…

— Je vous attendrai. Bonne soirée, Sacha.

J'aurais donné beaucoup pour que Xavier change d'attitude, réveille ma raison, me donne envie de croire en lui, en nous. Que notre conversation de la veille l'ait fait évoluer, lui ait fait peur. Ce fut le contraire. On joua la comédie devant les enfants. Toujours les mêmes banalités. Le même « bonne nuit » lorsque je montai me coucher.

Toute la matinée du lendemain, je peinai à me concentrer. J'étais perdue dans mes désirs. Voulais-je qu'il vienne ou non ? Je me faisais peur depuis le réveil, me demandant quelle puissance invisible m'avait possédée pour que j'en vienne la veille à proposer à Sacha de déjeuner avec moi. Que m'avait-il pris ? Ce n'était pas moi, cela ne me ressemblait pas. Je sursautai quand la porte de la galerie s'ouvrit aux alentours de midi et demi. Je laissai s'échapper un grand soupir – de soulagement et de déception – en découvrant Idriss.

— Bonjour ! lui lançai-je.

Malgré tout, j'étais heureuse de le voir, Idriss m'apaisait.

— Je ne te dérange pas ?

Mes yeux aimantés par la rue découvrirent Sacha de l'autre côté du trottoir. Il était venu. Il vit que je l'avais vu et me fit signe qu'il m'attendait un peu plus loin. Je ne pouvais plus faire machine arrière, je n'en avais aucune envie.

— Je suis désolée, m'excusai-je auprès d'Idriss. J'ai un déjeuner de prévu… Tu repasses dans l'après-midi ?

— OK ! Ne t'inquiète pas. Je tentais le coup. En tout cas, tu as repris des couleurs depuis la dernière fois.

Si tu savais pourquoi…

Cette pensée faillit me faire changer d'avis. Je me répétai cette lamentable excuse ; que faisais-je de mal ? Idriss m'escorta dehors et resta à côté de moi pendant que je fermais. Pourvu qu'il n'aille pas dans la même direction que celle où m'attendait Sacha. Pour une fois, je fus exaucée, mon peintre chouchou partait à l'opposé.

— À plus tard, lui lançai-je.

J'attendis qu'il se soit éloigné pour avancer vers mon rendez-vous… Une force obscure et lumineuse à la fois me poussait vers cet homme. Une force contre laquelle je n'arrivais pas à combattre. Une force contre laquelle je n'avais plus envie de lutter. À moi de ne pas me perdre totalement.

Je ralentis à peine devant lui, il cala son pas sur le mien. Sans réfléchir, je l'entraînai chez Lily, le restaurant du bout de la rue où j'avais l'habitude de déjeuner avec des clients. Pourquoi avais-je choisi cet endroit ? J'y étais connue comme le loup blanc, sans compter que mon père, ou même Carmen, pouvait y débarquer. Inconsciemment, j'avais dû vouloir ériger une barrière entre nous. Au moment de pousser la porte, je renonçai et reculai brusquement, mon dos rencontra le torse de Sacha. L'espace d'un instant, je songeai à me laisser aller contre lui.

— On va peut-être aller ailleurs, soufflai-je sans oser le regarder.

Sauf que Lily m'avait déjà repérée et nous accueillit chaleureusement.

— Ava ! Quel plaisir de te voir, ça faisait longtemps ! Entrez, entrez.

Sans cesser de piailler, elle nous entraîna vers ma table habituelle, au calme.

— J'imagine qu'elle vous a fait découvrir ses merveilles, ce matin…

Elle prenait Sacha pour un client, ce qui n'avait rien d'étonnant avec son allure et son élégance naturelle.

— Méfiez-vous d'elle, enchaîna-t-elle sans attendre sa réponse. Elle est intraitable en affaires quand il s'agit de défendre ses artistes.

— Je n'en doute pas, lui répondit Sacha.

— Mais vous pouvez lui faire confiance, c'est la meilleure.

Il me lança un coup d'œil.

— Je n'en doute pas non plus.

Je baissai les yeux, au comble du malaise.

— Je vous apporte les cartes.

Et puis, brusquement, je décidai d'arrêter de me museler, je voulais être moi-même. Je n'en pouvais plus de m'étouffer perpétuellement depuis des mois. Je voulais être libre l'espace d'une heure. Qu'une fois au moins, Sacha me voie telle que j'étais.

— Attends, la retins-je. Monsieur prendra le plat du jour.

Sacha dissimula tant bien que mal un rire.

— Bah…

— Moi aussi, d'ailleurs. Et tu nous mets ta meilleure bouteille de vin, du rouge évidemment, et une pétillante, ce sera parfait.

— Comme tu veux… ça fait plaisir de te voir en forme… On était tous très inquiets.

Elle disparut. On put enfin échanger un vrai regard, qui s'éternisa. La noirceur de ses yeux qui m'effrayait les premiers temps créait aujourd'hui une bulle protectrice de laquelle je n'avais pas envie de m'échapper.

— Cette femme est charmante, m'annonça Sacha, mais elle est aussi pot-de-colle que notre serveur à la brasserie de l'hôpital.

J'éclatai de rire.

— Elle vous prend pour un client de la galerie.

Il prit un air complice et se pencha un peu vers moi pour me faire une confidence, je m'approchai à mon tour.

— À moi de faire en sorte de ne pas la détromper... C'est la première fois que je vous vois vraiment rire. Ça vous va bien.

Je retins mon souffle, la réalité de notre situation me gifla de plein fouet.

— Sacha... je ne sais pas trop ce qu'on fait là.

Il avança sa main vers la mienne, mais suspendit son geste.

— Ava, vous êtes galeriste, très douée d'après les rumeurs, je suis un client désireux d'acheter des œuvres d'art, nous faisons connaissance, parce que dans l'idée que je me fais de vous, vous ne vendez pas à n'importe qui. Alors parlez-moi de la galerie, c'est tout. Quel autre sujet de conversation pourrions-nous avoir ? Inutile d'évoquer le reste. On se torture bien assez, vous ne trouvez pas ?

Je hochai la tête, touchée et troublée par sa sincérité.

— Je refuse d'avoir mal aujourd'hui, poursuivit-il, et surtout je refuse que vous ayez mal.

À quoi bon mettre des mots sur ce qui nous arrivait ? Je me lançai dans le récit de l'histoire de la galerie, avec passion et joie sincères, en y mettant le ton. Il m'interrompit à quelques reprises, lorsqu'il sentait que je ne disais pas tout, surtout lorsqu'il fut question de mes histoires de famille – mes passages dans la communauté de maman, entre autres –, qui contrairement à la plupart des gens ne le firent pas rire, mais plutôt s'interroger sur leurs conséquences sur mon caractère. Il n'avait pas tort, la folie douce de ma mère m'avait plutôt incitée à la réserve. J'avais grandi avec la crainte de sortir de la route, comme elle, bien qu'elle soit heureuse, et certainement plus épanouie que quiconque, mais au plus profond de moi, je savais que cela ne m'aurait pas convenu. Sacha rebondissait sur certaines anecdotes, me faisait approfondir ma pensée lorsque je partageais avec lui mes doutes, mes interrogations sur ce que je mettais en place pour relancer l'activité. Il m'écoutait, attentif, concerné, avec un regard neuf et perspicace. J'avais oublié ce qu'était échanger avec quelqu'un qui s'intéressait à mon travail par pure curiosité et non par habitude. Par ses réflexions, je sentais qu'il dirigeait, qu'il avait une âme de chef, certes orgueilleux, mais toujours respectueux. Les images du concert me traversèrent la tête.

— Pourquoi êtes-vous devenu chef d'orchestre ? lui demandai-je soudain. Vous auriez pu vous contenter d'être violoncelliste.

Il afficha un sourire amusé.

— Vous passez souvent du coq à l'âne ?

— Seulement quand je suis détendue.

C'était la stricte vérité. Depuis combien de temps ne l'avais-je pas été ?

— Vous l'êtes ?

— Il faut croire que oui…

Le silence envahit la table. Il me dévisagea, sans chercher à se cacher ; chaque parcelle de mon visage ou de mon corps sur lequel son regard s'arrêtait frémissait. De mon côté, je m'accordai le même droit, comme je me l'étais toujours interdit jusque-là ; je remarquai la fossette qui creusait sa joue quand il souriait, légèrement ailleurs. Pourquoi n'avais-je pas repéré plus tôt cette ride séduisante sous sa barbe de trois jours ? Mes yeux glissèrent le long de son cou, à découvert sous sa chemise entrouverte, puis vers ses mains puissantes, qui me surprirent pour un musicien.

— Alors ? insistai-je pour apaiser ma respiration qui se faisait plus courte.

Il ébouriffa ses cheveux pour briser à son tour le charme.

— Je n'aime pas tellement l'autorité. En réalité, j'ai un mal de chien à la subir. Je peux vous l'avouer, je ne supporte pas d'avoir tort, et d'ailleurs, je n'ai jamais tort, finit-il avec un clin d'œil.

C'était bon de rire avec lui. Il était aussi détendu que moi.

— Racontez-moi…

— J'ai effectivement été violoncelliste pendant des années dans des philharmonies, mais je me permettais de remettre en cause l'interprétation des œuvres par les chefs d'orchestre. Jusqu'au jour où l'un d'entre eux n'a plus admis mon arrogance, il m'a renvoyé de la formation en me disant que je n'avais qu'à me frotter à la direction avant d'oser donner des conseils. Je l'ai pris au mot… mon ego était déjà assez surdimensionné à l'époque pour penser que j'y arriverais sans aucun problème…

— Vous avez réussi, à première vue…

Il eut un sourire en coin.

— J'ai travaillé comme un forçat en me demandant dans quel pétrin je m'étais fourré. Et finalement, tout a été limpide quand j'ai dirigé pour la première fois. Je suis libre, entièrement libre. Je peux imposer mon rythme, mon tempo et faire dire à la musique et aux partitions ce que je veux, ce que je ressens. J'interprète selon ma volonté et non celle des autres.

Il s'animait quand il évoquait sa passion. Sacha était totalement habité par son métier, par sa musique.

— Cela doit affreusement vous manquer.

Il s'assombrit.

— Nous ne devions pas parler de…

— Je ne parle pas du reste, Sacha, je parle de votre passion, de ce qui fait de vous l'homme que vous êtes.

Il me dévisagea de longues secondes en s'adoucissant peu à peu.

— Heureusement, j'ai trouvé un endroit où jouer, mais vous avez raison, ce n'est pas suffisant.

— Que comptez-vous faire pour y remédier ?

— Aucune idée. Mais un jour ou l'autre, je vais y retourner, c'est une question de survie, comme vous avec votre galerie. Vous avez évoqué un cocktail, tout à l'heure. De quoi s'agit-il ?

— Pour rassurer tout le monde, pour montrer que la galerie existe toujours, que j'en prends le commandement. L'inauguration de l'exposition a lieu dans trois jours, lui avouai-je avec une moue soucieuse.

— Tout va bien se passer, j'en suis certain, vous êtes trop liée à cet endroit pour qu'on vous résiste ou qu'on vous abandonne.

— Merci… Il va d'ailleurs falloir que je retourne travailler… Pourtant…

Il ne me lâchait pas, il attendait, avec une attention particulière, inquiète. J'hésitai à poursuivre, mais je n'en pouvais plus des interdits, je ne supportais plus de me brider.

— J'aimerais que ce déjeuner ne s'arrête pas…

Il me sourit doucement, alors que ses yeux gagnaient encore en intensité, si tant est que ce soit possible.

— Moi non plus, Ava, je n'ai aucune envie que cet instant cesse.

Sa main s'avança sur la table, s'approchant de la mienne qui alla instinctivement à sa rencontre. Elles s'arrêtèrent. On se chercha du regard, on s'emprisonna, on partit loin, comme si plus rien n'existait autour de nous, mais la conscience d'être sur mon territoire, un territoire miné, nous fit redescendre sur terre. Sans un mot, nous nous comprîmes, nos mains reprirent leur place, sans s'être touchées. Il y eut comme un vide à l'intérieur de moi. Ses traits à lui se marquèrent brusquement.

— Je vais vous laisser retourner travailler.

Je hochai la tête, incapable de lui répondre. D'un même mouvement, nous nous levâmes. Je pris quelques secondes pour calmer le tremblement de mes jambes, Sacha en profita pour attraper mon manteau, l'ouvrit et vint se placer derrière moi. J'avais la conscience aiguë de son corps frôlant le mien, je pouvais sentir son souffle dans mes cheveux, il prit son temps pour le remonter jusqu'à mes épaules.

— Ava ! m'interpella Lily.

Sacha toussota. Je rougis avant de me reprendre.

— Oui.

— Je mets sur la note de la galerie ?

— Bien sûr, lui répondis-je. Comme d'habitude.

— Pardon ? marmonna Sacha toujours dans mon dos.

— J'invite toujours mes clients.

— L'espace d'un instant, j'avais oublié mon rôle.

Je m'éloignai de lui à contrecœur. Je me sentais bien, presque dans ses bras. Il me laissa le précéder, ouvrit la porte et m'invita à sortir la première.

— À bientôt ! le héla la restauratrice. J'espère que nous aurons le plaisir de vous revoir.

Sacha se figea tristement. Il n'était pas là pour rester. La réalité. Il se contenta de lui sourire en guise de réponse.

— Avançons vers la galerie si vous voulez bien, suggéra-t-il. Je crains que nous ayons du public dans le restaurant.

— C'est plus raisonnable.

On marcha épaule contre épaule, beaucoup plus proches qu'à l'aller, au point que nos mains finirent par s'effleurer à de nombreuses reprises ; j'aurais tant aimé attraper la sienne, je crois que lui aussi, mais il fallait nous contenter de ces frôlements, qui n'en étaient que plus sensuels. D'autant plus que j'avais été privée de tout contact, de toute caresse ces derniers mois. Le reste, qu'il avait évoqué au début de notre déjeuner, appartenait à un autre monde que, pour le moment, je refusais de rejoindre.

— Sacha…

Je le regardai de biais, il fit de même.

— Vous aimeriez venir à la soirée de la galerie ?

— Vous croyez que ce serait approprié ?

— Si je vous le propose, c'est que c'est possible… mais je ne vous force pas…

— J'en ai très envie, je souhaite vous voir dans votre univers, vous m'en avez tellement bien parlé…

Nous n'étions plus qu'à quelques mètres de la galerie, aussi décidai-je d'arrêter là notre balade. On ne s'éloigna pas, mais je le fixai, sourire aux lèvres.

— Nous verrons, alors…

Nos mains se cherchèrent sans se trouver une dernière fois et je finis le chemin. Il ne bougea pas, restant au milieu de la rue pendant que j'ouvrais la porte. Je le regardai un dernier instant, avec la sensation de sa peau effleurant la mienne et je m'arrachai à sa contemplation. Une fois à l'intérieur, je m'adossai lourdement contre la porte, à bout de souffle, mes jambes me portant à peine. Ce que je ressentais était incroyable de par son irréalité, son irresponsabilité et mon impuissance à combattre ce désir, cet appel vers lui. Comment avais-je laissé ce sentiment interdit prendre tant d'ampleur ? J'avais l'impression d'être quelqu'un d'autre, pourtant, je ne m'étais pas sentie aussi vivante depuis des lustres.

Je traversai les jours suivants dans une forme d'euphorie qui, lorsque je prenais conscience de son existence, se révélait destructrice. Je souffrais et j'étais étrangement heureuse. Aussi, pour ne pas devenir folle, redoublai-je d'implication dans l'organisation des derniers détails de la soirée. Tout se déroulait parfaitement, la rénovation de la dernière pièce de la galerie fut achevée à temps – c'est-à-dire la veille –, grâce aux artisans qui avaient travaillé d'arrache-pied. Je mis un soin particulier, attentif, précis à la réinstallation de chaque œuvre, plus investie que je ne l'avais jamais été. Par moments, je réalisais que la galerie était devenue pleinement la mienne, comme si j'étais enfin capable de me détacher de l'héritage de Grand-Père et de papa. Avait-il fallu que je traverse cette épreuve pour comprendre que je ne l'assumais pas jusque-là ? Peut-être…

Je subis la surveillance bienveillante de Carmen, qui passa plusieurs fois par jour me rendre visite. Son sixième sens de meilleure amie s'était déclenché, elle ne me le cachait pas.

— Avanita, tu prends des cachetons pour les nerfs ? Tu as l'air shooté !

— Ne dis pas n'importe quoi !

— Ne me prends pas pour une idiote, je te connais par cœur, mieux que ton grand fauve, parfois.

Si elle savait…

— Tu me caches un truc, et pas un petit… Parle-moi.

À chaque fois qu'elle chercha à en savoir plus sur ce qui se passait chez nous, je fus à deux doigts de tout lui raconter ; le gouffre épouvantable entre Xavier et moi, le chaos de mon cœur, cet imprévu, ce dilemme que je n'aurais jamais cru vivre. Ma peur que cela devienne réel et ma crainte de redescendre de ce nuage menaçant sur lequel je vivais depuis le déjeuner avec Sacha me firent chaque fois renoncer. Je lui répondais invariablement de la même manière :

— Peut-être auras-tu l'occasion de comprendre... Toi qui me connais si bien, mais rien n'est sûr. Promis, un jour, je te dirai tout.

— Et Xavier ? me demandait-elle invariablement.

— Aucun changement de ce côté-là.

À chaque fois que je prononçais cette phrase, je me retenais de hurler ma douleur. Pour tenir, je repartais dans le tourbillon des préparatifs. Je fuyais pour me protéger, en attendant notre rituel du soir avec Sacha. Il continuait à venir jouer, je l'écoutais derrière le mur, passais saluer Joseph et échangeais un regard avec *lui* avant de rentrer à la maison. Le seul moment de la journée où je me sentais libre, où je ne me débattais plus avec moi-même, avec mes angoisses.

Preuve s'il en était de l'évolution de mon rapport à la galerie, l'après-midi précédant l'inauguration de l'exposition, j'allai récupérer les enfants à la sortie de l'école et les emmenai voir l'installation, ce qui ne m'était jamais arrivé jusqu'alors. Je me mettais pour la première fois en position de transmission. Pénélope et Titouan ne venaient presque jamais à la galerie.

J'étais toujours partie du principe que cela ne les intéressait pas, qu'ils préféraient aller à la clinique vétérinaire. Qu'il était autrement plus drôle pour eux de voir des animaux, des chatons, des chiots que de regarder des tableaux et des sculptures. Au mépris de ce que j'avais moi-même vécu, je les avais privés de cet univers. Lorsque je découvris leurs mines impressionnées, je reçus un coup au cœur. Titouan prenait plus cette présentation comme un jeu et une occasion de s'éloigner de la morosité de la maison. Mais Pénélope était manifestement admirative, elle observait, scrutait tout, moi y compris, avec des étoiles plein les yeux.

— Pourquoi je ne viens pas plus souvent avec toi, maman ? Comme tu faisais avec Grand-Père… il m'a raconté.

— Je ne sais pas, mais on va changer ça, si tu en as envie, ma puce.

Elle me sauta au cou. Avais-je sans même le savoir transmis la passion familiale à ma fille ?

De retour à la maison, Pénélope courut vers son père. Son enthousiasme était bouleversant et touchant. Son père l'écouta attentivement. J'étais incapable de déterminer si je lisais une tendresse réelle dans les yeux de Xavier ou si je la projetais, tellement je la souhaitais, mais cela faisait si longtemps qu'il nous en privait… Comment la reconnaître ?

— C'est bien, lui dit-il souriant. Je suis content pour toi.

Elle eut un mouvement de recul, me lança un regard chamboulé. Pénélope ne s'attendait pas à de l'intérêt, encore moins de la gentillesse de la part de son père. Je lui fis le sourire le plus encourageant que je pus.

— Montez dans vos chambres, les enfants, je viendrai vous dire au revoir avant de partir.

Ils disparurent, je me fis couler un café – pour tenir le choc durant les prochaines heures – et après m'être exhortée au courage, je rejoignis Xavier dans le salon. Je m'assis dans un fauteuil en face de lui, il était plongé dans la lecture d'un roman et ne paraissait pas prêt à entamer la conversation, mais je tentai le tout pour le tout. Lui lancer une corde pour qu'il m'attire à lui, qu'il me rassure sur nous, tout comme il venait de rassurer notre fille.

— Comment s'est passée ta séance de kiné ?

— RAS.

— Tu es allé à l'hôpital ?

Il haussa un sourcil dans ma direction, d'un air de dire que je connaissais déjà la réponse. Un nœud se forma dans ma gorge.

— Tout va bien, là-bas ?

Je distinguai un sourire furtif sur son visage, un sourire que je ne connaissais pas.

— Oui… merci de me le demander.

Son ton me parut étrangement sincère.

— Je n'ai pas beaucoup de temps devant moi, lui annonçai-je. Je vais aller me préparer. Si tu as besoin d'aide, tu peux appeler Chloé, elle est au courant.

— Je suis encore capable de faire dîner les enfants.

— Je sais bien, mais on peut aussi l'appeler si tu as changé d'avis…

— À quel sujet ?

— Tu ne veux toujours pas m'accompagner ? On pourrait y aller ensemble.

Je le dévisageai, déchirée de toutes parts. Je crevais d'envie qu'il me réponde « oui, je viens, je t'accompagne, je te tiendrai la main », j'aurais su qu'il revenait à lui et à moi. Mais une petite part de moi ne pouvait s'empêcher de souhaiter qu'il persiste à refuser, pour que Sacha puisse venir, s'il le décidait, car je savais qu'il n'en franchirait le seuil que s'il était sûr que Xavier ne s'y trouvait pas. Je suppliai du regard mon mari, sans savoir laquelle de ses réponses m'anéantirait.

— S'il te plaît, Ava, ne me mets pas la pression. Je ne suis pas prêt, je te l'ai déjà dit.

Une gifle m'aurait fait moins mal. Que cherchait-il ?

— Excuse-moi d'avoir oublié que je ne devais pas t'attendre pour vivre ma vie.

Cette douleur comprimait ma poitrine, les larmes montèrent sans que je puisse les retenir. Je partis en courant vers l'étage, m'enjoignant à mettre de côté cet échange avec l'homme que j'aimais. Je refusais qu'il gâche ce moment si important. Peu importait Sacha. C'était une question de survie. La robe que je mettais à tous les vernissages et que je portais le soir de l'accident avait fini dans le fond du dressing, je ne la porterais plus jamais, j'en pris une autre, noire évidemment, que j'aimais tout autant, même si elle n'était pas un cadeau de Xavier. Je me préparai rapidement avec soin, je ramassai mes cheveux en chignon sur ma nuque et laissai quelques mèches virevolter, accentuai l'obscurité de mon regard, marquai mes lèvres de rouge sombre, je vaporisai du parfum au creux de mes seins et enfilai mes stilettos. Je fis tous ces gestes, sans penser, sans réfléchir à leur signification, ils n'avaient pour but que de me faire tenir debout. Comme promis, je m'arrêtai dans les chambres des enfants leur dire au revoir.

— Tu es belle, maman.

— Merci, mes amours. Soyez sages avec papa.

— Ne t'inquiète pas, tout va bien se passer, me rassura ma fille.

Le bruit de mes talons sur le bois des marches ne pouvait échapper à Xavier. Je passai dans le séjour, attendant un regard, un compliment.

— Ne m'attends pas ce soir, si tout se passe bien, cela risque de finir tard.

Il leva les yeux vers moi, me détailla des pieds à la tête et tressaillit légèrement.

— Xavier, tu es sûr de toi ? lui demandai-je, malgré le pathétique de la situation.

Il soupira, excédé.

— Ava, je ne peux pas. Respecte-le, s'il te plaît.

— Je suis tellement triste, si tu savais à quel point. Je ne comprends pas comment nous avons pu en arriver là, tous les deux, toi et moi.

Il s'extirpa du canapé et traversa la pièce de sorte à me tourner le dos.

— Nous n'y pouvons rien pour le moment… J'espère que tout va bien se passer pour toi… Ne te mets pas en retard.

– 13 –

La galerie se remplissait à vue d'œil. J'avais profité du trajet à pied pour mettre à distance mes problèmes de couple et me concentrer sur l'essentiel des prochaines heures. Demain, je m'occuperais du reste… Mais comment ne pas établir le lien avec le dernier événement qui avait eu lieu ici ? À la même heure, quelques mois plus tôt, tout allait bien, je n'avais aucune idée du cauchemar dans lequel nous étions sur le point de tomber, et dont nous n'avions pas réussi à sortir. Je ne devais pas y penser. C'était un autre soir, une autre soirée. Xavier était à l'abri à la maison… mais moi, étais-je à l'abri ? À l'abri de moi-même ?

Les invités avaient répondu présent, et ceux qui croyaient assister à ma chute en furent pour leurs frais. Par orgueil et pour lui prouver son erreur, j'avais invité le peintre déserteur, son air désabusé m'inspira un brin de jubilation. L'ambiance était festive, la galerie en effervescence comme j'en rêvais. Je passais de groupe en groupe, argumentant avec les collectionneurs, flattant l'ego de mes artistes, m'assurant que chacun ait du champagne… Je croisais régulièrement le regard plein de fierté de mon père qui semblait se réjouir d'être dans la galerie de sa fille et non plus dans la sienne. Un souvenir jaillit du plus profond de ma mémoire et me fit enfin saisir le sens de sa phrase étrange quelques semaines plus tôt. Il avait réellement pris la tête de la galerie, sans plus se préoccuper de Grand-Père, quand maman l'avait quitté. Il s'était jeté corps et âme dans son travail et l'éducation de sa fille. La galerie avait été sa bouée. L'était-elle pour moi aussi ? De l'extérieur, j'étais comme un poisson dans l'eau. Pourtant, une indicible mélancolie m'habitait. J'avais beau parler, rire, sourire, séduire, j'étais affreusement seule au milieu des autres. J'observais le tourbillon des invités, leurs mines enchantées, et j'étais à côté, de côté, alors même que je participais à la fête. Pourtant, j'étais dans mon élément, mon monde, mon univers – un univers qui revêtait enfin le sens qu'il aurait toujours dû avoir. J'étais saisie de bouffées de joie, j'aurais voulu les crier au monde. Dire : j'ai réussi, c'est ma galerie, voilà qui je suis. Mais je les étouffais. Le prix à payer était trop élevé. Cela avait-il de la valeur sans Xavier ? Sans son regard, sans son soutien. Je ne perdais pas la galerie, au contraire j'en prenais réellement possession, mais je le perdais, lui. Et n'étais-je pas en train de m'égarer, alors que je me sentais en phase avec la femme tapie en moi depuis si longtemps ?

— À toi, mon Avanita !

L'irruption de Carmen me fit sursauter, on trinqua les yeux dans les yeux.

— C'est un vrai succès. Tu t'es lâchée, je retrouve celle que tu étais quand on s'est rencontrées à Buenos Aires. Sans peur, déterminée, passionnée, même si je sens une grande blessure, et j'ai peur de deviner à qui tu la dois…

Elle mettait le doigt où ça faisait mal.

— Qui est-ce ? reprit-elle, en changeant subitement de sujet. Je suis convaincue de l'avoir déjà vu, mais je ne me souviens plus où…

Je n'avais pas besoin de me retourner pour comprendre que Sacha venait d'arriver. Il avait répondu à mon invitation. Mon erreur me fit vaciller. Carmen l'avait vu le soir de l'accident dans la salle d'attente des urgences. Combien de temps lui faudrait-il pour faire le lien ?

— Ava ? m'interpella-t-elle alors que je m'embourbais dans mes pensées paniquées. Il te connaît puisqu'il est là, et il ne te quitte pas des yeux.

Je le cherchai par-dessus mon épaule et les trouvai immédiatement, lui et son attitude énigmatique. Le temps se suspendit quelques instants.

— Va l'accueillir, mon Avanita. Tu n'attends que ça, et il n'attend que toi.

Je me retournai vivement vers elle. Son sourire doux était sans jugement, sans critique, pour autant, le fait qu'elle m'ait si vite percée à jour me déstabilisa.

— Je t'expliquerai tout, Carmen. Ne me… Je suis perdue…

Elle replaça délicatement une mèche de cheveux dans mon cou.

— Tu ne m'as rien dit… Je t'en veux… je te comprends… Vas-y…

Il avança vers moi quand il me vit approcher.

— Vous êtes venu, lui dis-je sans préambule.

— J'ai longuement hésité, mais je n'ai pas réussi à résister.

Nous aurions pu rester là, dans le passage, à nous dévisager au milieu des autres, que je ne voyais plus, qu'il ne voyait pas davantage. Pourquoi fallait-il que sa présence me rassure, qu'elle ne me fasse plus me sentir seule ? Pourquoi lui et pourquoi pas mon mari ? J'étais écartelée un peu plus à chaque seconde… Et lui, que cherchait-il auprès de moi qu'il ne trouvait pas avec sa femme ? Ses traits tirés trahissaient le supplice qu'il endurait, qui faisait écho au mien. Une force nous poussait l'un vers l'autre depuis notre rencontre. Un sourire certainement résigné se dessina sur mes lèvres, son regard perdit en gravité.

— Je vous fais visiter ?

— Je ne voudrais pas vous accaparer.

— Pour le moment, je suis tout à vous. Je vous demande simplement de ne pas disparaître si je dois parfois vous abandonner.

Je baissai les yeux, réalisant l'énormité de mes mots.

— Tout va bien, Ava, murmura-t-il.

Je l'entraînai à travers les trois salles de la galerie ; au passage d'un serveur, il attrapa du champagne pour nous deux, me tendit une flûte, nous eûmes la décence de ne pas trinquer. Je lui présentai les œuvres, lui désignant discrètement du doigt leur créateur. Les sculptures de Carmen le laissèrent sans voix, elles étaient crues aussi bien dans la violence quand elle dénonçait des injustices que dans l'érotisme de ses nus. Je choisis l'honnêteté.

— Elle était avec moi aux urgences, je ne peux pas vous le cacher, elle pourrait vous reconnaître. Je n'y avais pas pensé, je suis navrée.

Il fronça les sourcils.

— Je n'ai aucune envie, surtout ce soir, de me souvenir de cette nuit-là, mais j'ai beau puiser dans ma mémoire, je ne me souviens que du reste et… de vous.

Le souvenir de la nuit de l'accident acheva de se dissiper quelques minutes plus tard quand il découvrit les peintures d'Idriss. Il eut un véritable coup de cœur, qui ne pouvait que me toucher profondément et me prouver son sens artistique. J'avais beau m'acharner à lui faire découvrir d'autres toiles, il en revenait sans cesse à ses tableaux – particulièrement celui qu'Idriss avait peint pour moi. Fasciné, il me posait mille questions à leur sujet.

— Allez vous-même vous renseigner auprès de lui, il est un peu timide, mais il est celui qui en parle le mieux. Suivez-moi.

Sa main se cala au creux de mes reins pendant que je le guidais dans la galerie bondée. Je ne touchais plus terre au contact de la chaleur de sa paume qui traversait le fin tissu de ma robe. Je tournai légèrement le visage vers lui, il eut le même réflexe, sa main se fit plus pressante, je fermai les yeux un bref instant, puis nous reprîmes notre progression. Ce geste qui, pour un regard extérieur, passait pour de la simple galanterie revêtait un tout autre sens pour nous deux. Je finis par débusquer Idriss en compagnie de Carmen. C'était bien ma veine.

— Idriss, je te présente Sacha, qui est très intéressé par ta peinture.

— Je suis ravi de vous rencontrer, lui annonça Sacha en lui tendant la main, puis il s'adressa à Carmen : « Toutes mes félicitations pour vos sculptures, elles sont tout bonnement époustouflantes. »

Carmen rosit au compliment, mais se reprit très vite et l'observa d'une manière plus soutenue ; l'écarquillement soudain de ses yeux m'indiqua qu'elle avait compris. Sacha, s'en rendant compte lui aussi, la défia d'un air déterminé et douloureux. Étrangement, je me sentis protégée. Idriss, qui ne mesurait pas les enjeux de cette scène, me prouva qu'il avait définitivement gagné en assurance ; il m'arracha Sacha, qui lui emboîta le pas après m'avoir envoyé un regard lourd de sens. Je le suivis des yeux, incapable de me détacher de lui. J'étais ivre ; de champagne, de questions, de craintes, d'envies, d'hésitations. J'étais ivre et perdue.

— Comment as-tu pu te retrouver dans cette situation, Avanita ? Tu dois souffrir… comme si tu n'en avais pas assez…

Elle pencha légèrement sa tête vers la mienne, dans un geste affectueux.

— J'aime Xavier, Carmen.

— Je sais… ne te justifie pas auprès de moi, il y a des choses, des sentiments, des désirs qu'on ne peut pas expliquer, on les vit. Rassure-toi, je serai toujours là…

La soirée touchait tranquillement à sa fin. J'étais accaparée par mes devoirs de galeriste, j'accompagnai et saluai chaque invité à la porte. À un moment, je me retournai et découvris Sacha tout près de moi. Il avait réussi à se libérer d'Idriss, mais son pardessus sur son bras m'indiquait son intention de partir. Mon cœur se serra.

— Vous partez ? lui demandai-je d'une petite voix.

— Je vais aller jouer, j'en ai besoin…

Je n'arrivais pas à parler. Je voulais le retenir, le garder avec moi, mais il avait raison de partir.

— Ava… merci pour cette soirée, je vous promets que je n'en avais pas passé d'aussi merveilleuse depuis très longtemps, je ne suis pas près de l'oublier…

— Jouez bien, réussis-je à lui dire.

Son regard rivé au mien était hésitant et intense. Il dévala les deux marches de la galerie et partit. Je le regardai disparaître dans la boutique de Joseph, et soufflai doucement pour me ressaisir et ne pas me laisser envahir par la tristesse et le doute.

Ne restaient plus que Carmen et Idriss pour m'aider à remettre de l'ordre. Mon mutisme leur imposa de se taire. Le brouhaha de la fête avait cédé la place au silence. Il n'y avait aucun bruit dans la galerie, pas même ceux de la rue, déserte après minuit. Je n'avais absolument pas envie que ces heures d'oubli et d'ivresse désenchantée se terminent. J'éteignis les lumières les unes après les autres, plus de temps à gagner. Cette parenthèse touchait à sa fin.

Le silence fut brisé par de la musique en provenance de la lutherie.

— Qu'est-ce qu'on entend ? s'étonna Carmen.

— Un violoncelle.

Je continuai méthodiquement l'extinction des feux, tout mon être tendu vers les notes qui vibraient rageusement.

— Comment le sais-tu ?

— Je le sais, c'est tout…

Elle n'avait pas besoin de plus pour comprendre. Idriss, décontenancé par notre conversation quasi muette, ne pipait mot. Quand la galerie fut plongée dans le noir et qu'il ne resta plus que la veilleuse de la porte d'entrée, je passai prendre mes affaires dans mon bureau. Ils m'attendaient dehors. Je tendis l'oreille, il arrêta brusquement de jouer.

— Ça va aller pour rentrer ? s'inquiéta Carmen.

Je hochai la tête en guise de réponse.

— Je peux te raccompagner, si tu veux, insista Idriss.

— Non, ce n'est pas la peine. Filez, je vais fermer toute seule, le calme va me faire du bien après tout ce tourbillon.

Je les embrassai, Carmen me glissa à l'oreille de passer à son atelier quand je le voulais. Ils disparurent et je verrouillai la porte. Je m'accordai quelques secondes pour prendre du recul et observer les ombres de la galerie. Puis, mes pas me guidèrent vers chez le luthier. Je ne pouvais pas partir. J'entrai sans faire de bruit ni réfléchir davantage, refermai derrière moi et pris le couloir qui me menait à Sacha.

Il tournait comme un lion en cage, se massant nerveusement la nuque. Son violoncelle était rangé, mais l'archet traînait par terre, comme s'il s'en était débarrassé dans un excès de colère. Quand il prit conscience de ma présence, il s'approcha, mais garda une infime distance, les pupilles de plus en plus sombres.

— Vous êtes venue…

— J'ai longuement hésité, mais…

J'avais encore la possibilité de faire un pas en arrière. Sacha sembla avoir la même hésitation, l'ultime, celle qui nous retenait de franchir le pas de trop.

— Je vous attendais.

— Je n'ai pas résisté.

Nous avions parlé en même temps. Au moment où je l'attirais à moi par sa veste, il me saisit par les hanches et écrasa ses lèvres contre les miennes. Ce baiser d'une bouche inconnue me bouleversa, je me lovai contre lui, m'accrochant à son cou, il me serra de plus en plus fort, et mon corps tremblait entre ses bras. On essayait de se séparer, mais nos lèvres finissaient toujours par s'appeler, se réclamer. Il finit par prendre mon visage entre ses mains et colla son front contre le mien, je m'agrippai à ses poignets, comme si je me noyais. Nous cherchions désespérément à reprendre notre souffle.

— Ava, on ne doit pas…

Il chuchotait, alors que nous étions comme seuls au monde. Il m'embrassa pour se contredire.

— Je dois partir, enchaînai-je en lui rendant son baiser.

— Oui… vous devriez partir…

Il fit tomber mon manteau, ses mains remontèrent le long de mes bras et reprirent possession de mon cou, alors que nos bouches ne pouvaient plus se séparer. Je me coulai contre lui.

— Arrêtez-moi.

— Je ne peux pas, je ne veux pas que vous vous arrêtiez.

L'amour – parce que je ne pouvais mettre d'autres mots qui auraient été vulgaires – l'amour se fit dans la lenteur. Chaque sensation, chaque caresse était unique, il n'y en aurait pas de suivantes. Nos vêtements ne volèrent pas, ils glissèrent sur nous. J'eus le sentiment qu'il redécouvrait tout comme moi la sensation de deux corps qui se cherchent. Les caresses, les baisers pleins de fièvre étaient d'une douceur violente, j'étais dévastée de plaisir et de chagrin. J'apprenais le grain de sa peau, et lui m'apprenait avec attention, patience et ferveur. Sacha m'observait, me rapprochait du plaisir sans me le donner. Il jouait avec et sur mon corps. L'hésitation nous saisit à nouveau ; nous étions nus, il était sur moi, nous étions déjà allés trop loin, nous allions vers l'irréparable. Durant quelques instants, nos mains nouées, nos yeux ancrés, nos cœurs battant à un rythme effréné, nos interrogations silencieuses. Et puis, il y eut un baiser qui ne pouvait être le dernier. Sacha en moi, dans mon corps. Le reste n'existait plus. L'urgence fut plus difficile à contenir, mais nous luttions encore et encore pour que cette nuit n'ait pas de fin. Jamais je n'aurais pu imaginer connaître ce vertige avec un autre homme que Xavier, j'étais terrifiée. Le regard de Sacha en miroir du mien.

Il m'enveloppa dans sa chemise pour calmer mes tremblements, je me blottis dans ses bras. J'avais encore besoin de le sentir contre moi.

— Jamais je n'aurais imaginé... chuchota-t-il, sans finir sa phrase.

Je n'étais pas encore prête à briser ce lien entre nous. Ses mains couraient toujours sur moi, j'étais encore protégée de la réalité.

— Je voudrais dormir ici, lui dis-je.

— Nous aurions quelques heures de plus ensemble... Ava, je suis peut-être un monstre, mais jamais je ne regretterai ce qui vient de se passer entre nous. Regardez-moi, s'il vous plaît.

Je lui obéis, ses yeux dégageaient autant d'intensité qu'avant, il ne feignait pas, sa sincérité ne pouvait être remise en cause. Nous venions de plonger dans un monde inconnu, merveilleux, épouvantable et terrible de conséquences.

— Moi non plus, je vous le promets.

Ce fut plus fort que moi, je l'embrassai encore une fois. Me souvenir de ses lèvres, de sa bouche. Puis, sans me détacher de lui, je fus bien obligée de nous ramener à la réalité. Mon corps niait pourtant mes mots.

— Je dois rentrer.

Il soupira profondément en me serrant avec possessivité contre lui.

— Ne bougez pas.

Il se leva du divan pour récupérer nos vêtements. Privée de ses bras, le froid m'envahit. Je ne les sentirais plus jamais autour de moi, sa peau contre la mienne avait disparu pour toujours. Je m'assis et respirai le parfum de sa chemise, pour en imprégner ma mémoire. On se rhabilla en silence. Il prit ma main dans la sienne pour quitter la lutherie, je me retournai et embrassai cette pièce du regard pour la dernière fois. Je n'y reviendrais jamais.

Dehors, je me sentis agressée, à l'opposé de ce que nous venions de vivre. Et je me demandai ce que nous faisions là, cela n'avait aucun sens. Pourquoi nous arracher à ce bonheur furtif ? Et pourquoi m'étais-je laissé emporter par mes désirs ?

— Où êtes-vous garée ?

— Je suis à pied.

Il eut du mal à dissimuler son étonnement.

— Je vais vous ramener chez vous.

Je secouai la tête.

— Au moins, vous accompagner sur le chemin. Je ne vais pas vous laisser toute seule dans les rues, pas après…

Je profitai qu'il n'y ait pas âme qui vive autour de nous pour abandonner mon visage contre son épaule, il me tenait fort par la taille, pour que je ne m'échappe pas, encore pour quelques minutes. Le trajet passa vite, trop vite. Impossible qu'il m'escorte jusqu'à la porte. Je n'y aurais pas survécu. Quand on arriva à deux maisons de mon foyer, je m'arrêtai.

— Vous devez me laisser ici.

La terreur de tout m'envahissait à mesure que le temps, les secondes étaient comptés. Il me prit dans ses bras, posa une main sur mes cheveux, je nichai mon visage dans son cou, le respirant une dernière fois.

— Faisons en sorte de ne pas nous détruire, de ne pas tout détruire, murmura-t-il.

Il me donna un baiser qui me fit monter les larmes aux yeux. Je me détachai de lui tout en tenant encore ses mains.

— Sacha, je…

— Ne dites rien…

Je le lâchai et lui tournai le dos en prenant la direction de la maison où m'attendaient mes enfants et mon mari. Mes jambes me portaient à peine. Avant de pousser le portail, je lui jetai un dernier regard, il me sourit tristement. Nous étions devenus tristes. Nous savions désormais à quoi nous devions renoncer. L'espace d'un instant, nous avions été l'un à l'autre. Quand une histoire débute, on est dans l'euphorie, dans le désir insatiable, on veut s'aimer, on veut se prendre, ne jamais être séparé ou alors juste le temps de susciter une frustration jouissive qui sera apaisée dans un corps à corps passionné. Notre histoire était finie avant même de naître. Et il faudrait vivre avec. Une dernière seconde, un dernier doute.

La réalité me rattrapa brutalement sous la forme de Monsieur qui m'accueillit plein de sommeil. La maison dormait paisiblement. Tout le contraire de l'affolement de mon cœur et de ma conscience. J'ordonnai à notre chien de retourner se coucher, étonnamment il obtempéra. Je retirai mes escarpins en bas de l'escalier et montai. Je m'interdis d'aller voir les enfants. Comment pourrais-je les embrasser et leur murmurer de beaux rêves après ce que je venais de faire à leur père ? J'aurais voulu pouvoir m'enfuir, retrouver la brève sensation de liberté que j'avais eue entre les bras de Sacha. Mais à mesure que les minutes s'égrenaient, il s'éloignait et je m'abîmais dans un véritable dégoût de moi-même. Je m'enfermai dans la salle de bains, sans bruit. Je retirai ma robe et m'observai dans le miroir ; mes yeux embués, mes lèvres encore gonflées des baisers d'un autre homme que mon mari, ma peau rougie par sa barbe. Et son parfum, partout. En tremblant, j'entrai dans la douche. Il me fallait effacer les traces visibles de la présence de Sacha sur moi, en moi. C'était indispensable et je souffrais de le faire disparaître. Je fis glisser une dernière fois ma joue contre mon épaule qu'il avait caressée, embrassée, je respirai une dernière fois son odeur. L'eau coula sur moi, comme les larmes sur mon visage. Les traces intérieures seraient-elles indélébiles ? Pourrais-je réussir à oublier ? Je lui avais promis le contraire… Ce que l'on dit dans la passion a bien peu de valeur, de parole quand la réalité, les responsabilités et la culpabilité remontent à la surface.

Je me détestais de regretter que Xavier ait réintégré notre chambre. Me confronter à lui dans notre lit me fit chanceler, je me rattrapai au mur. Sa respiration était paisible, il dormait profondément. Je traversai notre chambre à pas de loup et me glissai sous la couette. Ce fut plus fort que moi, je me tournai vers lui. Fait rare depuis son retour de l'hôpital, son visage était tourné vers mon côté ; il était presque serein. Ma main s'approcha instinctivement pour dégager son front de ses cheveux. Je la retirai juste à temps. Impossible de le toucher après ce que je venais de lui faire et alors que des images de ces mêmes mains sur le corps de Sacha m'assaillaient en rafales, je les voyais s'accrocher à lui, se serrer dans son dos, sur ses cuisses. Qu'avais-je fait ? Je hurlai en silence, je mordis mon poing pour canaliser l'effroi qui m'envahissait et me réfugiai à l'autre bout du lit, le plus loin possible de Xavier. Quoi qu'ait pu dire Sacha, je me considérais comme un monstre, un monstre d'égoïsme, j'avais laissé parler mon corps et mes désirs, je m'étais autorisé le plus grand, le plus effroyable des interdits. L'impardonnable. J'avais trahi nos serments d'amour avec Xavier. Et dire qu'il y a encore quelques mois, je croyais mourir parce qu'il devait se battre avec son corps pour rester en vie. Quelle horrible personne étais-je devenue pour le tromper de la pire des manières… avec le mari de la femme qu'il avait renversée et dont il se sentait responsable ? Pourquoi lui ? Que m'était-il arrivé en chemin ? Où et quand m'étais-je perdue ?

Mon esprit s'envola bien malgré moi vers Sacha. Traversait-il en ce moment les mêmes tourments que moi ? Comment avions-nous pu faire cela aux personnes que nous aimions plus que tout au monde et qui souffraient tant de cet accident qui nous avait tous liés les uns aux autres ? J'étais convaincue au plus profond de moi que Sacha aimait Constance, tout comme j'aimais Xavier et pourtant nous désirions être ensemble, cet appel de nous avait été le plus fort. Qu'est-ce qui me garantissait que nous ne céderions plus ? Rien. Ma vision de l'amour venait de se briser en mille morceaux. J'aurais pu donner des leçons, dire à qui voulait l'entendre que l'on ne peut pas tromper l'être aimé, celui ou celle sans qui on ne conçoit pas sa vie ; jusque-là, j'étais convaincue qu'il y avait toujours une petite voix pour nous faire rester du bon côté. Et je l'avais bâillonnée en conscience.

Le réveil me tira du peu de sommeil que j'avais réussi à trouver au petit matin. Xavier se réveilla lui aussi, il bougea le bras et rencontra mon dos. Comme un réflexe, sa main se posa sur ma peau en une caresse. Je me pétrifiai.

— Rendors-toi, je m'occupe des enfants.

Je quittai le lit et la chambre précipitamment. J'enfilai un jean, un pull et des baskets à la va-vite et partis vérifier que Pénélope et Titouan se levaient eux aussi. Je fuis leur regard et n'étais certainement pas délicate dans ma manière de les presser pour se préparer. Quand nous rejoignîmes la cuisine, j'eus la mauvaise surprise d'y découvrir Xavier. Pourquoi fallait-il qu'il se décide à reprendre le petit déjeuner en famille précisément ce jour-là ? Impossible de le regarder en face, je fixai mes pieds, les bols, la cafetière, le pain que je découpais avec beaucoup trop d'application. Je mis un grand coup sur notre radio pour qu'elle parle, qu'elle donne les infos. Il fallait qu'elle occupe l'espace. Je n'étais que délitement lorsque je m'assis à la table, je devais prendre sur moi, assurer, ne rien laisser paraître. Ce serait désormais ma vie, ne plus pouvoir regarder dans les yeux mon mari ni mes enfants, encore moins moi. Comment avais-je pu mettre de côté toutes les conséquences de mon acte, de cet acte ? Je me forçai à manger un peu et à boire quelques gorgées de café.

— C'était bien, hier soir ? me demanda Pénélope.

Je levai des yeux certainement hagards vers ma fille, ma jolie fille qui me fixait avec admiration. Elle me détesterait si elle savait, elle me renierait. Je retins un haut-le-cœur.

— Il y avait beaucoup de monde, réussis-je à répondre.

— Je ne t'ai pas entendue cette nuit, intervint Xavier, tu es rentrée tard ?

Sa voix était précautionneuse envers moi, comme s'il redoutait de trop s'approcher, et il avait raison, je venais de nous salir.

— Oui, assez… j'ai rangé avec Carmen et Idriss.

Une violente nausée me saisit. Je portai la main à la bouche et quittai la cuisine pour m'enfermer dans les toilettes, je vomis le peu avalé et le reste. J'avais mal partout, et j'échouai à calmer les spasmes de mon estomac. Deux coups furent frappés à la porte.

— Ava, m'appela Xavier, tu as besoin de quelque chose ?

L'inquiétude sincère de son ton me vrilla le cœur.

— Non, non, lui répondis-je la tête encore dans la cuvette. C'est certainement quelque chose qui n'est pas passé hier.

Et qui ne passera jamais…

Je réussis à me mettre debout en m'appuyant contre les murs. Quand je me sentis un peu moins faible, je sortis et tombai nez à nez avec Xavier visiblement soucieux pour moi.

— Ça va aller pour emmener Titouan à l'école ? Je peux me débrouiller pour le faire si tu ne te sens pas bien.

— C'est bon, je vais me passer un peu d'eau sur le visage, ne te préoccupe pas de moi.

Mon ton acerbe m'étonna. Et je réalisai que je lui en voulais. Je me faisais de plus en plus horreur, j'imputais à Xavier une part de la responsabilité de ce que j'avais fait. S'il n'avait pas eu cet accident, s'il m'avait regardée, s'il m'avait considérée, s'il ne m'avait pas exclue de sa convalescence, de sa souffrance, si sa vie ne tournait pas autour de Constance, en serais-je là aujourd'hui ? Qu'en savais-je, après tout ? Étions-nous si solides ? Je devrais avoir honte de me trouver des excuses si minables, de reporter la faute sur lui. Il ne m'avait pas poussée dans les bras d'un autre à ce que je sache. J'étais l'unique fautive.

Quitter la maison, ne plus voir le visage des enfants ni celui de Xavier me permit de souffler, d'être un peu moins oppressée. Je pris le chemin de la galerie comme chaque jour, me convainquant que rien n'avait changé. Tout du moins pour cette partie de ma vie. Au bout de la rue, je m'arrêtai net, mon épuisement m'avait fait oublier de prendre le détour pour ne pas passer devant le luthier. Je ne m'attardai pas dans mes saluts quotidiens, qui ne devaient pas être joyeux. Je me retins de jeter un coup d'œil à l'intérieur de chez Joseph pour ne pas raviver les souvenirs de la nuit. Même avec la meilleure volonté du monde – l'avais-je vraiment ? – il me fallait peu de chose, voire rien, pour m'y replonger, avoir envie de fermer les yeux pour ressentir Sacha. Une fois dans la galerie, je ne me sentis pas plus à l'abri, je le voyais partout, dans chaque pièce, devant les tableaux, les sculptures. Bien plus présent que Xavier qui n'y venait plus depuis si longtemps. Je comprenais que nous aurions pu lâcher prise ici, entre ces murs. Je n'aurais jamais pu y revenir. Je me prenais à rêver que Sacha l'avait deviné, sans certitude, mais j'en étais touchée.

Je laissai le panneau « fermé » sur la porte de la galerie et m'enfermai dans mon bureau. Les appels pleuvaient, m'empêchant de sombrer et m'occupant l'esprit ; une réservation d'œuvre, des félicitations, des remerciements, la confiance renouvelée de mes artistes. Maigre consolation ; je n'avais pas échoué sur tout. Anticipant un débarquement de Carmen, je lui demandai par texto de ne pas me rendre visite aujourd'hui, je lui promettais de lui faire signe dès que j'en serais capable. Elle n'insista pas. J'avais besoin de mettre mes idées au clair, avant de lui parler, avant de me confier. Peut-être aussi voulais-je garder cette nuit pour moi. Carmen était comme une sœur, mais partageait-on avec une sœur une nuit d'amour interdit ? Et comment faire comprendre ce que j'avais vécu, ce que j'avais ressenti dans mon corps et mon cœur ? Comment expliquer cette envie de vivre, plus forte que tout ? Cette envie de vivre destructrice. Cette rage d'exister au présent ? De ne plus être dans les remous de l'accident ? D'oublier tout, l'espace d'un instant ?

Le bouleversement était si violent. Je ne serais plus jamais la même. J'étais anéantie, ne sachant que faire. Comment me libérer de l'irréparable ? Pourquoi était-il entré dans ma vie ? Il avait fait voler en éclats mes serments, mon intégrité, alors que Xavier avait besoin de moi, il pensait pouvoir compter sur sa femme, sur sa confiance, sur sa solidité. Et il se trompait. Pendant qu'il s'acharnait à se retrouver, à réparer sa faute auprès de Constance, je passais la nuit avec son mari ? Voulais-je la détruire davantage encore ? Fallait-il que moi aussi, je ruine nos vies, à tous ? J'avais été si faible. Pourtant, les bras, le regard sombre de Sacha me hantaient, parce que je m'y étais sentie si bien. Ma vie n'avait pas de sens sans Xavier, jamais rien ni personne ne pourrait remettre ce fait en cause. Mais Sacha en faisait désormais partie, il avait pris un bout de moi, que je lui avais donné, avec sincérité, sans jouer. Fallait-il que je le reprenne ? Quitte à souffrir. Souffrir encore. Mon sacrifice était bien insignifiant. En réalité, la question ne se posait pas. Elle ne s'était même jamais posée. Je ne devais plus le revoir. Jamais. Je me fis la promesse de ne pas le chercher.

– 14 –

Plus je m'enfonçais dans la culpabilité et le manque, plus Xavier se redressait. Constance continuait à le guérir. Chaque jour, il se tenait un peu plus droit que la veille, se déplaçait avec de moins en moins de difficultés. Des expressions disparues depuis l'accident traversaient subtilement son visage, par exemple quand il écoutait de loin les chamailleries de Pénélope et Titouan, il avait ce petit sourire en coin plein d'affection pour eux ; quand cela s'était produit pour la première fois, j'avais dû aller me cacher pour dissimuler mon émotion. Mais je découvrais aussi de nouvelles expressions qui me prouvaient qu'il avait raison ; il avait changé, il était indéniablement plus dur, je crois que son regard – bien que de plus en plus adouci – avait perdu sa chaleur d'avant, peut-être ne la retrouverait-il jamais totalement, mais cela lui allait bien. Xavier était habité d'une nouvelle énergie, se donnant enfin les moyens de renouer avec la vie. Je l'observais à la dérobée dans les gestes du quotidien, encore inaccessibles il y a peu, désormais, il essayait, il y mettait de la hargne, mais de la hargne positive. Il serrait les dents joyeusement.

J'assistais au retour de sa flamme intérieure. Les hauts prenaient le pas sur les bas. Et quand il échouait, il ne se renfermait plus ou alors très peu de temps.

La chape de plomb qui irradiait de lui jusque-là avait perdu de son pouvoir nocif. Toute la famille en ressentait les bienfaits. Il reprenait sa place de père présent. Je devais même faire face à la mauvaise humeur de Titouan après les séances de devoirs avec Xavier qui tolérait mal son manque d'intérêt pour l'école, contrairement à moi qui lui passais tout. Xavier était devenu certes plus exigeant envers lui-même, mais aussi envers les autres. C'était aussi de plus en plus fréquent que je le surprenne en train de rire de bon cœur avec les enfants lorsque je rentrais du travail. Pénélope et Titouan allaient indéniablement mieux, ils avaient retrouvé les sourires qui n'auraient pas dû les quitter, se bataillaient pour des broutilles comme tous les frère et sœur de leur âge, sans craindre une gueulante de leur père diminué. Xavier venait désormais, avec ou sans béquilles, à ma rencontre dans l'entrée quand Monsieur me faisait la fête. Il déposait des baisers – timides – sur mes lèvres. J'avais envie de lui répondre, de retrouver sa bouche, de me noyer dans ses bras qui m'avaient toujours rassurée, qui m'avaient tant manqué, mais je ne m'en sentais plus le droit.

J'avais tout perdu. Xavier, qui malgré ses démons et ce qu'il m'avait infligé, était l'homme que j'aimais plus que ma propre vie. J'étais pourtant allée au bout du processus d'autodestruction en assouvissant mon désir. Ce secret ne pourrait rester indéfiniment secret ; au-delà d'avoir la plus grande difficulté à oublier l'homme avec qui je l'avais trompé, je n'oublierais jamais mon acte. Un jour ou l'autre, je devrais tout lui avouer et prendre le risque de le perdre à tout jamais. Il n'accepterait jamais que j'aie été à un autre que lui. Je ne le méritais plus. Mon égoïsme, mes désirs, ma peine et ma frustration m'avaient privée de lui.

Mais j'avais aussi perdu Sacha. Bien que je sache que nous ne devions nous revoir sans aucun prétexte, je ne pouvais m'empêcher d'attendre. Il ne jouait plus chez Joseph. Chaque soir, je tendais l'oreille, à l'affût de la moindre note, d'un vibrato de son violoncelle. Le silence était retombé sur la galerie. Quand il me saisissait, quand il pénétrait chaque fibre de mon corps, je courbais le dos, je retenais mes larmes. Jamais je ne le réentendrais. J'avais tenu debout grâce à lui ces dernières semaines ; sa présence, sa musique, le magnétisme entre nous m'avaient maintenue en vie alors que tout s'effondrait et s'éteignait autour de moi. Mon cœur avait battu pour lui-même et pas pour les autres avec Sacha. Grâce à lui, j'avais eu des moments de bonheur et de répit, qui me rechargeaient, m'insufflaient l'énergie suffisante pour ne pas m'écrouler et repartir. Il avait été l'adrénaline qui m'avait aidée à ne pas perdre pied. C'était fini. Plus rien ne me retenait dans cette chute lente. Si ce n'était que Xavier allait mieux.

Je m'effritais. Je me disloquais dans toutes mes pertes. Je retrouvais enfin mon mari, ce que j'avais toujours voulu, ce pour quoi je m'étais battue. Mais dans cette bataille, j'avais croisé Sacha. Avoir eu Sacha me privait de Xavier de retour dans ma vie. Alors même que j'avais le sentiment qu'après cette nuit avec Sacha je l'avais rendu à sa femme, et que lui m'avait rendue à mon mari. Nous étions allés au bout de notre désir, nous l'avions satisfait, peut-être inconsciemment convaincus que tout rentrerait dans l'ordre après.

Ce n'était pas le cas pour moi. Désormais, je ne savais plus qui j'étais. Je menais une lutte contre moi-même, pour ne rien montrer de mon agitation, de mon conflit intérieur, mais les regards de plus en plus inquiets de Xavier ne trompaient pas. Il avait fallu que je cède à ce désir interdit, que j'aille mal pour qu'il me voie. J'existais à nouveau pour lui. Il se remettait de ses blessures, de cet accident et de sa culpabilité, et je ne pouvais même pas m'en réjouir. En tout cas pas me réjouir à la hauteur de ce que j'aurais souhaité. Une part de moi souriait et pleurait de joie en redécouvrant Xavier, l'autre culpabilisait et m'empêchait d'en profiter et de célébrer cette renaissance. Dès que nous étions dans la même pièce, je sentais qu'il me sondait, qu'il essayait de percer mes mystères. Quand j'osais affronter l'émeraude de ses yeux, c'était sa douleur que j'affrontais. C'était à son tour de ne plus me comprendre. De ne pas reconnaître sa femme qui jusque-là avait toujours été en forme, à l'écoute des autres, pétillante, jamais malade, jamais mal en point. J'échouais à camoufler mon mal-être. J'avais exigé de lui qu'il redevienne comme avant, et c'était moi, aujourd'hui, qui voulais redevenir celle que j'avais toujours été. Celle que j'étais avant l'accident.

À qui expliquer que parfois quand je le regardais, quand je repensais à ces derniers mois, ma poitrine se serrait à en crier de douleur, j'avais l'impression que l'on m'étouffait avec un oreiller, que je me débattais pour reprendre ma respiration, mais il n'y avait rien à faire, on appuyait de plus en plus fort, et je n'avais plus la force de lutter. Toutes mes douleurs remontaient à la surface. J'étais fatiguée, si fatiguée. Je dormais très mal, m'échappant parfois de mes cauchemars en hurlant ; dans mes songes, je revivais la nuit de l'accident, ma terreur de le perdre, mon corps avait la mémoire de mes ressentis, je le revoyais sur son lit d'hôpital, Xavier souffrant, si diminué, et je voyais Sacha, son regard féroce, je les voyais aussi tous les deux parlant de moi. Mes sursauts terrifiés réveillaient Xavier. Il était décontenancé, mais essayait avec beaucoup de douceur de m'apaiser. Comment pouvait-il imaginer que lorsqu'il posait sa main sur moi pour me calmer, qu'il me soufflait des mots rassurants pour que je me rendorme, c'était encore pire et que je devais refouler les sanglots et la culpabilité qui surgissaient ?

Quinze jours que je me démenais pour ne pas me faire totalement dévorer. Ce soir-là, durant le dîner, j'eus l'impression que les rôles étaient inversés. Xavier entretenait la conversation, faisant en sorte que les enfants ne se rendent pas compte de mes absences. Il prenait garde à toujours me maintenir en éveil, comme à l'instant où il venait de me demander si les retombées de l'exposition continuaient à être positives. Depuis combien de temps ne s'était-il pas sincèrement intéressé à la galerie ? Impossible de m'en souvenir. Seule certitude : cela datait de bien avant son accident. Quasiment dans une autre vie.

— Je suis contente, réussis-je à lui dire. Une vente et j'ai signé un nouveau sculpteur, aujourd'hui.

— Carmen va avoir de la concurrence.

Sa remarque me fit rire, je ne croyais plus en être capable.

— Tu la connais, elle va le surveiller de près ! Et toi, aujourd'hui ?

— Comme d'habitude.

Sous-entendu. Visite à l'hôpital.

— Mais, reprit-il, c'est plutôt demain qui m'intéresse.

— Que se passe-t-il demain ?

— Je vais rencontrer mon remplaçant à la clinique.

J'avais dû mal entendre. À moins que je ne prenne mes rêves pour la réalité.

— Pardon ?

Il laissa échapper un sourire gêné, un peu comme s'il ne croyait pas non plus à son annonce.

— Il est plus que temps que j'aille voir ce qui se passe là-bas. Tu ne penses pas ?

Des larmes de joie perlèrent, l'une d'elles déborda. Xavier eut ce geste tendre que je n'attendais plus, je fis taire ma culpabilité pour le savourer à sa juste valeur ; son pouce l'essuya délicatement et il caressa ma joue en me regardant droit dans les yeux. Il était lui-même, abîmé, ses cicatrices ne disparaîtraient jamais, mais il s'était retrouvé. Il n'y avait qu'à voir la manière dont il se tenait à table, il était arrimé au sol, dans la réalité, plus de voile dans l'émeraude. Juste une fêlure indélébile.

Le silence soudain nous fit redescendre. Pénélope et Titouan nous fixaient, les yeux ronds. Cela faisait bien longtemps qu'ils n'avaient plus vu leurs parents si proches. Le dîner se termina dans une ambiance presque joyeuse, nouvelle en tout cas, comme si toute la famille respirait mieux. L'espoir pouvait-il renaître en moi ? Peut-être réussirais-je à oublier ? À vivre avec ces épreuves…

Tout s'effondra au moment où je m'apprêtais à monter me coucher. Dans la pénombre de la salle à manger, je distinguai une forme que je n'avais dernièrement que trop vue chez mon voisin luthier. Trônant en plein milieu de la table, un étui. Un étui de violon. J'avançai comme aimantée. Je devais savoir. Il était griffé, cabossé, marqué. Ma main tremblante s'approcha jusqu'à quasiment le frôler. Puis je reculai, effrayée, écœurée. Constance était dans notre maison. J'étais encerclée, prise au piège.

— Ça ne s'arrêtera donc jamais, soupirai-je.

Je tournai les talons en hâte pour m'empêcher d'exploser, bousculai Xavier que je n'avais pas entendu arriver et montai l'escalier quatre à quatre.

— Ava, attends !

Je me bouchai les oreilles, c'en était trop. J'étais en train de devenir folle. Je m'enfermai dans notre chambre et arpentai la pièce pour me calmer, pour effacer ce violon de ma mémoire. Que faisait-il chez nous ? Comment était-ce possible ? Il avait disparu, non ? Pourquoi Xavier me narguait-il avec ? La porte s'ouvrit et se referma dans mon dos. Je reconnus le bruit des béquilles qu'on dépose sur le parquet, puis le pas traînant de Xavier.

— Je l'ai retrouvé aujourd'hui.

— Parce que tu le cherchais ?

— Le retrouver était la dernière chose que je pouvais faire pour elle.

Dans une sorte de brouillard, je l'entendis m'expliquer de quelle manière il avait découvert que l'instrument avait été perdu quand ils en avaient parlé avec Constance. Comment il avait eu de plus en plus de flashes des minutes qui avaient suivi l'impact après qu'il avait repris connaissance. Il avait cru se souvenir de gens qui étaient sortis de chez eux et de certains qui avaient ramassé des débris au sol. Alors, il avait décidé de sonner à toutes les portes et le miracle avait eu lieu. La personne qui l'avait récupéré, craignant d'être accusée de vol, n'avait jamais eu le courage de le porter à la police. Le violon de Constance l'attendait, là où personne – et encore moins Sacha – n'avait eu l'idée de chercher. Elle n'oublierait jamais que ce n'était pas son mari qui l'avait retrouvé, mais Xavier.

— Si je l'avais su plus tôt… conclut-il.

Un verrou sauta.

— Ça suffit, Xavier !

J'étais loin d'être innocente, mais je ne pouvais plus encaisser de reproches alors qu'à l'époque je ne cherchais qu'à le protéger. Je l'avais tellement protégé que je m'étais égarée. Je me retournai vivement vers lui. Impossible de me contenir : le barrage venait de céder, j'étais entraînée par le flot, trop violent pour être endigué.

— As-tu une idée de ce que ça me fait de voir cette chose ici ? Non… Depuis l'accident, tu t'inquiètes pour une autre que moi. J'ai disparu de ta vie cette nuit-là. T'es-tu déjà demandé comment j'allais ? M'as-tu même posé la question ? T'es-tu demandé comment je survivais à cette épreuve ?

Il blêmit.

— Mais…

— Tais-toi ! J'ai encaissé ce que tu avais à me dire, à ton tour de m'écouter.

Je tremblais de tout mon être, il était désemparé et en colère à voir la dureté de son regard.

— Je sais, Xavier, ce n'était pas moi sur la moto, ce n'est pas moi qui ai eu l'accident, qui ai fini brisée sur une table d'opération. J'ai parfaitement conscience que nos places ne sont pas les mêmes, n'en doute pas. Je n'amoindrirai jamais ce que tu as vécu. Mais toi, sais-tu ce que cela fait quand on t'annonce que l'amour de ta vie a eu un accident, qu'on ne sait pas s'il va vivre ? Ça détruit, ça te met plus bas que terre, ça t'épouvante, ça te transperce de part en part.

Il serra le poing, incapable de me dire un mot, alors je continuai.

— Sais-tu ce que c'est de rester des heures dans une salle d'attente, sans savoir ? Avec l'impression de mourir de l'intérieur ? Sais-tu ce que m'a fait de penser que je ne te reverrais jamais en vie ? Et qu'il faudrait annoncer aux enfants qu'ils ont perdu leur papa… Non, tu ne sais pas. Tu n'as aucune idée de l'enfer dans lequel, moi, j'ai basculé cette nuit-là.

— Je n'ai jamais dit que tu n'avais pas souffert…

D'un mouvement de main, je le fis taire et je me mis à marcher de long en large devant lui.

— Mais, Xavier, après, après, ça a été pire… Tu t'es enfoncé, encore et encore, tu m'as rejetée. Je t'ai vu abandonner. Tu nous as laissé tomber, les enfants et moi. Tu ne t'es pas battu pour nous ni avec nous. On était prêts à t'aider. Je n'ai peut-être pas fait ce qu'il fallait, j'ai certainement été maladroite, mais j'ai tout tenté. Tu m'as laissée me débattre toute seule… Tu m'as repoussée… Tu ne m'as jamais tendu la main. En revanche, tu lui as tendu la main, à elle…

— Je sais que tu as fait ce que tu as pu… j'ai honte de mes reproches, j'étais en colère, enfermé dans un corps que je ne reconnaissais pas, mais… je ne savais plus qui j'étais, Ava. La culpabilité me bouffait de l'intérieur. Je regrette tellement que ça se soit passé de cette manière.

Je les entendais, ses excuses, mais tout remontait à la surface, mes terreurs, mes blessures. Plus elles sortaient, moins j'avais l'impression d'être étouffée, et pourtant, je souffrais et j'allais souffrir davantage encore, parce que rien ne m'arrêterait, je devais aller au bout. Je ne m'accommoderais pas de demi-vérités.

— Tu m'as repoussée, lui répétai-je. Tu m'as éloignée de toi… Je n'ai jamais été aussi seule de toute ma vie. J'ai cru que tout était fini, Xavier, que je ne te retrouverais jamais… Tu ne te remettras peut-être jamais complètement de ton accident, j'ai compris et accepté que tu avais changé… Mais moi non plus, je ne m'en remettrai pas. Je ne suis plus la même depuis que je t'ai perdu, parce que même si tu es vivant, je t'ai perdu… Je ne suis plus la femme que tu as connue, il y a quelque chose qui s'est cassé chez moi aussi, et…

— Je t'ai fait tant de mal…

Il franchit la distance qui nous séparait avec une rage que je ne lui connaissais pas. Il chercha à m'attirer contre lui.

— Ne me touche pas !

Je m'éloignai alors que je souhaitais plus que tout qu'il me serre contre lui. Mais c'était fini. Son visage se décomposa face au rejet que je venais de lui infliger. Pourquoi nous faisions-nous tant de mal ?

— J'ai tout détruit, se lamenta-t-il en rivant ses yeux aux miens. Je sais à quel point…

Mon cœur se serra… que voulait-il dire ?

— Pourras-tu me pardonner, un jour ? poursuivit-il.

Les larmes ruisselaient sur mes joues. Je m'apprêtai à signer la fin de nous. Sans retour possible.

— C'est toi qui dois me pardonner. Xavier…

Ses yeux se remplirent eux aussi de larmes, sa mâchoire se contracta et il ne me laissa plus la possibilité de m'échapper, il m'écrasa contre lui, dans ses bras, je tentai encore une fois de lui résister. D'où lui venait cette force retrouvée ?

— Ne dis rien, Ava… je t'en prie, ne dis rien…

Sa voix brisée. Il savait. Ma bouche s'ouvrit sur un cri de douleur, mais aucun son n'en sortit, il me serrait de plus en plus fort, comme s'il voulait m'absorber en lui.

— Xavier… je…

— Je ne veux pas te perdre, Ava, je n'y survivrais pas… Pardonne-moi… Tout est de ma faute.

Je n'essayai plus de lutter contre lui, au contraire, je m'accrochai à son pull.

— Non… je t'interdis de dire ça… C'est moi… Je n'ai…

Il attrapa mon visage entre ses mains, je fermai les yeux, la honte me terrassait.

— Regarde-moi, Ava, s'il te plaît…

Je cédai à son appel désespéré. Il était transcendé par la douleur et l'amour. Jamais il n'avait été aussi beau.

— On s'est perdus tous les deux, on a oublié qui nous étions… on voulait juste survivre, même si on en paie le prix aujourd'hui. Je veux te retrouver, je veux nous retrouver… Je t'aime, si tu savais comme je t'aime…

— Encore ? sanglotai-je.

— Ça ne ferait pas si mal si je ne t'aimais plus.

C'est parce qu'il me tenait que je ne m'effondrais pas.

— Mais toi, Ava, m'aimes-tu encore ? C'est tout ce qui m'importe maintenant. M'aimes-tu encore ?

— Je n'ai jamais cessé de t'aimer, je te le promets.

Un soulagement douloureux traversa ses traits.

— Xavier, tu me crois ? Dis-moi que tu me crois.

— Je te crois…

Je me hissai sur la pointe des pieds et approchai timidement mes lèvres des siennes, j'attendais son autorisation, il me la donna en scellant nos bouches. Ce baiser était plein de rage, de regrets, de pardons et d'amour, il avait le goût du sel de nos larmes. Ce fut à mon tour d'attraper son visage entre mes mains, j'embrassai ses joues, sa bouche, ses yeux, son cou.

— Tu m'as tellement manqué, Xavier. J'ai cru mourir sans toi. Ne me laisse plus, ne me laisse plus jamais.

Il enferma mes poignets dans ses mains pour que je ne bouge plus. Son regard me cloua sur place ; tant d'émotions s'y livraient bataille, l'amour, la colère. Allait-il revenir sur ses mots ? Il m'embrassa rageusement, comme jamais il ne m'avait embrassée en tant d'années. Et je sentais à nouveau nos larmes, nos gémissements de plaisir et de souffrance. Le désir monta, incontrôlable, dévastateur, douloureux.

— Je te veux, Ava, je crois que je ne t'ai jamais autant voulue.

Je cherchai à m'échapper, il me retint avec force. Comment pouvais-je me donner à lui après ce que je lui avais fait ? Je ne le méritais pas.

— Et je veux oublier, je veux que tu me fasses oublier. Fais-moi oublier l'accident. Tout. Tu es la seule à en avoir le pouvoir. Rappelle-moi que je suis un homme. Je veux tirer un trait. Je suis prêt. Je nous ai déjà fait trop attendre.

Il me plaqua contre lui.

— Aide-moi à croire qu'on se pardonnera.

Ma respiration s'accéléra. Je m'éloignai le moins possible de lui. Je retirai mes vêtements un à un sans jamais lâcher son regard. C'était lui que je regardais, je voulais qu'il n'ait aucun doute. J'étais avec lui. À lui. Quand je fus entièrement nue, je comblai la distance entre nous. Et j'attendis qu'il me touche. À nouveau. Ses mains enlacèrent délicatement mon dos, puis elles devinrent possessives, je me cambrai, sa bouche ravageait mon cou. Mon ventre s'embrasait, l'appelait. Je m'agrippai à ses épaules. On recula doucement jusqu'à rencontrer le pied du lit, sur lequel on tomba, je prenais mille précautions pour ne pas lui faire mal à la jambe.

— Arrête de faire attention à moi ! Je ne veux pas de ta pitié. Aime-moi, montre-le-moi.

Je le déshabillai en l'embrassant. Partout où je passais, je découvrais ses cicatrices, sa peau se couvrait de chair de poule quand je m'en approchais. Je les aimais déjà, elles faisaient partie de lui et je le lui prouvais. Je réalisais à quel point il avait perdu confiance en lui, en l'homme qu'il était. Nos caresses, nos baisers étaient avides, violents, comme jamais. On se faisait du mal, on se faisait du bien.

— Ava, viens, s'il te plaît. Maintenant.

Xavier attendait que je lui fasse l'amour. Mon regard noir dans son regard vert. Notre expression n'avait jamais eu autant de sens : un orage à nous deux. Sans le quitter des yeux, je donnai le coup de reins pour que nous soyons enfin réunis. Nos respirations se bloquèrent. Et je pleurai. Il était là, en moi, et pour la première fois depuis des mois, j'avais l'impression d'être entière, de le protéger et d'être protégée.

— Tu m'as tellement manqué, murmurai-je.

— Je ne t'abandonnerai plus jamais.

Nos corps n'étaient plus qu'un corps à nouveau. Plus rien ne nous séparait, c'était fini. Nous ne faisions plus qu'un, comme avant, comme si la vie pouvait continuer, comme lorsqu'il rentrait d'un long voyage. Nous rentrions pour la première fois ensemble de nos voyages. Nos *je t'aime* se perdirent dans la jouissance.

Plus tard, dans la pénombre de notre chambre, dissimulés sous nos draps, je pus reprendre ma place, contre lui, dans le creux de son épaule, il me serrait fort.

— On va y arriver ? me demanda-t-il en chuchotant.

— Je veux y croire, Xavier.

J'oublierais tout le reste, j'apprendrais à vivre avec, avec le souvenir que je ne pourrais jamais refouler, avec la culpabilité d'avoir trahi celui que j'aimais. J'apprendrais à vivre avec ses reproches, avec les moments où cela jaillirait entre nous. J'apprendrais aussi à vivre avec la nouvelle dureté du caractère de Xavier. Avec sa nouvelle force qui me déroutait, mais que j'aimais déjà. J'y arriverais parce que c'était ce que je désirais le plus au monde.

Les enfants nous trouvèrent endormis dans les bras l'un de l'autre. Pas de cauchemar. Le réveil n'avait pas sonné. Lorsqu'on ouvrit les yeux, malgré la panique de Pénélope et Titouan au pied du lit, on se regarda sans trop comprendre ce qui nous était arrivé, ce qui était en train de nous arriver. Nous avions passé la nuit emboîtés l'un dans l'autre, de peur que l'un de nous s'échappe. Nos cœurs battaient à nouveau à l'unisson, pourtant ce réveil avait aussi des allures de gueule de bois. Je doutais de la réalité de la nuit dernière. L'avais-je rêvée ? Nous nous étions dit des mots forts, des mots durs, des mots à demi-mot. Le combat pour nous sauver ne faisait que commencer.

— Je vais m'occuper des enfants, prends ton temps, lui dis-je.

Il ne me lâchait pas.

— Je dois y aller, Xavier, sinon notre fille va démolir la maison.

Il fronça les sourcils.

— Tu reviens ? me demanda-t-il d'une voix angoissée.

Je déposai un baiser hésitant sur ses lèvres, comme si le droit que j'avais récupéré la veille ne m'était plus aussi acquis.

— Je reviens.

Le temps que j'enfile des vêtements et que je m'asperge le visage d'eau froide, les enfants avaient avalé leur bol de céréales et m'attendaient dans l'entrée pour que je les emmène en urgence à l'école.

À mon retour, je me sentais fébrile à l'idée de me retrouver en tête-à-tête avec Xavier. Rien ne me garantissait qu'il soit dans le même état d'esprit que la veille. Peut-être était-il redescendu ? Comme moi, mais plus radicalement. Et avec des regrets… Il était dans la cuisine en pleine conversation avec Monsieur et Mademoiselle. C'était vraiment lui, Xavier était de retour. Leur conciliabule prit brutalement fin lorsque je les rejoignis, nos animaux le délaissèrent pour traîner dans mes jambes. Je les caressai distraitement, manière de combler le silence gêné entre nous.

— Tu veux un café ? me proposa-t-il après de longues minutes.

Il me tendit une tasse, je l'attrapai et m'assis à table pour échapper à son regard qui ne me quittait pas. Lui restait debout, béquilles calées, adossé au plan de travail.

— Ava ?

Je levai les yeux vers lui, le voir presque souriant devant moi alors que nous buvions notre café du matin me remua, au-delà de ce que j'aurais imaginé.

— J'ai un service à te demander.

— Je t'écoute.

— Tu pourrais me conduire à la clinique ? J'aimerais que tu m'accompagnes.

Un coup d'amour au cœur.

— Bien sûr… je me prépare et on y va.

Déjà, j'étais partie, hors de question qu'il me voie encore pleurer.

J'étais sur le point d'entrer dans la douche quand la porte de la salle de bains s'ouvrit. La gêne s'empara de moi, il me voyait à nouveau nue dans la lumière crue du jour. La veille, nous avions pourtant fait l'amour furieusement et sans aucune pudeur, mais il nous fallait réapprivoiser la simplicité et la spontanéité du quotidien. Xavier était tout aussi mal à l'aise que moi. Un petit sourire naquit au coin de ses lèvres, alors que nous nous fixions, déroutés.

— Il faut que je me prépare aussi.

Je lui souris en guise de réponse. L'eau coulait sur moi, Xavier se rasait et nous échangions des regards intimidés à travers le miroir. Quand je sortis de la cabine, il me tendit un drap de bain, comme il l'aurait fait avant.

La route se fit en silence, Xavier n'arrêtait pas de faire tourner son alliance autour de son annulaire. C'était la première fois que je le voyais le faire depuis l'accident. Il retrouvait même ses gestes de stress. Il se forçait à respirer calmement. Je n'osais imaginer ce qu'il ressentait à la perspective de renouer avec son métier. J'espérais plus que tout qu'il s'y sente bien, qu'il puisse se dire ce soir qu'il réussirait à exercer à nouveau. Cette journée était nécessairement un test dans son esprit. S'il pouvait s'y rendre ne serait-ce que quelques heures chaque jour en attendant la guérison de sa jambe, il y trouverait un nouvel équilibre… Quand la voiture fut garée, il ne bougea pas, les yeux aimantés par la clinique, pleins d'une émotion difficile à contenir. Il inspira profondément pour éviter de craquer. Il eut un léger mouvement de recul quand la porte s'ouvrit sur son remplaçant. Xavier fronça les sourcils pour mieux l'observer.

— Il a une bonne tête, me dit-il la voix rauque.

— Je trouve aussi.

Sa main attrapa la mienne et la serra à la broyer. Après quelques instants, il se pencha vers moi et chercha mes lèvres.

— Merci, Ava… merci d'avoir fait en sorte que ma clinique ne s'écroule pas avec moi.

Je caressai sa joue, mon front contre le sien, souriante.

— Vas-y, il t'attend et c'est entre vétérinaires que ça doit se passer. Je n'ai rien à faire avec vous, maintenant que tu es arrivé à bon port.

— À ce soir.

Il s'extirpa de la voiture, je le retins avant qu'il ferme la portière.

— Appelle-moi quand tu voudras rentrer, je viendrai te chercher.

Il fuit mon regard.

— Non, je vais me débrouiller avec un taxi.

— Je peux fermer la galerie, ça ne me dérange pas.

— Ava… je vais repasser à la maison et ensuite j'irai à l'hôpital, je dois y aller aujourd'hui.

— Oh…

Nouveau coup au cœur, plus douloureux cette fois-ci. Elle – il – resterait toujours entre nous.

— Bien sûr, repris-je, le violon… Elle va être heureuse.

— Ava…

Je détournai le visage un bref instant pour me ressaisir, je n'avais rien à dire, aucun reproche à formuler, je n'oubliais pas la croix que j'avais à porter. Le souvenir indélébile de Sacha. Lorsque je me sentis assez forte, je l'affrontai, avec je l'espérais un visage recomposé.

— Tout va bien, passe une bonne journée.

Il ne sembla pas particulièrement rassuré, mais je ne pouvais pas faire mieux. Il claqua la portière et gagna la clinique. Son remplaçant vint à sa rencontre, ils échangèrent une poignée de main chaleureuse. Avant de disparaître à l'intérieur, Xavier se tourna vers moi, je lui fis un grand signe, il me répondit et retourna à sa vie de vétérinaire. Je filai à la galerie.

Le soir même, la première chose que je fis en rentrant à la maison fut de vérifier que le violon avait bien disparu de chez nous. Plus aucune trace. Ensuite, la soirée fut consacrée au récit de son passage à la clinique. Il semblait heureux du temps qu'il y avait passé, de l'état dans lequel il l'avait trouvée et de son remplaçant. Même s'il était revenu exténué et perclus de douleurs, Xavier prévoyait d'y aller régulièrement, peut-être même un peu tous les jours, pour se refaire la main. Quand le sujet fut épuisé, notre maladresse reprit le dessus : difficile de reprendre une vie quotidienne normale. Je trouvai des occupations futiles dans la maison pendant qu'il essayait de se replonger dans la lecture de son livre. Il levait fréquemment le nez vers moi, me souriait, hésitant, et faisait à nouveau semblant de lire. Il était encore trop tôt, nous venions à peine de nous retrouver. Il nous fallait du temps. Une victoire avait pourtant été remportée ; on monta se coucher tous les deux, ensemble. Une fois dans notre lit, on se tourna l'un vers l'autre. Je n'osais pas lui demander si je pouvais me blottir contre lui et j'avais une question à lui poser. Même si elle était risquée.

— Xavier… vas-tu… Est-ce que tu vas…

Je n'y arrivais pas, la peur m'ordonnait de me taire, je ne pouvais garantir ma réaction, ni celles en chaîne que je risquais de provoquer. Il posa sa main sur ma joue, très doucement, son regard m'encourageait.

— Dis-moi, Ava… Même si c'est compliqué, je ne veux plus de silence, sinon on n'ira pas de l'avant. Et c'est ce qu'on veut tous les deux, on veut y arriver ?

— Bien sûr… mais…

— C'est à propos de l'hôpital ?

— Oui.

Son visage se tendit légèrement.

— Je t'écoute, que veux-tu savoir ?

— Maintenant que tu lui as rendu son violon, est-ce que tu vas retourner la voir ?

Il ferma les yeux, mais après quelques secondes, il ne se déroba pas.

— Je vais lui rendre visite encore une fois après-demain.

Sa phrase était étrange.

— Pourquoi après-demain ? Et pourquoi une fois ?

Ses traits furent traversés par la colère et l'inquiétude. Qu'allait-il me dire ?

— J'irai lui dire au revoir.

Bien malgré moi, mon cœur rata un battement.

— Au revoir ?

— Il reste une dernière chance de sauver sa main pour qu'elle puisse rejouer un jour. Ils ont trouvé une clinique spécialisée près de chez eux. Alors ils s'en vont.

Je me forçai à le regarder dans les yeux, cela me demandait une énergie et une volonté folles, démesurées, mais je devais tenir. Ne pas montrer à Xavier à quel point cette nouvelle me bouleversait. Ne pas vaciller, ne pas distiller de doute dans son esprit. Parce que malgré le chagrin que j'éprouvais, cela ne changerait rien entre Xavier et moi.

C'était lui que j'aimais. Je devais parler, à voix haute, ne pas laisser le silence s'éterniser entre nous.

— Comment vis-tu son départ ? Elle t'a aidée, vous avez votre lien…

— Lui rendre son violon était l'une des dernières étapes de ma rédemption.

— C'est la raison pour laquelle tu es allé à la clinique aujourd'hui ?

— C'est avec toi que j'y suis allé. La clinique, c'est nous.

Il n'avait pas répondu à ma question, inutile de relever. Il se remit sur le dos et ses yeux m'échappèrent. Je fermai mon esprit à tout ce qui n'était pas lui et m'approchai au plus près.

— J'ai mal partout ce soir, souffla-t-il.

— Dors bien.

Tout en m'accrochant à son bras, je me recroquevillai, collée à lui, visage baissé, pour dissimuler mon chagrin. Tout se mélangeait. Ma crainte de ne pas nous en sortir, Xavier et moi, malgré notre volonté de nous pardonner, de me pardonner. Mais aussi Sacha. Sacha, cet homme qui m'avait maintenue en vie quand mon mari me condamnait à dépérir. Sacha qui m'avait réveillée, qui m'avait regardée, qui m'avait fait souffrir, mais qui m'avait fait vibrer. Dans quarante-huit heures, il serait loin, il serait parti. Je n'aurais plus jamais la possibilité d'affronter son regard, de retrouver ce qui nous avait embarqués bien trop loin et dont le souvenir me ferait frémir encore longtemps. Peut-être qu'à l'avenir, Xavier et moi aurions plus de facilité à évacuer ce passé destructeur. Moi qui croyais m'être libérée du conflit intérieur, des souffrances des derniers mois, je comprenais que toute ma vie, je devrais étouffer le souvenir de Sacha. Pour ma survie. Pour celle de Xavier. Pour la nôtre.

***

Le compte à rebours de leur départ fit peser sur nous une ambiance particulière. Nous ne parlions plus. Le dialogue était rompu. Chacun de son côté, nous prenions conscience de la fin d'une époque. Xavier m'observait, traquant certainement une tristesse, un déchirement, un doute. Je traquais la même faiblesse chez lui, avec en plus la crainte qu'il ne s'effondre à nouveau. Elle avait tué ses démons, en étant à ses côtés chaque jour. Vaincrait-il sans elle ? Pouvait-il vivre en se passant de cette femme ? Était-il capable de tourner la page de l'accident ? La page de Constance dans son existence ? J'espérais que leur départ nous permettrait d'aller de l'avant. Au moins, d'apprendre à vivre avec *nos* accidents. Accepter que cela avait eu lieu, que cela nous avait transformés, mais que nous pouvions continuer notre chemin main dans la main. Pour ma part, c'est ce que j'espérais. Il me restait une étape difficile à franchir, mais au bout de laquelle la sérénité me tendrait les bras.

Ce matin-là, en disant au revoir à Xavier pour la journée, j'avais peur. Peur de le perdre à nouveau. Peur qu'il s'échappe, qu'il s'égare, qu'il ne croie plus en moi. Peur qu'il regrette ses tentatives de pardon.

Je pressai plus fort mes lèvres contre les siennes, il me retint longtemps contre lui. Je ne pus contenir le tressaillement qui parcourut mon corps. Je l'embrassai avec tout mon amour. Lui prouver encore et encore qu'il pouvait désormais me faire confiance.

— À ce soir, lui dis-je avec le sourire le plus rassurant qui soit.

Il me le rendit et ne me quitta pas des yeux jusqu'à ce que je disparaisse. Je pris le même trajet que chaque jour, je marquai un temps d'arrêt à l'angle de la rue de la galerie. Je la traversai en sautillant entre les pavés, je saluai Joseph – sans m'effondrer – et tous les autres. Puis comme chaque matin, j'ouvris la galerie, lançai mon manteau et mon sac à main dans mon bureau et fis mon tour du propriétaire en allumant les lumières. Faire de cette journée une journée comme les autres. Et l'attente débuta.

Les minutes, les heures passèrent lentement. Pas un client. Pas une visite. Pas une seconde de diversion professionnelle. Le vide m'envahissait et m'entraînait là où je ne devais pas retourner. Revivre ces derniers mois. La première fois que je l'avais vu, ce premier regard violent. Puis toutes les autres fois. Je ressentis les frissons que j'avais eus pour lui, à cause de lui. Mon combat contre cette attirance interdite. Notre impossibilité à nous éloigner l'un de l'autre. Nos rituels ; la traversée du parking de l'hôpital ou quand il jouait de l'autre côté du mur chaque soir. Nos mains se frôlant dans la rue. Et cette nuit-là… Étais-je la seule à avoir traversé autant de vertiges ? N'avait-il pas vécu les mêmes choses que moi ?

M'étais-je trompée ? Il ne viendrait pas me dire au revoir, alors. Il ne mettrait pas un point final à ce que nous avions vécu. Voulait-il conserver un goût d'inachevé ? Cela lui ressemblait si peu, du moins si peu au Sacha qu'il m'avait été donné d'entrevoir.

Alors que j'avais cessé d'espérer, j'entendis la porte s'ouvrir depuis mon bureau. Je restai quelques instants stoïque. C'était lui, je le sentais. Je puisai du courage au fond de moi en me levant de ma chaise, les jambes chancelantes. Après tout, c'était ce que je voulais. J'avançai doucement et trouvai Sacha, de dos face au tableau d'Idriss. Il avait abandonné son violoncelle à l'entrée, il partait, il partait vraiment. Nous allions nous dire adieu. Il était venu me dire adieu. Le bruit de mes talons sur la pierre du sol le fit réagir, sa nuque se figea. Je m'approchai jusqu'à une distance raisonnable. Au mouvement ample de ses épaules, je compris qu'il prenait une grande inspiration, puis il me fit face et braqua ses yeux noirs dans les miens. J'en eus le souffle coupé. Lui aussi. Les secondes défilaient, impossible de détacher nos regards.

— J'ai longuement hésité à venir…

— Je vous attendais.

Encore quelques instants de silence. Mon cœur battait vite, fort, il me faisait mal.

— Je ne pouvais pas partir sans vous revoir une dernière fois.

D'un même mouvement, chacun fit un pas vers l'autre. Nous étions si près que c'en était douloureux.

— Nous n'aurions pas dû nous rencontrer, me dit-il.

— Non, nous n'aurions pas dû.

— Je ne le regretterai jamais.

— Je ne vous oublierai jamais.

Il franchit le dernier pas qui nous séparait, le regard de plus en plus intense. Sa main se leva vers mon visage et se figea, tout près, si près. Je sentais la chaleur de sa paume. Il luttait contre lui-même et je luttais contre moi-même. Il aurait suffi que je me penche pour qu'il me touche et que nous basculions. Une larme roula sur ma joue.

— Il est temps de partir, Sacha.

Ses traits se creusèrent. Il savait que j'avais raison. Dans ce dernier regard dévastateur que nous échangions, il y avait tout ce qui s'était passé entre nous. Tout ce qui aurait pu se passer, si nous nous étions rencontrés dans une autre vie que la nôtre.

— Faites attention à vous, Ava.

Il s'éloigna, impossible de détacher mes yeux de lui. Il attrapa son violoncelle, posa la main sur la poignée et suspendit son geste, une seconde. Il commença à tourner la tête vers moi, y renonça. Tant mieux. Il ouvrit la porte, attendit encore un peu – derniers instants l'un près de l'autre – puis il dévala les deux marches et partit dans la rue. Je m'approchai de la porte, la vue brouillée, et descendis à mon tour l'escalier. Il marchait vite et je n'eus que le temps de distinguer une dernière fois sa silhouette à l'angle de la rue.

Je restai au milieu des pavés un long moment, sans pouvoir bouger, envahie d'une sourde mélancolie.

Sacha me manquerait à jamais, mon cœur battrait toujours plus vite lorsque mes pensées s'envoleraient vers lui. Je l'imaginerais, puissant et charismatique, diriger un orchestre, se défouler sur son violoncelle s'il était contrarié, inquiété ou perturbé. Je rêverais que son regard ne change jamais. Mais pour rien au monde, je ne revivrais le reste… comme il disait. Je lui souhaitais de retrouver Constance, je souhaitais qu'elle lui pardonne de s'être égarée avec moi, je sentais qu'elle savait, tout comme Xavier l'avait su. *Qu'elle lui pardonne.* Il n'avait jamais cessé de l'aimer malgré la part de lui qu'il m'avait offerte. Il avait toujours été à elle, comme j'avais toujours été à Xavier. Nous aurions pu nous aimer follement, mais ce n'était pas cet amour que nous souhaitions vivre. Je voulais Xavier. Il voulait Constance.

La soirée pointait le bout de son nez, je commençais tout juste à me remettre de mes émotions. Je combattais mes pensées vagabondes et les pincements de mon cœur. Pour autant, la paix commençait à m'envahir… Comme par un fait exprès, la fin de journée fut calme, trop calme, quand il m'aurait fallu de quoi m'occuper. Je me préparais mentalement au retour à la maison, sans savoir ce qui m'attendait. La porte de la galerie s'ouvrit. Je pestai. J'étais prête à fermer plus tôt pour rejoindre Xavier et m'assurer que tout allait bien de son côté. Je m'apprêtais à expédier ce visiteur qui arrivait au plus mauvais moment.

En franchissant le seuil de mon bureau, je m'arrêtai net. Xavier était dans la galerie. Alors même que je ne pouvais pas dater la dernière fois où il était venu, sa présence était tout ce qu'il y avait de plus naturel ; il était à sa place. Il détaillait tous les aménagements, déambulant tranquillement au milieu des œuvres, se tenant droit sur ses béquilles, presque comme avant. Il semblait avoir retrouvé toute sa force, malgré les blessures encore visibles. Il alla jusqu'au fond, j'avançai de quelques pas pour ne pas le perdre de vue, j'aimais tellement le voir ici, il m'avait tant manqué. Il souriait de temps à autre en découvrant telle toile ou telle sculpture. Il fit un signe de la main à quelqu'un à travers la vitrine. Je me moquais bien de savoir à qui, tout ce qui m'importait était qu'il soit là. Il s'approcha tranquillement de moi, son visage était fatigué, marqué, mais souriant.

— C'est beau ce que tu as fait ici. Ça te ressemble… enfin. Tout a changé et en même temps rien. C'est étrange… C'est bien ta galerie aujourd'hui, Ava.

— Merci…

Il ne pouvait imaginer l'impact de ses mots sur mon cœur. Je parcourus le chemin qui nous séparait, il laissa tomber ses béquilles et m'attrapa par la taille.

— Comment vas-tu ? me demanda-t-il.

Pas une once de sarcasme ou de colère dans son ton. Alors qu'il se doutait peut-être que j'avais fait mes adieux à Sacha pendant que lui faisait les siens à Constance. Non, il s'inquiétait sincèrement et avec amour pour moi. Ils étaient vraiment partis, et nous étions enfin tous les deux.

— Je vais bien, maintenant que tu es là.

Il eut un sourire un peu triste et m'embrassa délicatement, précautionneusement même. Il m'enlaçait toujours, mais il tremblait.

— Et toi ? l'interrogeai-je à mon tour.

— Tout va bien… même si c'est particulier pour moi d'être ici.

Ma gorge se noua.

— Pourquoi ?

Il leva les yeux au ciel pour contenir son émotion. Que lui arrivait-il ? Je ne voulais plus le voir dans cet état.

— Ava, il faut que je t'avoue quelque chose dont je n'ai jamais voulu te parler jusque-là.

— Je t'écoute.

— Le soir de l'accident… je ne rentrais pas à la maison.

— Quoi ?

Il m'étreignit encore plus fort, comme s'il s'accrochait à moi, qu'il avait peur de s'écrouler s'il me lâchait.

— Comme d'habitude, j'ai été retenu pour une urgence. Quand j'ai quitté la clinique, j'étais déjà en retard. Sur la route, j'ai vu au loin le feu qui allait passer au rouge, il fallait que je l'aie, à tout prix… alors j'ai accéléré et…

Il ferma les yeux de toutes ses forces.

— Xavier, arrête, ne te fais plus de mal, on a dit qu'on essayait d'oublier.

— Laisse-moi finir, Ava… C'est important que tu saches, enfin.

Il inspira profondément et remit derrière mon oreille une mèche de cheveux rebelle, tout en détaillant mon visage avec amour. Puis, il accrocha son regard émeraude au mien.

— J'ai accéléré… j'ai grillé le feu… et je n'ai jamais pu arriver jusqu'ici…

Je n'étais pas certaine de bien comprendre.

— Jusqu'à la galerie. Ava, je voulais te faire la surprise, je voulais être présent pour le vernissage d'Idriss… Je ne suis jamais arrivé.

Je cessai de respirer. Nous porterions tous les deux la responsabilité de l'accident. Ensemble. Tous les deux. À jamais. Nous avions été à deux doigts de ruiner notre vie ensemble.

— Alors, aujourd'hui… c'est ma dernière étape… J'ai mis du temps, trop sans doute, mais j'ai réussi à venir jusqu'ici, jusqu'à toi.

Je saisis son visage entre mes mains, nos fronts l'un contre l'autre, nos regards soudés.

— Jusqu'à nous, Xavier… Jusqu'à nous…

Merci

À l'équipe des éditions Michel Lafon, à Michel et Elsa, pour votre enthousiasme indéfectible et votre affection qui me sont si chers.

À Maïté, pour ta confiance en mes romans et en moi, même lorsque je doute. Nos échanges passionnants accompagnés de litres de café et de tisane m'ont portée au-delà de ce que j'imaginais.

À Toi... qui n'as pas besoin de mots écrits pour savoir...

À mes fils qui viennent me voir le soir dans mon bureau pour me demander « Tu as bientôt fini ton livre, maman ? »

À Ava, Xavier, Sacha et Constance, pour vous être dérobés si longtemps… Vous m'avez poussée au bout de mes limites, et nous avons été malmenés ensemble. Qu'il est difficile de vous laisser partir... mais je vous garde tout près de moi.

Playlist

Puisque je n'écris qu'en musique, je partage avec vous la playlist de *Nos résiliences* ; elle suit la chronologie du roman. Premier morceau : première scène. Le dernier morceau débute à partir de « Le compte à rebours... » jusqu'au point final...

Ne vous étonnez pas de découvrir des doublons. Certains titres m'ont été indispensables à plusieurs reprises.

Vous pouvez la retrouver sur Spotify et Deezer.

Je profite de ces quelques lignes pour remercier du plus profond de mon cœur tous ces grands artistes qui, sans le savoir, m'inspirent, qui nous soutiennent et nous accompagnent, mes personnages et moi.

« Winter (2015 Remaster) », Tori Amos, *Little Earthquakes* (Deluxe Edition)
« Sealights », The Gardener & The Tree, *Revolution*
« Long Shadows », Fabrizio Cammarata, *Of Shadows*
« Reverie », Isaac Gracie, *Isaac Gracie* (Extended Edition)
« 1957 », Milo Greene, *Milo Greene*

« I've Never Been There », Yann Tiersen, *Le fabuleux destin d'Amélie Poulain* (Bande originale du film)
« La Valse d'Amélie – Version originale », Yann Tiersen, *Le fabuleux destin d'Amélie Poulain* (Bande originale du film)
« La Valse d'Amélie – Version orchestre », Yann Tiersen, *Le fabuleux destin d'Amélie Poulain* (Bande originale du film)
« Boa Sorte / Good Luck », Vanessa Da Mata, *Sim* (Avec Ben Harper)
« Una Rosa Blanca », Ibrahim Maalouf, *S3NS*
« Yours to Keep », Jordan Mackampa, *Physics EP*
« Crocodile », Tamino, *Amir*
« Lie to My Face », Alice Merton, *No Roots*
« Hymn for the Week-end », Coldplay, *A Head Full of Dreams* (Avec Beyoncé)
« If You Stay », Alex Hepburn, *Things I've Seen*
« Tie up My Hands », Starsailor, *Love Is Here*
« Surprise », Lilly Among Clouds, *Green Flash*
« Kosmonaut », Me & the Monster, *Kosmonaut*
« Dreamers », Them Terribles, *Rock, Paper, Terribles*
« Heart of Stone », Iko, *Heart of Stone*
« Exogenesis: Symphony Pt.1 (Overture) », Muse, *The Resistance*
« Exogenesis: Symphony Pt.2 (Cross-pollination) », Muse, *The Resistance*
« Morning Roots », Guillaume Poncelet, *88*
« Baïkal », Ibrahim Maalouf, *Dans les forêts de Sibérie* (Bande originale du film)
« Bloodshot », Albin Lee Meldau, *Bloodshot*
« Morning Mist », Sébastien Schuller, *Evenfall*
« Especially Me », Low, *C'mon*

« In the Androgynous Dark », Brambles, *Charcoal*
« Moon And Moon », Bat For Lashes, *Two Suns*
« Never Let You Down », Woodkid, *Divergente 2 : L'Insurrection* (Bande originale du film) (Avec Lykke Li)
« Misguided Ghosts », Paramore, *Brand New Eyes*
« Not About Angels », Birdy, *Not About Angels*
« Wisp », Winter Aid, *The Murmur of the Land*
« Autumn Tree », Milo Greene, *Milo Greene*
« Silhouettes of you », Isaac Gracie, *Isaac Gracie* (Extended Edition)
« Roll On Hills », Annie Williams, *This Mountain*
« Without You I'm Nothing », Placebo, *A Place For Us To Dream*
« Cigar », Tamino, *Amir*
« Someone You Loved », Lewis Capaldi, *Divinely Uninspired To A Hellish Extent*
« Amen », Amber Run, *The Assembly*
« Ghosts », James Vincent McMorrow, *The Twilight Saga: Breaking Dawn-Part 2* (Bande originale du film)
« Soundwaves of Gold », The Daydream Club, *Found*
« Blood & History », Lilly Among Clouds, *Aerial Perspective*
« How Can I Do », Anwar, *Beautiful Sunrise*
« Softly », Winter Aid, *The Murmur of the Land*
« Protect Me from What I Want », Placebo, *Sleeping With Ghosts*
« Comptine d'un autre été, l'après-midi », Yann Tiersen, *Le fabuleux destin d'Amélie Poulain* (Bande originale du film)
« La Valse d'Amélie – Version Orchestre », Yann Tiersen, *Le fabuleux destin d'Amélie Poulain* (Bande originale du film)

« Cello Suite No.1 In G Major, BWV 1007 : 1. Prélude », Johann Sebastian Bach, *Les chefs-d'œuvre du violoncelle*
« Les Quatre Saisons, L'hiver : *Allegro non molto* », Antonio Vivaldi, *Vivaldi : Les Quatre Saisons*
« Les jours tristes – Instrumental », Yann Tiersen, *Le fabuleux destin d'Amélie Poulain* (Bande originale du film)
« La Valse d'Amélie – Version piano », Yann Tiersen, *Le fabuleux destin d'Amélie Poulain* (Bande originale du film)
« Tamer Animals », Other Lives, *Tamer Animals*
« Kettering », The Antlers, *Hospice*
« Untouchable Part 2 », Anathema, *Weather Systems*
« 3,000 Miles », Champs, *Vamala*
« Sally's Song », Amy Lee, *Nightmare Revisited*
« Lost in Paradise », Evanescence, *Evanescence*
« Lullaby », The Slow Show, *Dream Darling*
« Your Soul », Ibrahim Maalouf, *Diagnostic*
« Daring To Love », Ane Brun, *Rarities*
« Hello », Evanescence, *Fallen*
« Here With Me », Dido, *No Angel*
« The 2nd Law: Isolated System », Muse, *The 2nd Law*
« Unmade », Thom Yorke, *Suspiria* (Bande originale du film)
« Carmina Burana / Fortuna Imperatrix Mundi : 1. O Fortuna », Carl Orff, *Orff : Carmuna Burana* (Enregistrement Live depuis la Cité interdite)
« My Last Breath », Evanescence, *Fallen*
« Johnny Belinda », Active Child, *You Are All I See*
« Street Spirit (Fade Out) », Radiohead, *The Bends*
« Hymn For The Missing », Red, *Until We Have Faces*

« Suite pour violoncelle No.1 en sol majeur, BWV 1007 : Sarabande », Johann Sebastian Bach, *Bach 6 Suites pour violoncelle*
« Hold On To Me », Placebo, *Loud Like Love*
« Breathe No More – B-Side Version », Evanescence, *Lost Whispers*
« Pray (Hight Valyrian) », Matthew Bellamy, *For The Throne* (D'après la série HBO *Games of Thrones*)
« Flightless Bird, American Mouth », Iron & Wine, *The Shepherd's Dog*
« A Sorta Fairytale », Tori Amos, *Scarlet's Walk*
« Laissez-moi danser », Ibrahim Maalouf, *Dalida By Ibrahim Maalouf*
« I'm Kissing You », Des'ree, *Supernatural*
« The Tearjerker Returns », Chilly Gonzales, *Room 29* (Avec Jarvis Cocker)
« PCH », Alice Merton, *MINT +4*
« Bosco », Placebo, *Loud Like Love*
« This Woman's Work », Kate Bush, *The Sensual World*
« Exogenesis: Symphony Pt.3 (Redemption) », Muse, *The Resistance*
« Radio Magallanes », Ibrahim Maalouf, *S3NS*

Composition PCA
44400–Rezé

Certifié PEFC
Ce produit est issu de forêts gérées durablement et de sources contrôlées.
PEFC
10-31-3068
pefc-france.org

Imprimé en France par CPI Brodard et Taupin
Dépôt légal : mars 2020
N° d'impression : 3038114
ISBN : 978-2-7499-3478-5
LAF 2498